BESTSELLER

Arthur C. Clarke (1917-2008) fue un escritor, científico inglés y miembro de la Orden del Imperio Británico. Fue presidente de la Sociedad Interplanetaria Británica, miembrode la Academia Astronáutica, de la Real Sociedad Astronómica, entre otras organizaciones científicas. En su faceta de escritor, publicó un gran número de libros que han sido traducidos a más de treinta idiomas. En 1961 recibió el Premio Kalinga, otorgado por la Unesco, en reconocimiento a su labor como divulgador científico al gran público. Entre su obra cabe destacar la saga Una odisea espacial –formada por *2001: Una odisea espacial* (1968), *2010: Odisea dos* (1982), *2061: Odisea tres* (1987), *3001: Odisea final* (1996)–, *Rendez-vous with Rama* (1972; Premio Nebula, 1973; Premio Hugo, 1974) y *Cánticos de la lejana tierra* (1986).

Biblioteca

ARTHUR C. CLARKE

2001: Una odisea espacial

Traducción de

Antonio Ribera

DEBOLS!LLO

2001: Una odisea espacial

Título original: *2001. A Space Odyssey*

Primera edición con esta presentación en España: noviembre, 2016
Primera edición en México: diciembre, 2023

penguinlibros.com

Diseño de la portada: Penguin Random House Grupo Editorial / Luciana González
Fotografía de la portada: © Shutterstock

ISBN: 978-607-383-839-9

Impreso en México – *Printed in Mexico*

Impreso en los talleres de Diversidad Gráfica S.A. de C.V.
Privada de Av. 11 #1 Col. El Vergel, Iztapalapa, C.P. 09880, Ciudad de México.

Tras cada hombre viviente se encuentran treinta fantasmas, pues tal es la proporción numérica con que los muertos superan a los vivos. Desde el alba de los tiempos, aproximadamente cien mil millones de seres humanos han transitado por el planeta Tierra.

Y es en verdad un número interesante, pues por curiosa coincidencia hay aproximadamente cien mil millones de estrellas en nuestro universo local, la Vía Láctea. Así, por cada hombre que jamás ha vivido, luce una estrella en ese Universo.

Pero, cada una de esas estrellas es un sol, a menudo mucho más brillante y magnífico que la pequeña y cercana a la que denominamos *el* Sol. Y muchos —quizá la mayoría— de esos soles lejanos tienen planetas circundándolos. Así, casi con seguridad hay suelo suficiente en el firmamento para ofrecer a cada miembro de las especies humanas, desde el primer hombre-mono, su propio mundo particular: cielo... o infierno.

No tenemos medio alguno de conjeturar cuántos de esos cielos e infiernos se encuentran habitados, y con qué clase de criaturas: el más cercano de ellos está millones de veces más lejos que Marte o Venus, esas metas remotas aún para la próxima generación. Mas las barreras de la distancia se están desmoronando, y día llegará en que daremos con nuestros iguales, o nuestros superiores, entre las estrellas.

Los hombres han sido lentos en encararse con esta perspectiva; algunos esperan aún que nunca se convertirá en realidad. No obstante, aumenta el número de los que preguntan: ¿Por qué no han acontecido ya tales encuentros, puesto que nosotros mismos estamos a punto de aventurarnos en el espacio?

¿Por qué no, en efecto? Sólo hay una posible respuesta a esta muy razonable pregunta. Mas recordad, por favor, que ésta es sólo una obra de ficción.

La verdad, como siempre, será mucho más extraordinaria.

A. C. C.
S. K.

I

NOCHE PRIMITIVA

1. — EL CAMINO DE LA EXTINCIÓN

La sequía había durado ya diez millones de años, y el reinado de los terribles saurios tiempo ha que había terminado. Aquí en el ecuador, en el continente que había de ser conocido un día como Africa, la batalla por la existencia había alcanzado un nuevo clímax de ferocidad, no avistándose aún al victorioso. En este terreno baldío y desecado, sólo podía medrar, o aun esperar sobrevivir, lo pequeño, lo raudo o lo feroz.

Los hombres-mono del «veldt» no eran nada de ello, y no estaban por ende medrando; realmente, se encontraban ya muy adentrados en el curso de la extinción racial. Una cincuentena de ellos ocupaban un grupo de cuevas que dominaban un agostado vallecito, dividido por un perezoso riachuelo alimentado por las nieves de las montañas, situadas a doscientas millas al norte. En épocas malas, el riachuelo desaparecía por completo, y la tribu vivía bajo el sombrío manto de la sed.

Estaba siempre hambrienta, y ahora la apresaba la torva inanición. Al filtrarse serpeante en la cueva el primer débil resplandor del alba, Moon-Watcher vio que su padre había muerto durante la noche. No sabía que el Viejo fuese su padre, pues tal parentesco se hallaba más allá de su entendimiento, pero al contemplar el enteco cuerpo sintió un vago desasosiego que era el antecesor de la pesadumbre.

Las dos criaturas estaban ya gimiendo en petición de comida, pero callaron al punto ante el refunfuño de Moon-Watcher. Una de las madres, defendió a la cría a la que no podía alimentar debidamente, respondiendo a su vez con enojado gruñido, y a él le faltó hasta la energía para asestarle un manotazo por su protesta.

Había ya suficiente claridad para salir. Moon-Watcher asió el canijo y arrugado cadáver, y lo arrastró tras sí al inclinarse para atravesar la baja entrada de la cueva. Una vez fuera, se echó el cadáver al hombro y se puso en pie... único animal en todo aquel mundo que podía hacerlo.

Entre los de su especie, Moon-Watcher era casi un gigante. Pasaba un par de centímetros del metro y medio de estatura, y aunque pésimamente subalimentado, pesaba unos cincuenta kilos. Su peludo y musculoso cuerpo estaba a mitad de camino entre el del mono y el del hombre, pero su cabeza era mucho más parecida a la del segundo que a la del pirmero. La frente era deprimida, y presentaba protuberancias sobre la cuenca de los ojos, aunque ofrecía inconfundiblemente en sus genes la promesa de humanidad. Al tender su mirada sobre el mundo hostil del pleistoceno, había ya algo en ella que sobrepasaba la capacidad de cualquier mono. En sus oscuros y sumisos ojos se reflejaba una alboreante comprensión... los primeros indicios de una inteligencia que posiblemente no se realizaría aún durante años, y podría no tardar en ser extinguida para siempre.

No percibiendo señal alguna de peligro, Moon-Watcher comenzó a descender el declive casi vertical al exterior de la cueva, sólo ligeramente embarazado por su carga. Como si hubiesen estado esperando su señal, los componentes del resto de la tribu emergieron de sus hogares, dirigiéndose presurosos declive abajo en dirección a las fangosas aguas del riachuelo para su bebida mañanera.

Moon-Watcher tendió su mirada a través del valle para ver si los Otros estaban a la vista, mas no había señal alguna de ellos. Quizá no habían abandonado aún sus cuevas, o estaban ya forrajeando a lo largo de la ladera del cerro. Y como no se les veía por parte alguna, Moon-Watcher los olvidó, pues era incapaz de preocuparse más que de una cosa cada vez.

Debía primero zafarse del Viejo, pero éste era un problema que requería poco que pensar. Había habido muchas muertes aquella temporada, una en su propia cueva; sólo tenía que dejar el cadáver donde había depositado el de la nueva criatura en el último cuarto de la luna, y las hienas se encargarían del resto.

Ellas estaban ya a la espera, allá donde el pequeño valle se diluía en la sabana, como si supiesen de su llegada. Moon-Watcher depositó el cuerpo bajo un mezquino matorral —todos los huesos anteriores habían desaparecido ya— y se apresuró a volver a reunirse con la tribu. No volvió a pensar más en su padre.

Sus dos compañeras, los adultos de las otras cuevas, y la mayoría de los jóvenes estaban forrajeando entre los árboles raquitizados por la sequía valle arriba, buscando bayas, suculentas raíces y hojas, y ocasionales brevas, así como lagartijas o roedores. Sólo los pequeños y los más débiles de los viejos permanecían en las cuevas; si quedaba algún alimento al final de la búsqueda del día, podrían nutrirse. En caso contrario, no tardarían en estar de suerte otra vez las hienas.

Pero aquel día era bueno... aunque como Moon-Watcher no conservaba un recuerdo real del pasado, no podía comparar un tiempo con otro. Había dado con una colmena en el tronco de un árbol muerto, y así había disfrutado de la mejor golosina que jamás saboreara su gente; todavía se chupaba los dedos de cuando en cuando mientras conducía el grupo al hogar, a la caída de la tarde. Desde luego, había sido víctima de buen número de aguijonazos, pero apenas los había notado. Se sentía ahora casi tan contento como jamás lo estuviera; pues aunque estaba aún hambriento, en realidad no se notaba débil por el hambre. Y eso era lo más a lo que podía aspirar cualquier mono humanoide.

Su contento se desvaneció al alcanzar el riachuelo. Los Otros estaban allí. Cada día solían estar, pero no por ello dejaba la cosa de ser menos molesta.

Había unos treinta, y no podrían ser distinguidos de los miembros de la propia tribu de Moon-Watcher. Al verle llegar, comenzaron a danzar, a agitar sus manos y a gritar, y los suyos replicaron de igual modo.

Y eso fue todo lo que sucedió. Aunque los monos humanoides luchaban y peleaban a menudo entre ellos, era raro que sus disputas tuvieran graves consecuencias. Al no poseer garras o colmillos, y estando bien protegidos por su pelo, no podían causarse mucho daño mutuo. En cualquier caso, disponían de escaso excedente de energía para tal improductiva conducta; los gruñidos y las amenazas eran un medio mucho más eficaz de mantener sus puntos de vista.

La confrontación duró aproximadamente cinco minutos; luego, la manifestación cesó tan rápidamente como había comenzado, y cada cual bebió hasta hartarse de la lodosa agua... El honor había quedado satisfecho; cada grupo había afirmado la reivindicación de su propio territorio. Y habiendo sido zanjado este importante asunto, la tribu desfiló por su ribera del riachuelo. El siguiente apacentadero que merecía la pena se hallaba ahora a más de una milla de las cuevas, y tenían que compartirlo con una manada de grandes bestias semejantes al antílope, las cuales toleraban a duras penas su presencia. Y no podían ser expulsadas de allí, pues estaban armadas con terribles dagas que sobresalían de su testuz... las armas naturales que el mono humanoide no poseía.

Así, Moon-Watcher y sus compañeros masticaban bayas y frutas y hojas y se esforzaban por ahuyentar los tormentos del hambre... mientras en torno a ellos, compitiendo por el mismo pasto, había una fuente potencial de más alimento del que jamás podían esperar comer. Pero los miles de toneladas de suculenta carne que erraban por la sabana y a través de la maleza, no sólo estaban más allá de su alcance, sino también de su imaginación. Y, en medio de la abundancia, estaban pereciendo lentamente de inanición.

Con la última claridad del día, la tribu volvió, sin incidentes, a su cueva. La hembra herida que había permanecido en ella arrulló de placer cuando Moon-Watcher le dio la rama cubierta de bayas que le había traído, y comenzó a atacarla vorazmente. Bien escaso alimento había en ella, pero le ayudaría a subsistir hasta que sanara la herida que el leopardo le había causado, y pudiera volver a forrajear por sí misma.

Sobre el valle se estaba alzando una luna llena, y de las distantes montañas soplaba un viento cortante. Haría mucho frío durante la noche... pero el frío, como el hambre, no era motivo de verdadera preocupación; formaba simplemente parte del fondo de la vida.

Moon-Watcher apenas se movió cuando llegaron ecos de gritos y chillidos procedentes de una de las cuevas bajas del declive, y no necesitaba oír el ocasional gruñido del leopardo para saber exactamente lo que estaba sucediendo. Abajo, en la oscuridad, el viejo Cabello Blanco y su familia estaban luchando y muriendo, mas ni por un momento atravesó la mente de Moon-Watcher la idea de que pudiera ir a prestar ayuda de algún modo. La dura lógica de la supervivencia desechaba tales fantasías, y ninguna voz se alzó en protesta desde la ladera del cerro. Cada cueva permanecía silenciosa, para no atraerse también el desastre.

El tumulto se apagó, y Moon-Watcher pudo oír entonces el roce de un cuerpo al ser arrastrado sobre las rocas. Ello duró sólo unos cuantos segundos; luego, el leopardo dio buena cuenta de su presa, y no hizo más ruido al marcharse silenciosamente, llevando a su víctima sin esfuerzo entre sus poderosas mandíbulas.

Durante uno o dos días, no habría más peligro allí, pero podría haber otros enemigos afuera, aprovechándose del frío. Estando suficientemente prevenidos, los rapaces menores podían a veces ser espantados a gritos y chillidos. Moon-Watcher se arrastró fuera de la cueva, trepó a un gran canto rodado que estaba junto a la entrada, y se agazapó en él para inspeccionar el valle.

De todas las criaturas que hasta entonces anduvieron por la Tierra, los monos humanoides fueron los primeros en contemplar fijamente a la Luna. Y aunque no podía recordarlo, siendo muy joven Moon-Watcher quería a veces alcanzar, e intentar tocar aquel fantasmagórico rostro sobre los cerros.

Nunca lo había logrado, y ahora era lo bastante viejo para comprender por qué. En primer lugar, desde luego, debía hallar un árbol lo suficientemente alto para trepar a él.

A veces contemplaba el valle, y a veces la Luna, pero durante todo el tiempo escuchaba. En una o dos ocasiones se adormeció, pero lo hizo permaneciendo alerta al punto de que el más leve sonido le hubiese despabilado como movido por un resorte. A la avanzada edad de veinticinco años, se encontraba aún en posesión de todas sus facultades; de continuar su suerte, y si evitaba los accidentes, las enfermedades, las bestias de presa y la inanición, podría sobrevivir otros diez años más.

La noche siguió su curso, fría y clara, sin más

alarmas, y la Luna se alzó lentamente en medio de constelaciones ecuatoriales que ningún ojo humano vería jamás. En las cuevas, entre tandas de incierto dormitar y temerosa espera, estaban naciendo las pesadillas de generaciones aún por ser.

Y por dos veces atravesó lentamente el firmamento, alzándose al cenit y descendiendo por el Este, un deslumbrante punto de luz más brillante que cualquier estrella.

2. LA NUEVA ROCA

Moon-Watcher se despertó de súbito, muy adentrada la noche. Molido por los esfuerzos y desastres del día, había estado durmiendo más a pierna suelta que de costumbre, aunque se puso instantáneamente alerta, al oír el primer leve gatear en el valle.

Se incorporó, quedando sentado en la fétida oscuridad de la cueva, tensando sus sentidos a la noche, y el miedo serpeó lentamente en su alma. Jamás en su vida —casi el doble de larga que la mayoría de los miembros de su especie podían esperar— había oído un sonido como aquél. Los grandes gatos se aproximaban en silencio, y lo único que los traicionaba era un raro deslizarse de tierra, o el ocasional crujido de una ramita. Mas éste era un continuo ruido crepitante, que iba aumentando constantemente en intensidad. Parecía como si alguna enorme bestia se estuviese moviendo a través de la noche, desechando en absoluto el sigilo, y haciendo caso omiso de todos los obstáculos. En una ocasión, Moon-Watcher oyó el inconfundible sonido de un matorral al ser arrancado de raíz; los elefantes y dinoterios lo hacían a menudo, pero por lo demás se movían tan silenciosamente como los felinos.

Y de pronto le llegó un sonido que Moon-Watcher no podía posiblemente haber identificado, pues jamás había sido oído antes en la historia del mundo. Era el rechinar del metal sobre la piedra.

Moon-Watcher llegó frente a la Nueva Roca, al conducir la tribu al río a la primera claridad diurna. Había casi olvidado los terrores de la noche, porque nada había sucedido tras aquel ruido inicial, por lo que ni siquiera asoció aquella extraña cosa con peligro o con miedo. No había, después de todo, nada alarmante en ello.

Era una losa rectangular, de una altura triple a la suya pero lo bastante estrecha como para abarcarla con sus brazos, y estaba hecha de algún material completamente transparente; en verdad que no era fácil verla excepto cuando el sol que se alzaba destellaba en sus bordes. Como Moon-Watcher no había topado nunca con hielo, ni agua cristalina, no había objetos naturales con los que pudiese comparar a aquella aparición. Ciertamente era más bien atractiva, y aunque él tenía por costumbre ser prudentemente cauto ante la mayoría de las novedades, no vaciló mucho antes de encaramarse a ella. Y como nada sucedió, tendió la mano, y sintió una fría y dura superficie.

Tras varios minutos de intenso pensar, llegó a una brillante explicación. Era una roca, desde luego, y debió de haber brotado durante la noche. Había muchas plantas que lo hacían así... objetos blancos y pulposos en forra de guijas, que parecían emerger durante las horas de oscuridad. Verdad era que eran pequeñas y redondas, mientras que ésta era ancha y de agudas aristas; pero filósofos más grandes y modernos que Moon-Watcher estarían dispuesto a pasar por alto excepciones igualmente sorprendentes a sus teorías.

Aquella muestra realmente soberbia de pensamiento abstracto condujo a Moon-Watcher, tras sólo tres o cuatro minutos, a una deducción que puso inmediatamente a prueba. Las blancas y redondas plantas-guijas eran muy sabrosas (aunque había unas cuantas que producían violenta enfermedad). ¿Quizás esta grande...?

Unas cuantas lamidas e intentos de roer le desilusionaron rápidamente. No había ninguna alimentación en ella; por lo que, como mono humanoide juicioso, prosiguió en dirección al río, olvidándolo todo sobre el cristalino monolito, durante la cotidiana rutina de chillar a los Otros.

El forrajeo era muy malo, hoy, y la tribu hubo de recorrer varias millas desde las cuevas para encontrar algún alimento. Durante el despiadado calor del mediodía, una de las hembras más frágiles se desplomó víctima de un colapso, lejos de cualquier posible refugio. *Sus compañeros la rodearon arrullándola alentadoramente, mas no había nada que pudiera nadie hacer.* De haber estado menos agotados, podrían haberla transportado con ellos; pero no les quedaba ningún excedente de energía para tal acto de caridad. *Por lo tanto, hubieron de abandonarla para que se recuperase con sus propios recursos, o pereciese.* En el recorrido de vuelta al hogar pasaron al atardecer por el lugar donde se depositaban los cadáveres; no se veía en él ningún hueso.

Con la última luz del día, y mirando ansiosamente en derredor para precaverse de tempranos cazadores, bebieron apresuradamente en el riachuelo, comenzando seguidamente a trepar a sus cuevas. Se hallaban todavía a cien metros de la Nueva Roca cuando comenzó el sonido.

Era apenas audible, pero sin embargo los detuvo en seco, quedando paralizados en la vereda, con las mandíbulas colgando flojamente. Una simple y enloquecedora vibración repetida, salía expelida del cristal, hipnotizando a todo cuando aprehendía en su sortilegio. Por primera vez —y la última, en tres millones de años— se oyó en Africa el sonido del tambor.

El vibrar se hizo más fuerte y más insistente. Los monos humanoides comenzaron a moverse hacia delante como sonámbulos, en dirección al origen de aquel obsesionante sonido. A veces daban pequeños pasos de danza, como si su sangre respondiese a los ritmos que sus descendientes aún tardarían épocas en crear. Y completamente hechizados, se congregaron en torno al monolito, olvidando las fatigas y penalidades del día, los peligros de la oscuridad que iba tendiéndose, y el hambre de sus estómagos.

El tamborileo se hizo más ruidoso, y más oscura la noche. Y cuando las sombras se alargaron y se agotó la luz del firmamento, el cristal comenzó a resplandecer.

Primero perdió su transparencia, y quedó bañado en pálida y lechosa luminiscencia. A través de su superficie y en sus profundidades se movieron atormentadores fantasmas vagamente definidos, los cuales se fusionaron en franjas de luz y sombra, formando luego rayados diseños entremezclados que comenzaron a girar lentamente.

Los haces de luz giraron cada vez más rápidamente, acelerándose con ellos el vibrar de los tambores. Hipnotizados del todo, los monos humanoides sólo podían ya contemplar con mirada fija y mandíbulas colgantes aquel pasmoso despliegue pirotécnico. Habían olvidado ya los instintos de sus progenitores y las lecciones de toda una existencia; ninguno de ellos, corrientemente, habría estado tan lejos de su cueva tan tarde. Pues la maleza circundante estaba llena de formas que parecían petrificadas y de ojos fijos, como si las criaturas nocturnas hubiesen suspendido sus actividades para ver lo que habría de suceder luego.

Los giratorios discos de luz comenzaron entonces a emerger, y sus radios se fundieron en luminosas barras que retrocedieron lentamente en la distancia, girando en sus ejes al hacerlo. Escindiéronse luego en pares, y las series de líneas resultantes comenzaron a oscilar a través unas de otras, cambiando lentamente sus ángulos de intersección. Fantásticos y volanderos diseños geométricos flamearon y se apagaron al enredarse y desenredarse las resplandecientes mallas; y los monos humanoides siguieron con la mirada fija, hipnotizados cautivos del radiante cristal.

Jamás hubiesen imaginado que estaban siendo sondeadas sus mentes, estudiadas sus reacciones y evaluados sus potenciales. Al principio, la tribu entera permaneció semiagazapada, en inmóvil cuadro, como petrificada. Luego el mono humanoide más próximo a la losa volvió de súbito a la vida.

No varió su posición, pero su cuerpo perdió su rigidez, semejante a la del trance hipnótico, y se animó como si fuese un muñeco controlado por invisibles hilos. Giró la cabeza a este y al otro lado; la boca se cerró y abrió silenciosamente; las manos se cerraron y abrieron. Inclinóse luego, arrancó una larga brizna de hierba, e intentó anudarla, con torpes dedos.

Parecía un poseído, pugnando contra algún espíritu o demonio que se hubiese apoderado de su cuerpo. Jadeaba intentando respirar, y sus ojos estaban llenos de terror mientras quería obligar a sus dedos a hacer movimientos más complicados que cualesquiera hubiese antes intentado.

A pesar de todos sus esfuerzos, únicamente logró hacer pedazos el tallo. Y mientras los fragmentos caían al suelo, le abandonó la influencia dominante, y volvió a quedarse inmóvil, como petrificado.

Otro mono-humanoide surgió a la vida, y procedió a la misma ejecución. Era éste un ejemplar más joven, y por ende más adaptable, logrando lo que el más viejo había fallado. En el planeta Tierra, había sido enlazado el primer tosco nudo...

Otros hicieron cosas más extrañas y todavía

más anodinas. Algunos extendieron sus brazos en toda su longitud e intentaron tocarse las yemas de los dedos... primero con ambos ojos abiertos, y luego con uno cerrado. Algunos hubieron de mirar fijamente en las formas trazadas en el cristal, que se fueron dividiendo cada vez más finamente hasta fundirse en un borrón gris. Y todos oyeron aislados y puros sonidos, de variado tono, que rápidamente descendieron por debajo del nivel del oído.

Al llegar la vez a Moon-Watcher, sintió muy poco temor. Su principal sensación era la de un sordo resentimiento, al contraerse sus músculos y moverse sus miembros obedeciendo órdenes que no eran completamente suyas.

Sin saber por qué, se inclinó y cogió una piedrecita. Al incorporarse, vio que había una nueva imagen en la losa de cristal.

Las formas danzantes habían desaparecido, dejando en su lugar una serie de círculos concéntricos que rodeaban a un intenso disco negro.

Obedeciendo las silenciosas órdenes que oía en su cerebro, arrojó la piedra con torpe impulso de volea, fallando el blanco por bastantes centímetros.

«Inténtalo de nuevo», dijo la orden. Buscó en derredor hasta hallar otro guijarro. Y esta vez su lanzamiento dio en la losa, produciendo un sonido como de campana. Sin embargo todavía era muy deficiente su puntería, aunque había sin duda mejorado.

Al cuarto intento, el impacto dio sólo a milímetros del blanco. Una sensación de indescriptible placer, casi sexual en su intensidad, inundó su mente. Aflojóse luego el control, y ya no sintió ningún impulso para hacer nada, excepto quedarse esperando.

Uno a uno, cada miembro de la tribu fue brevemente poseído. Algunos tuvieron éxito, pero la mayoría fallaron en las tareas que se les habían impuesto, y todos fueron recompensados apropiadamente con espasmos de placer o de dolor.

Ahora había sólo un fulgor uniforme y sin rasgos en la gran losa, por lo que se asemejaba a un bloque de luz superpuesto en la circundante oscuridad. Como si despertasen de un sueño, los monos humanoides menearon sus cabezas, y comenzaron luego a moverse por la vereda en dirección a sus cobijos. No miraron hacia atrás, ni se maravillaron ante la extraña luz que estaba guiándoles a sus hogares... y a un futuro desconocido hasta para las estrellas.

3. ACADEMIA

Moon-Watcher y sus compañeros no conservaban recuerdo alguno de lo que habían visto, después de que el cristal cesara de proyectar su hipnótico ensalmo en sus mentes y de experimentar con sus cuerpos. Al día siguiente, cuando salieron a forrajear, pasaron ante la losa sin apenas dedicarle un pensamiento; ella formaba ahora parte del desechado fondo de sus vidas. No podían comerla, ni tampoco ella a ellos; por lo tanto, no era importante.

Abajo, en el río, los Otros profirieron sus habituales amenazas ineficaces. Su jefe, un mono humanoide con sólo una oreja y de la corpulencia y edad de Moon-Watcher, aunque en peor condición, hasta se permitió dar una breve carrera en dirección al territorio de la tribu, gritando y agitando los brazos en un intento de amedrentar a la oposición y apuntalar su propio valor. El agua del riachuelo no tenía en ninguna parte una profundidad mayor que treinta y cinco centímetros, pero cuanto más se adentraba en ella Una-Oreja, más inseguro y desdichado se mostraba, hasta que no tardó en detenerse, retrocediendo luego, con exagerada dignidad, para unirse a sus compañeros.

Por lo demás, no hubo cambio alguno en la rutina normal. La tribu recogió suficiente alimento para sobrevivir otro día, y ninguno murió.

Y aquella noche, la losa de cristal se hallaba aún a la espera, rodeada de su palpitante aura de luz y sonido. Sin embargo, el programa que había fraguado, era sutilmente diferente.

A algunos de los monos-humanoides los ignoró por completo, como si se estuviese concentrando en los sujetos más prometedores. Uno de éstos fue Moon-Watcher; de nuevo sintó él serpear inquisidores zarcillos por inusitados lugares ocultos de su cerebro. Y entonces comenzó a ver visiones.

Podían haber estado dentro del bloque de cristal; podían haberse hallado del todo en el interior de su mente. En todo caso, para Moon-Watcher eran absolutamente reales. Sin embargo, el habitual impulso automático de arrojar de su territorio a los invasores, había sido adormecido.

Estaba contemplando a un pacífico grupo familiar, que difería sólo en su aspecto de las escenas que él conocía. El macho, la hembra y las dos crías que habían aparecido misteriosamente ante él eran orondos, de piel suave y reluciente... y ésta era una condición de vida que Moon-Watcher no había imaginado nunca. Inconscientemente, se palpó sus sobresalientes costillas; las de *aquellas* criaturas estaban ocultas por una capa adiposa. De cuando en cuando se desperezaban flojamente, tendidos a pierna suelta a la entrada de una cueva, al parecer en paz con el mundo. Ocasionalmente, el gran macho emitía un enorme gruñido de satisfacción.

No hubo allí ninguna otra actividad, y al cabo

de cinco minutos se desvaneció de súbito la escena. El cristal no era ya más que una titilante línea en la oscuridad; Moon-Watcher se sacudió como despertándose de un sueño, percatándose bruscamente de dónde se encontraba, y volvió a conducir a la tribu a las cuevas.

No tenía ningún recuerdo consciente de lo que había visto; pero aquella noche, sentado caviloso en la entrada de su cubil, con el oído aguzado a los ruidos del mundo que le rodeaba, sintió las primeras débiles punzadas de una nueva y poderosa emoción. Era una vaga y difusa sensación de envidia... o de insatisfacción con su vida. No tenía la menor idea de su causa, y menos aún de su remedio; pero el descontento había penetrado en su alma, y había dado un pequeño paso hacia la humanidad.

Noche tras noche, se repitió el espectáculo de aquellos cuatro rollizos monos-humanoides, hasta convertirse en fuente de fascinada exasperación, que servía para aumentar el hambre eterna y roedora de Moon-Watcher. La evidencia de sus ojos no podía haber producido ese efecto; necesitaba un refuerzo psicológico. Había ahora en la vida de Moon-Watcher lagunas que nunca recordaría, cuando los átomos de su simple cerebro estaban siendo trenzados en nuevos moldes. Si sobrevivía, esos moldes se tornarían eternos, pues su gen se transmitiría entonces a las futuras generaciones.

Era un lento y tedioso proceso, pero el monolito de cristal era paciente. No cabía esperar que ni él, ni sus reproducciones desperdigadas a través de la mitad del globo tuvieran éxito con todas las series de grupos implicados en el experimento. Cien fracasos no importarían, si un simple logro pudiese cambiar el destino de un mundo.

Para cuando llegó la siguiente luna nueva, la tribu había visto un nacimiento y dos muertes. Una de éstas había sido debida a la inanición; la otra aconteció durante el ritual nocturno, cuando un macho se desplomó de súbito mientras intentaba golpear delicadamente dos piedras. Al punto, el cristal se oscureció, y la tribu había quedado liberada del ensalmo. Pero el caído no se movió; y por la mañana, desde luego, el cuerpo había desaparecido.

No hubo ejecución la siguiente noche; el cristal se hallaba aún analizando su error. La tribu pasó ante él en la oscuridad, ignorando su presencia por completo. La noche siguiente, estuvo de nuevo dispuesta la función.

Los cuatro rollizos monos-humanoides estaban aún allí, y esta vez hacían cosas extraordinarias. Moon-Watcher comenzó a temblar irrefrenablemente; sentía como si fuese a estallarle el cerebro, y deseaba apartar la vista. Pero aquel implacable control mental no aflojaba su presa y se vio forzado a seguir la lección hasta el final, aunque todos sus instintos se sublevaran contra ello.

Aquellos instintos habían servido bien a sus antepasados, en los días de cálidas lluvias y abundante fertilidad, cuando por doquiera se hallaba el alimento presto a la recolección. Mas los tiempos habían cambiado, y la sabiduría heredada del pasado se había convertido en insensatez. Los monos-humanoides tenían que adaptarse, o morir... como las grandes bestias que habían desaparecido antes que ellos, y cuyos huesos se hallaban empotrados en los cerros de caliza.

Así, Moon-Watcher miró con mirada fija y sin que le pestañearan los ojos al monolito de cristal, mientras su cerebro permanecía abierto a sus aún inciertas manipulaciones. A menudo sentía náuseas, pero siempre hambre; y de cuando en cuando sus manos se contraían inconscientemente sobre los moldes que habían de determinar su nuevo sistema de vida.

Moon-Watcher se detuvo de súbito, cuando la hilera de cerdos atravesó la senda, olisqueando y gruñendo. Cerdos y monos-humanoides se habían ignorado siempre mutuamente, pues no había conflicto alguno de intereses entre ellos. Como la mayoría de los animales que no competían por el mismo alimento, se mantenían simplemente apartados de sus caminos particulares.

Sin embargo, a la sazón Moon-Watcher quedóse contemplándolos, con inseguros movimientos hacia atrás y adelante al sentirse hostigado por impulsos que no podía comprender. De pronto, y como en un sueño, comenzó a buscar en el suelo... no sabría decir qué, aun cuando hubiese tenido la facultad de la palabra. Lo reconoció al verlo.

Era una piedra pesada y puntiaguda, de varios centímetros de longitud, y aunque no encajaba perfectamente en su mano, serviría. Al blandirla, aturrullado por el repentino aumento de peso, sintió una agradable sensación de poder y autoridad. Y seguidamente comenzó a moverse en dirección al cerdo más próximo.

Era un animal joven y estólido, hasta para la norma de inteligencia de aquella especie. Aunque lo observó con el rabillo del ojo, no lo tomó en serio hasta demasiado tarde. ¿Por qué habrían de sospechar aquellas inofensivas criaturas cualquier maligno intento? Siguió hozando la hierba hasta que el martillo de piedra de Moon-Watcher le privó de su vaga conciencia. El resto de la manada continuó pastando sin alarmarse, pues el asesinato había sido rápido y silencioso.

Todos los demás monos-humanoides del grupo se habían detenido para contemplar la acción, y se agrupaban ahora con admirativo asombro en torno a Moon-Watcher y su víctima. Uno de ellos recogió el arma manchada de sangre, y comenzó a aporrear con ella al cerdo muerto. Otros se le unieron en la tarea con toda clase de palos y piedras que pudieron recoger, hasta que su blanco quedó hecho una pulpa sanguinolenta.

Luego sintieron hastío; unos se marcharon, mientras otros permanecieron vacilantes en torno al irreconocible cadáver... pendiente de su decisión el futuro de un mundo. Pasó un tiempo sorprendentemente largo antes de que una de las hembras con crías comenzase a lamer la sangrienta piedra que sostenía en sus manos.

Y todavía pasó mucho más tiempo antes de que Moon-Watcher, a pesar de todo lo que se le había enseñado, comprendiese realmente que no necesitaba tener hambre nunca más.

4. EL LEOPARDO

Los instrumentos que habían planeado emplear eran bastante simples, aunque podían cambiar el mundo y dar su dominio a los monos-humanoides. El más primitivo era la piedra manual, que multiplicaba muchas veces la potencia de un golpe. Había luego el mazo de hueso, que aumentaba el alcance y procuraba un amortiguador contra las garras o zarpas de bestias hambrientas. Con estas armas, estaba a su disposición el ilimitado alimento que erraba por las sabanas.

Pero necesitaban otras ayudas, pues sus dientes y uñas no podían desmembrar con presteza a ningún animal más grande que un conejo. Por fortuna, la Naturaleza había dispuesto de instrumentos perfectos, que sólo requerían ser recogidos.

Primeramente había un tosco pero muy eficaz cuchillo o sierra, de un modelo que serviría muy bien para los siguientes tres millones de años. Era simplemente la quijada inferior de un antílope, con los dientes aún en su lugar; no sufriría ninguna mejora sustancial hasta la llegada del acero. Había también un punzón o daga bajo la forma de un cuerno de gacela, y finalmente un raspador compuesto por la quijada completa de casi cualquier animal pequeño.

El mazo de piedra, la sierra dentada, la daga de cuerno y el raspador de hueso... tales eran las maravillosas invenciones que los monos-humanoides necesitaban para sobrevivir. No tardarían en reconocerlos como los símbolos de poder que eran, pero muchos meses habían de pasar antes de que sus torpes dedos adquiriesen la habilidad —o la voluntad— para usarlos.

Quizás, andando el tiempo, habrían llegado por su propio esfuerzo a la terrible y brillante idea de emplear armas naturales como instrumentos artificiales. Pero los viejos estaban todos contra ellos, y aún ahora había innúmeras oportunidades de fracaso en las edades por venir.

Se había dado a los monos-humanoides su primera oportunidad. No habría una segunda; el futuro se hallaba en sus propias manos.

Crecieron y menguaron lunas; nacieron criaturas y a veces vivieron; débiles y desdentados viejos de treinta años murieron; el leopardo cobró su impuesto en la noche; los Otros amenazaron cotidianamente a través del río... y la tribu prosperó. En el curso de un solo año, Moon-Watcher y sus compañeros cambiaron casi hasta el punto de resultar irreconocibles.

Habían aprendido bien sus lecciones; ahora podían manejar todos los instrumentos que les habían sido revelados. El mismo recuerdo del hambre se estaba borrando de sus mentes; y aunque los cerdos se estaban tornando recelosos, había gacelas y antílopes y cebras en incontables millares en los llanos. Todos estos animales, y otros, habían pasado a ser presa de los aprendices de cazador.

Al no estar ya semiembotados por la inanición, disponían de tiempo para el ocio y para los primeros rudimentos de pensamiento. Su nuevo sistema de vida era ya aceptado despreocupadamente, y no lo asociaban en modo alguno con el monolito que seguía alzado junto a la senda del río. Si alguna vez se hubiesen detenido a considerar la cuestión, se hubiesen jactado de haber creado con su propio esfuerzo sus mejores condiciones de vida actuales; de hecho, habían olvidado ya cualquier otro modo de existencia.

Mas ninguna Utopía es perfecta, y ésta presentaba dos defectos. El primero era el leopardo merodeador, cuya pasión por los monos-humanoides parecía haber aumentado mucho, al estar éstos mejor alimentados. El segundo consistía en la tribu del otro lado del río; pues, como fuese, los Otros habían sobrevivido, negándose tercamente a morir de inanición.

El problema del leopardo fue resuelto en parte por casualidad, y en parte debido a un serio —en verdad— y casi fatal error cometido por Moon-Watcher. Sin embargo, por entonces le había parecido su idea tan brillante que hasta había bailado de alegría, y quizás apenas podía censurársele por no prever las consecuencias.

La tribu experimentó aún ocasionales días malos, si bien no amenazaran ya su propia supervivencia. Un día, hacia el anochecer, no había cobrado ninguna pieza; las cuevas hogareñas estaban ya a la vista, cuando Moon-Watcher conducía a sus cansados y mohínos compañeros a recogerse en ellas. Y de pronto, en el mismo umbral, toparon con uno de los raros regalos de la Naturaleza.

Un antílope adulto yacía junto a la vereda. Tenía rota una pata delantera, pero el animal conservaba aún mucha de su fuerza combativa, y los chacales merodeadores se mantenían a respetuosa distancia de los cuernos aguzados como puñales. Podían permitirse esperar; sabían que tenían sólo que armarse de paciencia.

Pero habían olvidado la competencia, y se retiraron con coléricos gruñidos a la llegada de los monos-humanoides. Éstos trazaron también un círculo cauteloso, manteniéndose fuera del alcance de aquellas peligrosas astas; y seguidamente pasaron al ataque con mazos y piedras.

No fue un ataque muy efectivo o coordinado; para cuando la desdichada bestia hubo exhalado su último aliento, la claridad se había casi ido... y los chacales estaban recuperando su valor. Moon-Watcher, escindido entre el miedo y el hambre, se dio lentamente cuenta de que todo aquel esfuerzo podía haber sido vano. Era demasiado peligroso quedarse allí por más tiempo.

Mas de pronto, y no por primera o última vez, demostró ser un genio. Con inmenso esfuerzo de imaginación, se representó al antílope muerto... *en la seguridad de su propia cueva.* Y al punto comenzó a arrastrarlo hacia la cara del risco; los demás comprendieron sus intenciones, y comenzaron a ayudarle.

De haber sabido él lo difícil que resultaría la tarea, no la habría intentado. Sólo su gran fuerza, y la agilidad heredada de sus arbóreos antepasados, le permitió subir el cuerpo muerto por el empinado declive. Varias veces, y llorando por la frustración, abandonó casi su presa, pero le siguió impulsando una obstinación casi tan profundamente arraigada como su hambre. A veces le ayudaban los demás, y a veces le estorbaban; lo más a menudo simplemente le seguían. Pero finalmente se logró; el baqueteado antílope fue arrastrado al borde de la cueva cuando los últimos resplandores de la luz del sol se borraban en el firmamento; y el festín comenzó.

Horas después, ahíto más que harto, se despertó Moon-Watcher. Y sin saber por qué, se incorporó quedando sentado en la oscuridad entre los desparramados cuerpos de sus igualmente ahítos compañeros, y tendió su oído a la noche.

No se oía sonido alguno, excepto el pesado respirar en derredor suyo; el mundo parecía dormido. Las rocas, más allá de la boca de la cueva, aparecían pálidas como huesos a la brillante luz de la luna, que estaba ya muy alta. Cualquier pensamiento de peligro parecía infinitamente remoto.

De pronto, desde mucha distancia, llegó el sonido de un guijarro al caer. Temeroso, aunque curioso, Moon-Watcher se arrastró al borde de la cueva, y escudriñó la cara del risco.

Lo que vio le dejó tan paralizado por el espanto que durante largos segundos fue incapaz de moverse. A sólo siete metros más abajo, dos relucientes ojos dorados tenían clavada la mirada arriba, en su dirección; le tuvieron tan hipnotizado por el pavor que apenas se dio cuenta del flexible y listado cuerpo tras de ellos, deslizándose suave y silenciosamente de roca en roca. Nunca había trepado antes tan arriba el leopardo. Había desechado las cuevas más bajas, aun cuando debió de haberse dado buena cuenta de que estaban habitadas. Mas ahora iba tras otra caza; estaba siguiendo el rastro de sangre, sobre la ladera del risco, bañada por la luna.

Segundos después, la noche se hizo espantosa con los chillidos de alarma de los monos-humanoides. El leopardo lanzó un rugido de furia, como si se percatara de haber perdido el elemento representado por la sorpresa. Pero no detuvo su avance, pues sabía que no tenía nada que temer.

Alcanzó el borde, y descansó un momento en el exiguo espacio abierto. Por doquiera, en derredor, flotaba el olor de sangre, llenando su cruel y reducida mente con irresistible deseo. Y sin vacilación, penetró silenciosamente en la cueva.

Y con ello cometió su primer error, pues al moverse fuera de la luz de la luna, hasta sus ojos soberbiamente adaptados a la noche quedaban en momentánea desventaja. Los monos-humanoides podían verle, recortada en parte su silueta contra la abertura de la cueva, con más claridad de la que podía él verles a ellos. Estaban aterrorizados, pero ya no completamente desamparados.

Gruñendo y moviendo la cola con arrogante confianza, el leopardo avanzó en busca del tierno alimento que ansiaba. De haber hallado su presa en el espacio abierto exterior, no hubiese tenido ningún problema; pero ahora que los monos-humanoides estaban atrapados, la desesperación les dio el valor necesario para intentar lo imposible. Y por primera vez, disponían de medios para realizarlo.

El leopardo supo que algo andaba mal al sentir un aturdidor golpe en su cabeza. Disparó su pata delantera, y oyó un chillido angustioso cuando sus garras laceraron carne blanda. Luego sintió un taladrante dolor cuando alguien introdujo algo agudo en sus ijares... una, dos y por tercera vez aún. Giró en redondo y remolineó para alcanzar a las sombras que chillaban y bailaban por todas partes.

De nuevo sintió un violento golpe a través del hocico. Chasqueó los colmillos, asestándolos contra una blanca mancha móvil... mas sólo para roer inútilmente un hueso muerto. Y luego, en una final e increíble indignidad... se sintió tirado y arrastrado por la cola.

Giró de nuevo en redondo, arrojando a su insensatamente osado atormentador contra la pared de la cueva, pero hiciera lo que hiciese no podía eludir la lluvia de golpes que le infligían unas toscas armas manejadas por torpes pero poderosas manos. Sus rugidos pasaron de la gama del dolor a la de la alarma, y de la alarma al franco terror. El implacable cazador era ahora la víctima, y estaba intentando desesperadamente batirse en retirada.

Y entonces cometió su segundo error, pues en su sorpresa y espanto había olvidado dónde estaba. O quizás había sido aturdido o cegado por los golpes llovidos en su cabeza; sea como fuere, salió disparado de la cueva.

Se escuchó un horrible ulular cuando fuè a caer en el vacío. Oyóse el batacazo al estrellarse contra una protuberancia de la parte media del risco; después, el único sonido fue el deslizarse de piedras sueltas, que rápidamente se apagó en la noche.

Durante largo rato, intoxicado por la victoria, Moon-Watcher permaneció danzando y farfullando una jerigonza en la entrada de la cueva. Sentía hasta el fondo de su ser que todo su mundo había cambiado y que él no era ya una impotente víctima de las fuerzas que le rodeaban.

Volvió luego a meterse en la cueva y, por primera vez en su vida, durmió como un leño en ininterrumpido sueño.

....

Por la mañana, encontraron el cuerpo del leopardo al pie del risco. Hasta muerto, pasó un rato antes de que alguien se atreviese a aproximarse al monstruo vencido; luego se acercaron, empuñando sus cuchillos y sierras.

Fue tarea muy ardua, y aquel día no cazaron.

5. ENCUENTRO EN EL ALBA

Al conducir a la tribu río abajo a la opaca luz del alba, Moon-Watcher, se detuvo vacilante en un paraje familiar para él. Sabía que algo faltaba, pero no podía recordar qué era. No hizo el menor esfuerzo mental para entender el problema, pues esa mañana tenía asuntos más importantes en la mente.

Como el trueno y el rayo y las nubes y los eclipses, el gran bloque de cristal había desaparecido tan misteriosamente como apareciera. Habiéndose desvanecido en el no-existente pasado, no volvió a turbar nunca más los pensamientos de Moon-Watcher.

Nunca sabría qué había sido de él; y *ninguno de sus compañeros se sorprendió, al congregarse en su derredor en la bruma mañanera, porque había hecho una pausa momentánea en el camino al río.*

Desde su ribera del riachuelo, *en la jamás violada seguridad de su propio territorio,* los Otros vieron primero a Moon-Watcher y a una docena de machos de su tribu destacarse como un friso móvil contra el firmamento del alba. Y al punto comenzaron a chillar su diario reto; pero esta vez no hubo respuesta alguna.

Con la firmeza de un propósito definido —y sobre todo *silenciosamente*— Moon-Watcher y su banda descendieron la pequeña loma que atalayaba el río; y al aproximarse, los Otros se calmaron de súbito. Su rabia ritual se esfumó para ser remplazada por un creciente temor. Se percataban vagamente de que algo había sucedido, y que aquel encuentro era distinto a todos los que habían acontecido antes. Los mazos y los cuchillos de hueso que portaban los componentes del grupo de Moon-Watcher no les alarmaban, pues no comprendían su objeto. Sólo sabían que los movimientos de sus rivales estaban ahora imbuidos de determinación y de amenaza.

El grupo se detuvo al borde del agua, y por un momento revivió el valor de los Otros, quienes, conducidos por Una-Oreja, reanudaron semianimosamente su canto de batalla. Éste duró sólo unos segundos, pues una visión terrorífica los dejó mudos.

Moon-Watcher había alzado sus brazos al aire, mostrando la carga que hasta entonces había estado oculta por los hirsutos cuerpos de sus compañeros. Sostenía una gruesa rama, y empalada en ella se encontraba la cabeza sangrienta del leopardo, cuya boca había sido abierta con una estaca, mostrando los grandes y agudos colmillos de fantasmal blancura a los primeros rayos del sol naciente.

La mayoría de los Otros estaban demasiado paralizados por el espanto para moverse; pero algunos iniciaron una lenta retirada a trompicones. Aquél era todo el incentivo que Moon-Watcher necesitaba. Sosteniendo aún el mutilado trofeo sobre su cabeza, empezó a atravesar el riachuelo. Tras unos momentos de vacilación, sus compañeros chapotearon tras él.

Al llegar a la orilla opuesta, Una-Oreja se mantenía aún en su terreno. Quizás era demasiado valiente o demasiado estúpido para correr; o acaso no podía creer realmente que estaba sucediendo aquel ultraje. Cobarde o héroe, al fin y al cabo no supuso diferencia alguna cuando el helado rugido de muerte se abatió sobre su roma cabeza.

Chillando de pavor, los Otros se desperdigaron en la maleza; pero volverían, y no tardarían en olvidar a su perdido caudillo.

Durante unos cuantos segundos Moon-Watcher permaneció indeciso ante su nueva víctima, intentando comprender el singular y maravilloso hecho de que el leopardo muerto pudiese matar de nuevo. Ahora era él el amo del mundo, y no estaba del todo seguro sobre lo que hacer a continuación.

Mas ya pensaría en algo.

6. LA ASCENDENCIA DEL HOMBRE

Un nuevo animal se hallaba sobre el planeta, extendiéndose lentamente desde el corazón del África. Era aún tan raro que un premioso censo lo habría omitido, entre los prolíficos miles de millones de criaturas que vagaban por tierra y por mar. Hasta el momento, no había evidencia alguna de que pudiera prosperar, o hasta sobrevivir; había habido en este mundo tantas bestias más poderosas que desaparecieron, que su destino pendía aún en la balanza.

En los cien mil años transcurridos desde que los cristales descendieron en África, los monos-humanoides no habían inventado nada. Pero habían comenzado a cambiar, y habían desarrollado actividades que ningún otro animal poseía. Sus porras de hueso habían aumentado su alcance y multiplicado su fuerza; ya no se encontraban indefensos contra las bestias de presa competidoras. Podían apartar de sus propias matanzas a los carnívoros menores; en cuanto a los grandes, cuando menos podían disuadirlos, y a veces amedrentarlos, poniéndolos en fuga.

Sus macizos dientes se estaban haciendo más pequeños, pues ya no les eran esenciales. Las piedras de afiladas aristas que podían ser usadas para arrancar raíces, o para cortar y aserrar carne o fibra, habían comenzado a remplazarlos, con inconmensurables consecuencias. Los monos-humanoides no se hallaban ya enfrentados a la inanición cuando se les pudrían o gastaban los dientes; hasta los instrumentos más toscos podían añadir varios años a sus vidas. Y a medida que disminuían sus colmillos y dientes, comenzó a variar la forma de su cara; retrocedió su hocico, se hizo más delicada la prominente mandíbula, y la boca se tornó capaz de emitir sonidos más refinados. El habla se encontraba aún a una distancia de un millón de años, pero habían sido dados los primeros pasos hacia ella.

Y seguidamente comenzó a cambiar el mundo. En cuatro grandes oleadas, con doscientos mil años entre sus crestas, barrieron el globo las Eras Glaciales, dejando su huella por doquiera. Allende los trópicos, los glaciares dieron buena cuenta de quienes habían abandonado prematuramente su hogar ancestral; y, en todas partes, segaron también a las criaturas que no podían adaptarse.

Una vez pasado el hielo, también se fue con él mucha de la vida primitiva del planeta... incluyendo a los monos-humanoides. Pero, a diferencia de muchos otros, ellos habían dejado descendientes; no se habían simplemente extinguido... sino que habían sido transformados. Los constructores de instrumentos habían sido rehechos por sus propias herramientas.

Pues con el uso de los garrotes y pedernales, sus manos habían desarrollado una destreza que no se hallaba en ninguna otra parte del reino animal, permitiéndoles hacer aún mejores instrumentos, los cuales a su vez habían desarrollado todavía más sus miembros y cerebros. Era un proceso acelerador, acumulativo; y en su extremo estaba el Hombre.

El primer hombre verdadero tenía herramientas y armas sólo un poco mejores que las de sus antepasados de un millón de siglos atrás, pero podían usarlas con mucha más habilidad. Y en algún momento de los oscuros milenios pasados, habían inventado el instrumento más especial de todos, aun cuando no pudiera ser visto ni tocado. Habían aprendido a hablar, logrando así su primera gran victoria sobre el Tiempo. Ahora, el conocimiento de una generación podía ser transmitido a la siguiente, de forma que cada época podía beneficiarse de las que la habían precedido.

A diferencia de los animales, que conocían sólo el presente, el Hombre había adquirido un pasado, y estaba comenzando a andar a tientas hacia un futuro.

Estaba también aprendiendo a sojuzgar a las fuerzas de la Naturaleza; con el dominio del fuego, había colocado los cimientos de la tecnología y dejado muy atrás a sus orígenes animales. La piedra dio paso al bronce, y luego al hierro. La caza fue sucedida por la agricultura. La tribu crecía en la aldea, y ésta se transformaba en ciudad. El habla se hizo eterno, gracias a ciertas marcas en piedra, en arcilla y en papiro. Luego inventó la filosofía y la religión. Y pobló el cielo, no del todo inexactamente, con dioses.

A medida que su cuerpo se tornaba cada vez más indefenso, sus medios ofensivos se hicieron cada vez más terribles. Con piedra, bronce, hierro y acero había recorrido la gama de cuanto podía atravesar y despedazar, y en tiempos muy tempranos había aprendido cómo derribar a distancia a sus víctimas. La lanza, el arco, el fusil y el cañón y finalmente el proyectil guiado, le habían procurado armas de infinito alcance y casi infinita potencia.

Sin esas armas, que sin embargo había empleado a menudo contra sí mismo, el Hombre no habría conquistado nunca su mundo. En ellas había puesto su corazón y su alma, y durante eras le habían servido muy bien.

Mas ahora, mientras existían, estaba viviendo con el tiempo prestado.

II

T.M.A. UNO

7. VUELO ESPECIAL

No importa cuántas veces dejara uno la Tierra —se dijo el doctor Heywood Floyd—, la excitación no se paliaba realmente nunca. Había estado una vez en Marte, tres en la Luna, y más de las que podía recordar en las varias estaciones espaciales. Sin embargo, al aproximarse el momento del despegue, tenía conciencia de una creciente tensión, una sensación de sorpresa y temor —sí, y de nerviosismo— que le situaba al mismo nivel que cualquier bobalicón terrestre a punto de recibir su primer bautismo del espacio.

El reactor que le había trasladado allí desde Washington, tras aquella entrevista con el Presidente, estaba ahora descendiendo hacia uno de los más familiares, y sin embargo más emocionantes paisajes de todo el mundo. Allí se hallaban instaladas las primeras dos generaciones de la Era Espacial, ocupando veinte millas de la costa de la Florida. Al Sur, perfiladas por parpadeantes luces rojas de prevención, se encontraban las gigantescas plataformas de los Saturnos y Neptunos que habían colocado a los hombres en el camino de los planetas, y habían pasado ya a la historia. Cerca del horizonte, una rutilante torre de plata bañada por la luz de los proyectores, era el último de los Saturno V, durante casi veinte años monumento nacional y lugar de peregrinaje. No muy lejos, atalayante contra el firmamento como una montaña artificial, se alzaba la increíble mole del edificio de la Asamblea Vertical, la estructura simple más grande aún de la Tierra.

Mas estas cosas pertenecían ya al pasado, y él estaba volando hacia el futuro. Al inclinarse el aparato al virar; el doctor Floyd pudo ver bajo él una laberíntica masa de edificios, luego una gran pista de aterrizaje, y después unos amplios chirlos rectos a través del llano paisaje de Florida... los múltiples rieles de una gigantesca pista de lanzamiento. Y a su final, rodeado por vehículos y grúas, se hallaba una nave espacial destellando en un torrente de luz; estaba siendo preparada para su salto a las estrellas. En súbita falta de perspectiva, producida por los rápidos cambios de velocidad y altura, a Floyd le pareció estar viendo abajo a una pequeña polilla de plata, atrapada en el haz de un proyector.

Luego las diminutas y escurridizas figuras del suelo le hicieron darse cuenta del tamaño real de la astronave; debía de tener setenta metros a través de la estrecha V de sus alas. Y ese enorme vehículo, se dijo Floyd con cierta incredulidad —aunque también con cierto orgullo— me está esperando *a mí*. Tanto como supiera, era la primera vez que se había dispuesto una misión entera para llevar a un solo hombre a la Luna.

Aunque eran las dos de la madrugada, un grupo de periodistas y fotógrafos le interceptó el camino a la nave espacial *Orión III* bañada por la luz de los proyectores. Conocía de vista a algunos de ellos, pues como presidente del Consejo Nacional de Astronáutica, formaban parte de su vida las conferencias de Prensa. No era ahora el momento ni el lugar para celebrar una de ellas, y no tenía nada que decir; pero era importante no ofender a los caballeros de los medios informativos.

—¿Doctor Floyd? Soy Jim Forster, de la «Associated News». ¿Podría decirnos unas pocas palabras sobre este viaje suyo?

—Lo siento. No puedo decir nada.

—¿Pero usted se entrevistó con el Presidente esta misma noche? —preguntó una voz familiar.

—Ah... hola, Mike. Me temo que le han sacado de la cama para nada. Decididamente, no hay nada que manifestar.

—¿No puede usted cuando menos confirmar o denegar que ha estallado en la Luna alguna especie de epidemia? —preguntó un reportero de la Televisión, apañándoselas para mantener debidamente enmarcado a Floyd en su cámara-miniatura de televisión.

—Lo siento —respondió Floyd, meneando la cabeza.

—¿Qué hay sobre la cuarentena? —preguntó otro reportero—. ¿Por cuánto tiempo se mantendrá?

—Tampoco nada a manifestar al respecto.

—Doctor Floyd —solicitó una bajita y decidida dama de la Prensa—: ¿Qué posible justificación puede haber para ese total cese de noticias de la Luna? ¿Tiene algo que ver con la situación política?

—¿*Qué* situación política? —preguntó Floyd secamente.

Hubo un estallido de risas, y alguien dijo: «¡Buen viaje, doctor!», cuando se encaminaba hacia la plataforma del ascensor.

Tanto como podía recordar, la cuestión era la de una «situación» tanto como de una crisis permanente. Desde 1970, el mundo había estado dominado por dos problemas que, irónicamente, tendían a cancelarse mutuamente.

Aunque el control de natalidad era barato, de fiar y estaba avalado por las principales religiones, había llegado demasiado tarde; la población mundial había alcanzado ya la cifra de seis mil millones... el tercio de ellos en China. En algunas sociedades autoritarias hasta habían sido decretadas leyes limitando la familia a dos hijos, pero se había mostrado impracticable su cumplimiento. Como resultado de todo ello, la alimentación era escasa en todos los países; hasta los Estados Unidos tenían días sin carne, y se predecía una carestía extendida para dentro de quince años, a pesar de los heroicos esfuerzos para explotar los mares y desarrollar alimentos sintéticos.

Con la necesidad, más urgente que nunca, de una cooperación internacional, existían aún tantas fronteras como en cualquier época anterior. En un millón de años, la especie humana había perdido poco de sus instintos agresivos; a lo largo de simbólicas líneas visibles sólo para los políticos, las treinta y ocho potencias nucleares se vigilaban mutuamente con beligerante ansiedad. Entre ellas, poseían el suficiente megatonelaje como para extirpar la superficie entera de la corteza del planeta. A pesar de que —milagrosamente— no se habían empleado en absoluto las armas atómicas, tal situación difícilmente podía durar siempre.

Y ahora, por sus propias e inescrutables razones, los chinos estaban ofreciendo a las naciones más pequeñas una capacidad nuclear completa de cincuenta cabezas de torpedo y sistemas de propulsión. El precio era por debajo de los 200.000.000 de dólares, y podían ser establecidos cómodos plazos de pago.

Quizás estaban tratando sólo de sacar a flote a su hundida economía, trocando en dinero contante y sonante anticuados sistemas de armamento, como habían sugerido algunos observadores. O tal vez habían descubierto métodos bélicos tan avanzados que no necesitaban ya de tales juguetes; se había hablado de radiohipnosis desde satélites transmisores, de virus compulsivos, y de chantajes por enfermedades sintéticas para las cuales sólo ellos poseían el antídoto. Estas encantadoras ideas eran casi seguramente propaganda o pura fantasía, pero no era prudente descartar cualquiera de ellas. Cada vez que Floyd abandonaba la Tierra, se preguntaba si a su regreso la encontraría aún allí.

La pulida azafata le saludó cuando entró en la cabina.

—Buenos días, doctor Floyd. Yo soy Miss Simmons. Doy a usted la bienvenida a bordo en nombre del capitán Tynes y nuestro copiloto, primer oficial Ballard.

—Gracias —respondió Floyd con una sonrisa, preguntándose por qué se habían de parecer siempre las azafatas a guías-robot de turismo.

—Despegue dentro de cinco minutos —dijo ella, señalando a la vacía cabina de veinte pasajeros—. Puede usted instalarse donde guste, pero el capitán Tynes le recomienda el asiento de la ventana de la izquierda, si desea contemplar las operaciones de desatraque.

—Pues sí —respondió él, moviéndose hacia el asiento preferido. La azafata revoloteó en derredor suyo durante unos momentos, yéndose luego a su cubículo, a popa de la cabina.

Floyd se instaló en su asiento, ajustó el cinturón de seguridad en torno a cintura y hombros, y sujetó su cartera de mano en el asiento adyacente. Momentos después se oyó en el altavoz una voz clara y suave.

—Buenos días —dijo la voz de Miss Simmons—. Éste es el Vuelo Especial 3, de Kennedy a la Estación Uno del Espacio.

Al parecer, estaba determinada a largar todo el rollo rutinario a su solitario pasajero, y Floyd no pudo resistir una sonrisa mientras ella continuaba inexorablemente:

—Nuestro tiempo de tránsito será de cincuenta y cinco minutos. La aceleración máxima alcanzará dos ge, y estaremos ingrávidos durante treinta minutos. No abandone por favor su asiento hasta que se encienda la señal de seguridad.

Floyd miró por encima de su hombro y dijo

«Gracias», teniendo el vislumbre de una sonrisa un tanto embarazada pero encantadora.

Retrepóse en su butaca y se relajó. Calculó que aquel viaje iba a costar a los contribuyentes un poco más de un millón de dólares. De no ser justificado, él perdería su puesto; pero siempre podría volver a la Universidad y a sus interrumpidos estudios sobre la formación de los planetas.

—Establecido el autoconteo —dijo la voz del capitán en el altavoz, con el suave sonsonete empleado en la cháchara de la RT.

—Despegue en un minuto.

Como siempre, se pareció más a una hora. Floyd se dio buena cuenta, entonces, de las gigantescas fuerzas latentes a su derredor, en espera de ser desatadas. En los tanques de combustible de los dos ingenios espaciales, y en el sistema de almacenaje de energía de la plataforma de lanzamiento, se hallaba encerrada la potencia de una bomba nuclear. Y todo ello sería empleado para trasladarle a él a unas simples doscientas millas de la Tierra.

No se produjo el anticuado conteo a la inversa de CINCO-CUATRO-TRES-DOS-UNO-CERO, tan duro para el sistema nervioso humano.

—Lanzamiento en quince segundos. Se sentirá usted más cómodo si comienza a respirar profundamente.

Aquélla era buena psicología y buena fisiología. Floyd se sintió bien saturado de oxígeno, y dispuesto a habérselas con cualquier cosa, cuando la plataforma de lanzamiento comenzó a expeler sus mil toneladas de carga útil sobre el Atlántico.

Resultaba difícil decir el momento en que se alzaron de la plataforma y se hicieron aereotransportados, pero *cuando* el rugido de los cohetes redobló de súbito su furia, y *Floyd sintió que se hundía cada vez más profundamente en los cojines de su butaca, supo que* habían entrado en acción los motores del primer cuerpo. Hubiese deseado mirar por la ventanilla, pero hasta el girar la cabeza resultaba un esfuerzo. Sin embargo, no había ninguna incomodidad; en realidad, la presión de la aceleración y el enorme tronar de los motores producía una extraordinaria euforia. Zumbándole los oídos y batiendo la sangre en sus venas, Floyd se sintió más viviente de lo que lo había estado durante años. Era joven de nuevo, y sentía deseos de cantar en voz alta, lo cual podía muy bien hacer, pues nadie podría posiblemente oírle.

Había perdido casi el sentido del tiempo cuando disminuyeron bruscamente la presión y el ruido, y el altavoz de la cabina anunció:

—Preparado para separar el cuerpo inferior. Ya vamos.

Hubo una ligera sacudida; y de súbito Floyd recordó una cita de Leonardo da Vinci, que había visto en una ocasión expuesta en un despacho de la NASA:

La Gran Ave emprenderá su vuelo
en el lomo de la gran ave, dando
gloria al nido donde naciera.

Bien, la Gran Ave estaba volando ahora, más allá de los sueños de Leonardo, y su agotada compañera aleteaba de nuevo hacia la Tierra. En un arco de diez mil millas, el cuerpo inferior o primera etapa se deslizaría, penetrando en la atmósfera, trocando velocidad por distancia cuando se posara en Kennedy. Y en pocas horas, revisada y provista de nuevo combustible, estaría dispuesta de nuevo a elevar a otra compañera hacia el radiante silencio que ella no alcanzaría jamás.

Ahora vamos por nuestros propios medios, pensó Floyd, a más de medio camino de la órbita de aparcamiento. Al producirse de nuevo la aceleración, al dispararse los cohetes del cuerpo superior, el impulso fue mucho más suave; en realidad, no sintió más que gravedad normal. Pero le hubiese sido imposible andar, puesto que «Arriba» estaba en derechura hacia el frente de la cabina. De haber sido lo bastante necio como para abandonar su asiento, se hubiera estrellado al punto contra el tabique trasero.

Aquel efecto resultaba un tanto desconcertante, pues parecía que la nave se alzaba sobre su cola. Para Floyd, que estaba enfrente mismo de la cabina, todas las butacas se le aparecían como sujetas a una pared que descendiese verticalmente debajo de él. Se estaba esforzando por despejar tan desagradable ilusión, cuando el alba estalló al exterior de la nave.

En cuestión de segundos, atravesaron cendales de color carmesí, rosa, oro y azul, hasta la penetrante albura del día. A pesar de que las ventanillas estaban muy teñidas para reducir el fulgor, los haces de luz solar que barrieron lentamente la cabina dejaron semicegado a Floyd durante varios minutos. Se encontraba en el espacio, pero no había forma de ver las estrellas.

Se protegió los ojos con las manos e intentó fisgar a través de la ventanilla de su costado. Afuera, el ala replegada de la nave destellaba como metal incandescente a la reflejada luz solar; en su derredor, la oscuridad era absoluta, y aquella oscuridad debía de estar llena de estrellas... pero era imposible verlas.

El peso iba disminuyendo lentamente; los cohetes dejaban de funcionar a medida que la nave se situaba en órbita. El tronar de los motores se atenuó, convirtiéndose en un sordo ronquido, luego en suave siseo, y se redujo finalmente al silencio. De no haber sido por sus sujetadores, Floyd hubiese flotado fuera de su butaca; su estómago sintió como si de todos modos fuese a hacerlo así. Esperaba que las píldoras que le habían dado media hora y diez mil millas antes, obrarían como estaba especificado. Sólo una vez había sufrido el mareo espacial en su carrera, pero ya bastaba con ello, y a menudo hasta resultaba demasiado.

La voz del piloto era firme y confiada al sonar en el altavoz.

—Observe por favor todas las prescripciones Cero-ge. Vamos a atracar en la Estación Espacial Uno dentro de cuarenta y cinco minutos.

La azafata vino andando por el exiguo pasillo que estaba a la derecha de las próximas butacas. Había un ligero flotamiento en sus pasos, y sus pies se despegaban del suelo difícilmente, como si estuviesen encolados. Ella se mantenía en la brillante banda de alfombrado Velcro que discurría en toda la longitud del suelo... y del techo. La alfombra, y las suelas de las sandalias, estaban cubiertas de miríadas de minúsculas grapillas, que se adherían como ganchos. Este truco de andar en caída libre era inmensamente tranquilizador para los desorientados pasajeros.

—¿Desearía usted algo de café o de té, doctor Floyd? —preguntó ella con jovial solicitud.

—No, gracias —sonrió él. Siempre se sentía como una criatura cuando tenía que chupar de uno de aquellos tubos de plástico.

La azafata estaba aún rondando ansiosamente en su derredor, cuando abrió su cartera de mano, disponiéndose a revisar sus papeles.

—Doctor Floyd, ¿puedo hacerle a usted una pregunta?

—Desde luego —respondió él, mirando por encima de sus gafas.

—Mi prometido es geólogo en Tycho —dijo Miss Simmons, midiendo cuidadosamente sus palabras—, y no he tenido noticias de él hace ya más de una semana.

—Lo siento; quizá se encuentre fuera de su base, y fuera de contacto.

Ella meneó la cabeza, replicando:

—Él siempre me comunica cuándo va a suceder algo así. Y puede usted imaginarse lo preocupada que estoy... con todos esos rumores. ¿Es *realmente* verdad lo de una epidemia en la Luna?

—Si lo es, no supone ello motivo alguno de alarma. Recuerde cuando hubo una cuarentena en el 98 a causa de aquel virus mutado de la gripe. Mucha gente estuvo enferma... pero nadie murió. Y esto es realmente cuanto puedo decir —concluyó con firmeza.

Miss Simmons sonrió agradablemente y se enderezó.

—Bien, gracias de todos modos, doctor. Siento haberle molestado.

—No es molestia, en absoluto —respondió él, galante, aunque no muy sinceramente. Y acto seguido se sumió en sus interminables informes técnicos, en un desesperado último asalto a la habitual revisión.

Pues no tendría tiempo para leer, cuando llegase a la Luna.

8. CITA ORBITAL

Media hora después, anunció el piloto:

—Estableceremos contacto dentro de diez minutos. Compruebe por favor el correaje de seguridad de su asiento.

Floyd obedeció, y retiró sus papeles. Era buscarse molestias tratar de leer durante el acto de juegos malabares celestes que tenía lugar durante las últimas 300 millas; lo mejor era cerrar los ojos y relajarse, mientras el ingenio espacial traqueteaba con breves descargas de energía de los cohetes.

Pocos minutos después tuvo un primer vislumbre de la Estación Espacial Uno, a pocas millas tan sólo. La luz del sol destellaba y centelleaba en las bruñidas superficies del disco de trescientos metros de diámetro que giraba lentamente. No lejos, derivando en la misma órbita, se encontraba una replegada nave espacial *Tito-V*, y junto a ella una casi esférica *Aries-IB*, el percherón del espacio, con las cuatro recias y rechonchas patas de sus amortiguadores de alunizaje sobresaliendo de un lado.

La nave espacial *Orión III* estaba descendiendo de una órbita más alta, lo cual presentaba a la Tierra en vista espectacular tras la Estación. Desde su altitud de 200 millas, Floyd podía ver gran parte de África y el océano Atlántico. Había una considerable cobertura de nubes, pero aún podía detectar los perfiles verdiazules de la Costa de Oro.

El eje central de la Estación Espacial, con sus brazos de atraque extendidos, se hallaba ahora deslizándose suavemente hacia ellos. A diferencia de la estructura de la que brotaba, no estaba girando... o, más bien, estaba moviéndose a la inversa a un compás que contrarrestaba exactamente el propio giro de la Estación. Así, una nave espacial visitante podía ser acoplada a ella, para el traslado de personal o cargamento, sin ser remolineada desastrosamente en derredor.

Nave y Estación establecieron contacto, con el más suave de los topetazos. Del exterior llegaron ruidos metálicos rechinantes, y luego el breve silbido del aire al igualarse las presiones. Poco después se abrió la puerta de la cámara reguladora de presión, y penetró en la cabina un hombre vestido con los ligeros y ceñidos pantalones y la camisa de manga corta, que era casi el uniforme de la Estación Espacial.

—Encantado de conocerle, doctor Floyd. Yo soy Nick Miller, de la Seguridad de la Estación; tengo el encargo de velar por usted hasta la partida del correo lunar.

Se estrecharon las manos, y Floyd sonrió luego a la azafata, diciendo:

—Haga el favor de presentar mis cumplidos al capitán Tynes, y agradézcale el excelente viaje. Quizá la vuelva a ver a usted de regreso a casa.

Muy precavidamente —era ya más de un año desde la última vez que había estado ingrávido y pasaría aún algún tiempo antes de que recuperase su andar espacial— atravesó valiéndose de las manos la cámara reguladora de presión, penetrando en la amplia estancia circular situada en el eje de la Estación Espacial. Era un recinto espesamente acolchado, con las paredes cubiertas de asideros esconzados; Floyd asió uno de ellos firmemente, mientras la estancia entera comenzaba a girar, hasta acompasarse a la rotación de la Estación.

Al aumentar la velocidad, delicados y fantasmales dedos gravitatorios comenzaron a apresarle, siendo lentamente impelido hacia la pared circular. Ahora estaba meciéndose suavemente, como un alga marina mecida por la marea, en lo que mágicamente se había convertido en un piso combado. Estaba sometido a la fuerza centrífuga del giro de la estación, la cual era débil allí, tan cerca del eje, pero aumentaría constantemente cuando se moviera hacia el exterior.

Desde la cámara central de tránsito siguió a Miller bajando por una escalera en espiral. Al principio era tan liviano su peso que casi tuvo que forzarse a descender, asiéndose a la barandilla. No fue hasta llegar a la antesala de pasajeros, en el caparazón exterior del gran disco giratorio, cuando adquirió peso suficiente como para moverse en derredor casi normalmente.

La antesala había sido objeto de nueva decoración desde su última visita, dotándosela de algunos nuevos servicios. Junto a las acostumbradas butacas, mesitas, restaurante y estafeta de correos, había ahora una barbería, un «drugstore», una sala de cine, y una tienda de *souvenirs* en la que se vendían fotografías y diapositivas de paisajes lunares y planetarios, y garantizadas piezas auténticas de

Luniks, Rangers y Surveyors, todas ellas esmeradamente montadas en plástico y de precios exorbitantes.

—¿Puedo servirle en algo mientras esperamos? —preguntó Miller—. Embarcaremos dentro de unos treinta minutos.

—Me iría bien una taza de café cargado —dos terrones— y desearía llamar a Tierra.

—Bien, doctor. Voy a buscar el café... los teléfonos están allí.

Las pintorescas cabinas telefónicas estaban sólo a pocos metros de una barrera con dos entradas rotuladas BIENVENIDO A LA SECCIÓN U.S.A. y BIENVENIDO A LA SECCIÓN SOVIÉTICA. Bajo estos anuncios había advertencias que decían en inglés, ruso, chino, francés, alemán y español:

TENGA DISPUESTO POR FAVOR SU:
Pasaporte
Visado
Certificado médico
Permiso de transporte
Declaración de peso

Resultaba de un simbolismo más bien divertido el hecho de que tan pronto como los pasajeros atravesaban las barreras, en cualquiera de las dos direcciones, quedaban libres para mezclarse de nuevo. La división era puramente para fines administrativos.

Floyd, tras comprobar que la Clave de Zona para los Estados Unidos seguía siendo 81, marcó las doce cifras del número de su casa, introdujo en la ranura de abono su carta de crédito de plástico, para todo uso, y obtuvo la comunicación en treinta segundos.

Washington dormía aún, pues faltaban varias horas para el alba, pero no molestaría a nadie. Su ama de llaves se informaría del mensaje en el registrador, en cuanto se despertara.

«Miss Fleming... aquí Mr. Floyd. Siento que tuviera que mancharme tan de prisa. Llame por favor a mi oficina y pídales que recojan el coche... se encuentra en el "Aeropuerto Dulles", y la llave la tiene Mr. Bailey, oficial de Control de Vuelo. Seguidamente, llame al "Chevy Chase Country Club", y comunique a secretaría que *no podré* participar en el torneo de tenis de la próxima semana. Presente mis excusas... pues temo que contarán conmigo. Llame luego a la "Electrónica Dountown" y dígales que si no está acondicionado para el miércoles el vídeo de mi estudio... pueden llevárselo.» Hizo una pausa para respirar, y para intentar pensar en otras crisis o problemas que podían presentarse durante los días venideros. «Si anda escasa de dinero, pídalo en la oficina; pueden tener mensajes urgentes para mí, pero yo puedo estar demasiado ocupado para contestar. Besos a los pequeños, y dígales que volveré tan pronto como pueda. Vaya por Dios... aparece aquí alguien a quien no deseo ver... llamaré desde la Luna si puedo... adiós.»

Floyd intentó escabullirse de la cabina, pero era demasiado tarde; ya había sido visto. Y dirigiéndose a él, atravesaba la puerta de salida de la Sección Soviética el doctor Dmitri Moisevich, de la Academia de Ciencias de la U.R.S.S.

Dmitri era uno de los mejores amigos de Floyd; y por esa misma razón, era la última persona con quien deseaba hablar en aquel momento.

9. EL CORREO DE LA LUNA

El astrónomo ruso era alto, delgado y rubio, y su enjuto rostro denotaba sus cincuenta y cinco años... los diez últimos de los cuales los había pasado construyendo gigantescos observatorios de radio en lejanos lugares de la Luna, donde dos mil millas de sólida roca los protegerían de la intromisión electrónica de la Tierra.

—¡Vaya, Heywood! —dijo, con un firme apretón de manos—. ¡Qué pequeño es el Universo! ¿Cómo está usted... y sus encantadores pequeños?

—Magníficamente —respondió Floyd con afecto, pero con un aire ligeramente distraído—. A menudo hablamos de lo estupendamente que lo pasamos con usted el verano pasado. —Sentía no poder parecer más sincero; realmente, había disfrutado una semana de vacaciones en Odesa con Dmitri durante una de las visitas del ruso a la Tierra.

—¿Y usted... supongo que va hacia arriba? —inquirió Dmitri.

—Eh... sí... volaré dentro de media hora —respondió Floyd—. ¿Conoce usted a Mr. Miller?

El oficial de Seguridad se había aproximado ahora, permaneciendo a respetuosa distancia con una taza de plástico con café en la mano.

—Desde luego. Pero *por fav*or deje eso, Mr. Miller. Ésta es la última oportunidad del doctor Floyd de tomar una bebida civilizada... no ha de desperdiciarla. No... insisto.

Siguieron a Dmitri de la antesala principal a la sección de observación, y pronto estuvieron sentados a una mesa bajo una tenue luz contemplando el móvil panorama de las estrellas. La Estación Espacial Uno giraba una vez cada minuto, y la fuerza centrífuga generada por esa lenta rotación producía una gravedad artificial igual a la de la Luna. Se había descubierto que esto era una buena compensación entre la gravedad de la Tierra y la absoluta falta de gravedad; además, proporcionaba a los pasajeros con destino a la Luna la ocasión de aclimatarse.

Al exterior de las casi invisibles ventanas, discurrían en silenciosa procesión la Tierra y las estrellas. En aquel momento, esta parte de la Estación estaba ladeada con relación al Sol; de lo contrario, habría sido imposible mirar afuera, pues la estancia hubiese estado inundada de luz. Aún así, el resplandor de la Tierra, que llenaba medio firmamento, lo apagaba todo, excepto las más brillantes estrellas.

Pero la Tierra se estaba desvaneciendo a medida que la Estación orbitaba hacia la parte nocturna del planeta; dentro de pocos minutos sólo habría un enorme disco negro tachonado por las luces de las ciudades. Y entonces el firmamento pertenecería a las estrellas.

—Y ahora —dijo Dmitri, tras haberse echado rápidamente al coleto su primer vaso, volviendo después a llenarlo—, ¿qué es todo eso sobre una epidemia en el Sector U.S.A.? Quise ir allá en este viaje. «No, profesor —me dijeron—. Lo sentimos mucho, pero hay una estricta cuarentena hasta nuevo aviso.» Toqué las teclas que pude, pero fue inútil. Ahora, *usted* va a decirme lo que está sucediendo.

Floyd rezongó interiormente. «¡Ya estamos otra vez! —pensó—. Cuanto más pronto me encuentre a bordo de ese correo, rumbo a la Luna, tanto más feliz me sentiré.»

—La... ah... cuarentena, es una pura y simple medida de precaución —dijo cautelosamente—. Ni siquiera estamos seguros de que sea realmente necesaria, pero no queremos arriesgarnos.

—Pero, ¿cuál *es* la dolencia... cuáles son los síntomas? ¿Podría ser extraterrestre? ¿Necesita usted alguna ayuda de nuestros servicios médicos?

—Lo siento, Dmitri... se nos ha pedido que no digamos *nada* por el momento. Gracias por el ofrecimiento, pero podemos manejar la situación.

—Hum... —hizo Moisevich, evidentemente nada convencido—. A mí me parece extraño que le envíen a *usted*, un astrónomo, a examinar una epidemia en la Luna.

—Sólo soy un ex astrónomo; hace ya años que no he hecho una investigación verdadera. Ahora soy un científico experto; lo cual significa que no sé nada sobre absolutamente *todo*.

—¿Conocerá usted entonces lo que significa T.M.A. Uno?

Miller estuvo a punto de atragantarse con su bebida, pero Floyd era de una pasta más dura. Miró fijamente a los ojos a su antiguo amigo, y dijo sosegadamente:

—¿T.M.A. Uno? ¡Vaya expresión! ¿Dónde la oyó usted?

—No importa. Usted no puede engañarme. Pero si topa usted con algo que no pueda manejar, confío que no esperará a que sea demasiado tarde para pedir ayuda.

Miller miró significativamente a su reloj.

—Se ha de embarcar dentro de cinco minutos, doctor Floyd —dijo—. Me parece que será mejor que nos movamos.

Aunque sabía que todavía disponían de sus buenos veinte minutos, Floyd se apresuró a levantarse. Demasiado apresuradamente, pues había olvidado el sexto de gravedad. Hubo de asirse a la mesa, pues, haciéndolo a tiempo evitaba dar un bote hacia arriba.

—Ha sido magnífico el encontrarle a usted, Dmitri —dijo, no muy sinceramente—. Espero que tenga un buen viaje a la Tierra... le haré una llamada en cuanto regrese.

Al abandonar la estancia y atravesar la barrera U.S.A. de tránsito, Floyd observó:

—Uf... la cosa estaba que ardía. Gracias por haberme rescatado.

—Mire, doctor —dijo el oficial de Seguridad—, espero que no tenga razón.

—¿Razón sobre qué?

—Sobre toparnos con algo que no podamos manejar.

—*Eso* —respondió Floyd con determinación— es lo que yo intento descubrir.

Cuarenta y cinco minutos después, el *Aries-1B* Lunar partió de la estación. No se produjo nada de la potencia y furia de un despegue de la Tierra... sólo un casi inaudible y lejano silbido cuando los eyectores de plasma de bajo impulso lanzaron sus ráfagas electrificadas al espacio. El suave empellón duró más de cincuenta minutos, y la queda aceleración no hubiese impedido a nadie el moverse por la cabina. Pero una vez cumplida, la nave no estaba ya ligada a la Tierra, como lo estuviera mientras acompañaba aún a la Estación. Había roto los lazos de la gravedad y ahora era un planeta libre e independiente, contorneando el Sol en órbita propia.

La cabina que tenía ahora Floyd a su entera disposición había sido diseñada para treinta pasajeros. Resultaba raro, y producía más bien una sensación de soledad, el ver todas las butacas vacías, y ser atendido por entero por el camarero y la azafata... por no mencionar al piloto, copiloto, y dos mecánicos. Dudaba que ningún hombre en la historia hubiese recibido servicio tan exclusivo, y era sumamente improbable que sucediera en el futuro. Recordó la cínica observación de uno de los menos honorables pontífices: «Ahora que tenemos el Papado, disfrutemos de él.» Bien, él disfrutaría de este viaje, y de la euforia de la ingravidez. Con la pérdida de gravedad había, cuando menos por algún tiempo, descartado la mayoría de sus preocupaciones. Alguien había dicho una vez que uno podía sentirse aterrorizado en el espacio, pero no molestado. Lo cual era perfectamente verdad.

El camarero y la azafata estaban al parecer determinados a hacerle comer durante las veinticuatro horas del viaje, pues se veía rechazando constantemente platos no pedidos. El comer con gravedad cero no constituía ningún problema real, contrariamente a los sombríos augurios de los primeros astronautas. Sentábase a una mesa corriente, a la cual se sujetaban fuentes y platos, como a bordo de un buque con mar gruesa. Todos los cubiertos tenían algo de pegajoso, por lo que no se desprendían yendo a rodar por la cabina. Así un filete estaba adherido al plato por espesa salsa, y mantenida una ensalada con aderezo adhesivo. Había pocos artículos que no pudiesen ser tomados con un poco de habilidad y cuidado; las únicas cosas descartadas eran las sopas calientes y las pastas excesivamente quebradizas o desmenuzables. Las bebidas eran, desde luego, cuestión muy diferente, todos los líquidos habían de tomarse simplemente apretando tubos de plástico.

Una generación entera de investigación efectuada por heroicos pero no cantados voluntarios, se había empleado en el diseño del lavabo, el cual estaba ahora considerado como más o menos a prueba de imprudencias. Floyd lo investigó poco después del comienzo de la caída libre. Se encontró en un pequeño cubículo dotado de todos los dispositivos de un lavabo corriente de líneas aéreas, pero iluminado con una luz roja muy cruda y desagradable para los ojos. Un rótulo impreso en prominentes letras anunciaba: ¡MUY IMPORTANTE! PARA SU COMODIDAD, HAGA EL FAVOR DE LEER CUIDADOSAMENTE ESTAS INSTRUCCIONES.

Sentóse Floyd (uno tendía aún a hacerlo, hasta ingrávido) y leyó varias veces las instrucciones.

Y al asegurarse de que no había habido modificación alguna desde su último viaje, oprimió el botón de ARRANQUE.

Al alcance de la mano, comenzó a zumbar un motor eléctrico, y Floyd se sintió moviéndose. Cerró los ojos y esperó, tal como aconsejaban las instrucciones. Al cabo de un minuto, sonó suavemente una campanilla y miró en derredor. La luz había cambiado ahora a un sedante rosa-blanquecino; pero, lo que era más importante, se encontraba de nuevo sometido a la gravedad. Sólo la tenuísima vibración le reveló que era una gravedad falsa, causada por el giro de tiovivo de todo el compartimiento de aseo. Floyd tomó una jabonera, y la contempló caer con movimiento retardado; juzgó que la fuerza centrífuga era aproximadamente un cuarto de la gravedad normal. Pero ello era ya bastante; garantizaba que todo se movía en la dirección debida, en un lugar donde eso era lo que más importaba.

Oprimió el botón de PARADA PARA SALIR, y volvió a cerrar los ojos. El peso disminuyó lentamente al cesar la rotación, la campanilla dio un doble tañido, y volvió a encenderse la luz roja de precaución, y seguidamente se entornó la puerta con la debida posición para permitirle deslizarse fuera a la cabina, donde se adhirió tan rápidamente como le fue posible a la alfombra. Hacía tiempo que había agotado la novedad de la ingravidez, y agradecía a los deslizadores «Velcro» que le permitiesen andar casi normalmente.

Tenía mucho en qué ocupar su tiempo, aun cuando no hiciese más que sentarse y leer. Cuando se aburriese de los informes y memorándums y minutas oficiales, conmutaría la clavija de su bloque de noticias, poniéndola en el circuito de información de la nave y pasaría revista a las últimas noticias de la Tierra. Uno a uno conjuraría a los principales periódicos electrónicos del mundo; conocía de memoria las claves de los más importantes, y no tenía necesidad de consultar la lista que estaba al reverso de su bloque. Conectando con la unidad memorizadora de reducción, tendría la primera página, ojearía rápidamente los encabezamientos y anotaría los artículos que le interesaban. Cada uno de ellos tenía su referencia de teclado, al pulsar el cual, el rectángulo del tamaño de un sello de correos se ampliaría hasta llenar por completo la pantalla, permitiéndole así leer con toda comodidad. Una vez acabado, volvería a la página completa, seleccionando un nuevo tema para su detallado examen.

Floyd se preguntaba a veces si el bloque de noticias, y la fantástica tecnología que tras él había, sería la última palabra en la búsqueda del hombre de perfectas comunicaciones. Aquí se encontraba él, muy lejos en el espacio, alejándose de la Tierra a miles de millas por hora, y sin embargo en unos pocos milisegundos podía ver los titulares de cualquier periódico que deseara. (Verdaderamente que esa palabra de «periódico» resultaba un anacrónico pegote en la era de la electrónica.) El texto era puesto al momento automáticamente cada hora; hasta si se leía sólo las versiones inglesas, se podía consumir toda una vida no haciendo otra cosa sino absorber el flujo constantemente cambiante de información de los satélites-noticiarios.

Resulta difícil imaginar cómo podía ser mejorado o hecho más conveniente el sistema. Pero más pronto o más tarde, suponía Floyd, desaparecería para ser remplazado por algo tan inimaginable como pudo haber sido el bloque de noticias para Caxton o Gutenberg.

Había otro pensamiento que a menudo le llevaba a escudriñar aquellos minúsculos encabezamientos electrónicos. Cuanto más maravillosos eran los medios de comunicación, tanto más vulgares, chabacanos o deprimentes parecían ser sus contenidos. Accidentes, crímenes, desastres naturales y causados por la mano del hombre, amenaza de conflicto, sombríos editoriales... tal parecía ser aún la principal importancia de los millones de palabras esparcidas por el éter. Sin embargo, Floyd se preguntaba también si eso era en suma una mala cosa; los periódicos de Utopía, lo había decidido hacía tiempo, serían terriblemente insulsos.

De vez en cuando, el capitán y los demás miembros de la tripulación entraban en la cabina y cambiaban unas cuantas palabras con él. Trataban a su distinguido pasajero con respetuoso temor, y sin duda ardían en curiosidad sobre su misión, pero eran demasiado corteses para hacer cualquier pregunta o hasta para hacer cualquier insinuación.

Sólo la encantadora y menudita azafata parecía mostrarse completamente desenvuelta en su presencia. Floyd descubrió rápidamente que procedía de Bali, y había llevado allende la atmósfera algo de la gracia y el misterio de aquella isla aún no hollada en gran parte. Uno de sus más singulares y encantadores recuerdos de todo el viaje, fue la demostración de ella de la gravedad-cero mediante algunos movimientos de danza clásica balinesa, con el admirable verdiazul menguante de la Tierra como telón de fondo.

Hubo un período de sueño al apagarse las luces de la cabina y Floyd se sujetó brazos y piernas con las sábanas elásticas que le impedirían ser expelido al espacio. Parecía una tosca instalación... pero en la gravedad cero su litera no almohadillada era más cómoda que los más muelles colchones de la Tierra.

Una vez se hubo sujetado bien, Floyd se adormiló con bastante rapidez, pero se despertó en una ocasión en estado amodorrado y semiconsciente, quedando totalmente desconcertado por sus extraños aledaños. Durante un momento pensó que se encontraba dentro de una linterna china débilmente iluminada; el débil resplandor de los otros cubículos que le rodeaban daba esa impresión. Luego se dijo, con firmeza y fructuosamente: «Ea, a dormir, muchacho. Éste es sólo un corriente correo lunar.»

Al despertarse, la Luna se había tragado medio firmamento, y estaban a punto de comenzar las maniobras de frenado. El amplio arco de las ventanas encajado en la curvada pared de la sección de pasajeros miraba al cielo abierto, y no al globo cercano, por lo que se trasladó a la cabina de mando. Allí, en las pantallas retrovisoras de televisión, pudo contemplar las últimas fases del descenso.

Las cada vez más próximas montañas lunares, eran diferentes en absoluto de las de la Tierra; estaban faltas de las destellantes cimas de nieve, el verde ornamento de la vegetación, las móviles coronas de nubes. Sin embargo, el violento contraste de luz y sombra las confería una belleza propia. Las leyes de la estética terrestre no eran aplicables allí; aquel mundo había sido formado y modelado por fuerzas distintas a las terrestres, operando en eones de tiempo desconocidos a la joven y verdeante Tierra, con sus fugaces Eras Glaciales, sus mares alzándose y hundiéndose rápidamente, y sus cadenas de montañas disolviéndose como brumas ante el alba. Aquí era la edad inconcebible —pero no muerta, pues la Luna no había vivido nunca— hasta la fecha.

La nave en descenso quedó equilibrada casi sobre la línea divisoria de la noche y el día; directamente debajo de ella había un caos de melladas sombras y brillantes y aislados picos que captaban la primera luz de la lenta alba lunar. Aquél sería un espantoso lugar para intentar posarse, incluso contando con todas las posibles ayudas electrónicas; pero estaban derivando lentamente, apartándose de él, hacia la parte nocturna de la Luna.

Cuando sus ojos se acostumbraron más a la más débil iluminación, Floyd vio de pronto que la parte nocturna no estaba totalmente oscura, sino bañada por una luz fantasmal, pudiéndose ver claramente picos, valles y llanuras. La Tierra, gigantesca luna para la Luna, inundaba con su resplandor el suelo de abajo.

En el panel del piloto fulguraron luces sobre las pantallas de radar, y aparecieron y desaparecieron números en los señalizadores de las computadoras, registrando la distancia de la cercana Luna. Estaban aún a más de mil millas cuando volvió el peso al comenzar los propulsores una suave pero constante deceleración. Parecieron transcurrir siglos en que la Luna se expandió lentamente a través del firmamento, sumióse el Sol bajo el horizonte, y finalmente un gigantesco cráter llenó el campo visual. El correo estaba cayendo hacia sus picos centrales... y de súbito Floyd advirtió que próxima a uno de aquellos picos, destellaba con ritmo regular una brillante luz. Podía ser un faro de aeropuerto enfilado a la Tierra, y quedó con la mirada clavada en él y la garganta contraída. Era la prueba de que los hombres habían establecido otra posición en la Luna.

El cráter se había expandido ya tanto que sus baluartes se estaban deslizando bajo el horizonte, y los pequeños cráteres que salpicaban su interior estaban empezando a revelar su tamaño real. Algunos de ellos, que parecían minúsculos desde la lejanía en el espacio, tenían un diámetro de millas, y podrían haber engullido ciudades enteras.

Sometida a sus controles automáticos, la nave se deslizaba abajo por el firmamento iluminado por las estrellas, hacia aquel estéril paisaje a la luz de la grande y gibosa Tierra. Una voz se elevó ahora de alguna parte, sobre el silbido de los propulsores y los punteos electrónicos que atravesaban la cabina.

—Control Clavius a Especial 14; la entrada se realiza con exactitud. Efectúen por favor la comprobación manual del dispositivo de alunizaje, presión hidráulica, e inflado de la almohadilla parachoques.

El piloto oprimió diversos conmutadores, destellaron luces verdes, y respondió:

—Verificadas todas las comprobaciones manuales. Dispositivo de alunizaje, presión hidráulica, parachoques O.K.

—Confirmado —dijeron de la Luna.

El descenso continuó silenciosamente. Aunque aún había muchas comunicaciones, todas ellas corrían a cargo de máquinas, transmitiéndose mutuamente fulgurantes impulsos binarios a una cadencia miles de veces mayor que aquella con que sus constructores, de pensar lento, podían comunicarse.

Algunos de los picos de las montañas atalayaban ya a la nave; el suelo se hallaba solamente a pocos miles de pies, y la luz del faro era una brillante estrella fulgurando constantemente sobre un grupo de bajos edificios y extraños vehículos. En la fase final del descenso, los propulsores parecían estar tocando alguna singular tonada; sus intermitentes latidos verificaban el último ajuste preciso al impulso.

Bruscamente, una remolineante nube de polvo lo ocultó todo, los propulsores lanzaron un último chorro, y la nave se meció ligeramente, como un bote de remos acunado por una leve ola. Pasaron varios minutos antes de que Floyd pudiera aceptar realmente el silencio que ahora lo envolvía y la débil gravedad que asía sus miembros.

Había efectuado, sin el menor incidente y en poco más de un día, el increíble viaje con el que habían soñado los hombres durante dos mil años. Tras un vuelo normal, rutinario, había alunizado.

10. BASE CLAVIUS

Clavius, de 240 kms. de diámetro, es el segundo cráter, por su tamaño, de la cara visible de la Luna, y se encuentra en el centro de las cordilleras del Sur. Es muy viejo; eras de vulcanismo y de bombardeo del espacio han cubierto de cicatrices sus paredes y marcado de viruelas su suelo. Pero desde la última era de formación del cráter, cuando los restos del cinturón de asteriores estaban aún cañoneando los planetas interiores, había conocido paz durante quinientos mil años.

Ahora había nuevas y extrañas agitaciones sobre su superficie, y bajo ella, el hombre estaba estableciendo techar su primera cabeza de puente permanente en la Luna. En caso de emergencia, la Base Clavius podía bastarse por entero a sí misma. Todas las necesidades de la vida eran producidas por las rocas locales, una vez trituradas, calentadas y sometidas a un proceso químico. Y si uno sabía dónde buscarlos, podían hallarse en el interior de la Luna hidrógeno, oxígeno, carbono, nitrógeno, fósforo... y la mayoría de los demás elementos.

La Base era un sistema cerrado, como un modelo a escala reducida de la propia Tierra, reproduciendo el ciclo de todos los elementos químicos de la vida. La atmósfera era purificada en un vasto «invernadero»; un amplio espacio circular enterrado justamente bajo la superficie lunar. Bajo resplandecientes lámparas por la noche, y con filtrada luz solar de día, crecían hectáreas de vigorosas plantas verdes en una atmósfera cálida y húmeda. Eran mutaciones especiales, destinadas al objeto expreso de saturar el aire de oxígeno y proveer alimentos como subproducto.

Se producían más alimentos mediante sistemas de proceso químico y por el cultivo de algas. Aunque la verde espuma que circulaba a través de metros de tubos de plástico no habría incitado a un *gourmet*, los bioquímicos podían convertirla en chuletas, que sólo un experto podría diferenciar de las verdaderas.

Los mil cien hombres y seiscientas mujeres que componían el personal de la Base eran bien formados científicos y técnicos, cuidadosamente seleccionados antes de su partida de la Tierra. Aunque la existencia lunar se encontraba ya virtualmente exenta de las penalidades, desventajas y ocasionales peligros de los primeros días, resultaba aún exigente psicológicamente, y no recomendable para quien sufriera de claustrofobia. Debido a lo costoso que resultaba y al consumo de tiempo que requería el trazar una amplia base subterránea en roca sólida o lava compacta, el normativo «módulo de estancia» para una persona era una habitación de sólo dos metros de ancho, por cuatro de largo y tres de alto.

Cada habitación estaba atractivamente amueblada y se asemejaba mucho al apartamiento de un buen motel, con sofá convertible, TV, pequeño aparato Hi-Fi, y teléfono. Además, mediante un truco de decoración interior, la única pared intacta podía convertirse pulsando un conmutador en un convincente paisaje terrestre. Había una selección de ocho vistas.

Este toque de lujo era típico de la Base, aunque resultaba difícil explicar su necesidad a la gente de la Tierra. Cada hombre y mujer de Clavius había costado cien mil dólares en adiestramiento, transporte y alojamiento; merecía la pena un pequeño extra para mantener su sosiego espiritual. No se trataba del arte por el arte, sino del arte en pro de la paz mental.

Una de las atracciones de la vida en la Base —y en la Luna en general— era indudablemente la baja gravedad, que producía una sensación de cabal bienestar. Sin embargo, tenía sus peligros, y pasaban varias semanas antes de que un emigrante de la Tierra pudiera adaptarse. En la Luna, el cuerpo humano había de aprender toda una nueva serie de reflejos. Tenía que distinguir, por primera vez, entre masa y peso.

Un hombre que pesara noventa kilos en la Tierra podría sentirse encantado al descubrir que en la Luna su peso era sólo de quince. En tanto se moviera en línea recta y a velocidad uniforme, experimentaba una maravillosa sensación de flotar. Pero en cuanto intentara cambiar de trayectoria, doblar esquinas, o detenerse de súbito... *entonces* descubría que seguían existiendo sus noventa kilos de masa, o inercia. Pues ello era fijo e inalterable... lo mismo en la Tierra, la Luna, el Sol o en el espacio libre. Por lo tanto, antes de que pudiera uno adaptarse debidamente a la vida lunar, era esencial aprender que todos los objetos eran ahora seis veces más lentos de lo que sugería su mero peso. Era una lección que se llevaba uno a casa a costa de numerosas colisiones y duros porrazos, y las viejas manos lunares se mantenían a distancia de los recién llegados hasta que estuvieran aclimatados.

Con su complejo de talleres, despachos, almacenes, centro computador, generadores, garaje, cocina, laboratorios, y planta para el proceso de alimentos, la Base Clavius era en sí misma un mundo en miniatura. E irónicamente, muchos de los hábiles e ingeniosos artificios empleados para construir este imperio subterráneo, fueron desarrollados durante la media centuria de la Guerra Fría.

Cualquiera que hubiese trabajado en un endurecido e insensible emplazamiento de misiles, se habría encontrado en Clavius como en su propia casa. Aquí en la Luna había los mismos artilugios y los mismos ingenios de la vida subterránea, y de protección contra un ambiente hostil; pero habían sido cambiados para el objetivo de la paz. Al cabo de diez mil años, el hombre había hallado al fin algo tan excitante como la guerra.

Por desgracia, no todas las naciones se habían percatado de ese hecho.

Las montañas que habían sido tan prominentes poco antes del alunizaje, habían desaparecido misteriosamente, ocultadas a la vista bajo la acusada curva del horizonte lunar. En torno a la nave espacial había una llanura lisa y gris, brillantemente iluminada por la sesgada luz terrestre. Aunque el firmamento era, desde luego, completamente negro, sólo podían ser vistos en él los más brillantes planetas y estrellas, a menos que se protegieran los ojos contra el resplandor de la superficie.

Varios extrañísimos vehículos rodaban en dirécción a la nave espacial *Aries 1-B*: grúas, cabrias, camiones de reparación; algunos automáticos y otros manejados por un conductor instalado en una pequeña cabina de presión. La mayoría tenían neumáticos, pues aquella suave y nivelada llanura no planteaba dificultades de transporte en absoluto; pero un camión-cisterna rodaba sobre las peculiares ruedas flexibles que habían resultado uno de los mejores medios para andar recorriendo la Luna. La rueda flexible, compuesta de placas planas dispuestas en círculo, y montada y alabeada independientemente cada una, tenía muchas de las ventajas del tractor-oruga, del que había evolucionado. Adaptaba su forma y diámetro al terreno sobre el que se movía, y a diferencia del tractor-oruga, continuaría funcionando aun cuando le faltaran algunas de sus secciones.

Una camioneta con un tubo extensible semejante a la gruesa trompa de un elefante, lo frotaba ahora cariñosamente contra la nave espacial. Pocos segundos después, se oyeron ruidos como de puñetazos o porrazos en el exterior, seguidos del sonido del aire silbante al establecerse las conexiones e igualarse la presión. Abrióse seguidamente la puerta interior de la esclusa reguladora de la presión del aire, y entró el comité de recepción.

Estaba encabezado por Ralph Halvorsen, Administrador de la Provincia del Sur... que incluía no sólo a la Base sino también cualquiera de las partes de los equipos de exploración que operaban desde ella. Con él se encontraba su Jefe del Departamento Científico, el doctor Roy Michaels, un pequeño y canoso geofísico al que Floyd conocía de visitas previas, y media docena de los principales científicos y ejecutivos. Todos saludaron a Floyd con respetuoso alivio; desde el Administrador para abajo, resultaba evidente que les parecía tener una oportunidad de desembarazarse de algunas de sus preocupaciones.

—Encantados de tenerle entre nosotros, doctor Floyd —dijo Halvorsen—. ¿Tuvo usted buen viaje?

—Excelente —respondió Floyd—. No pudo haber sido mejor. La tripulación me atendió estupendamente.

Intercambiaron las acostumbradas frases sin importancia que la cortesía requería, mientras el autobús se apartaba de la nave espacial; por tácito acuerdo, nadie mencionó el motivo de su visita. Tras recorrer unos cincuenta metros desde el lugar del alunizaje, el autobús llegó ante un gran rótulo que rezaba:

BIENVENIDO A LA BASE CLAVIUS
Cuerpo de Ingeniería Astronáutica de U.S.A.
1994

Seguidamente se sumieron en una especie de trinchera que los llevó rápidamente bajo el nivel del suelo. Se abrió una maciza puerta, que volvió a cerrarse tras ellos y ocurrió lo mismo con otras dos. Una vez cerrada la última puerta, hubo un gran bramido de aire, y de nuevo estuvieron en la atmósfera, en el ambiente de mangas de camisa de la Base.

Tras un breve recorrido por un túnel atestado de tubos y cables, y resonante de sordos ecos de rítmicos estampidos y palpitaciones, llegaron al territorio de la Dirección, y Floyd se volvió a encontrar en el familiar ambiente de máquinas de escribir, computadoras de despacho, muchachas auxiliares, mapas murales y repiqueteantes teléfonos. Al hacer una pausa frente a la puerta que ostentaba el rótulo de ADMINISTRADOR, Halvorsen dijo diplomáticamente:

—El doctor Floyd y yo estaremos en la sala de conferencias dentro de un par de minutos.

Los demás asintieron, dijeron algunas frases agradables, y se fueron por el pasillo. Pero antes de que Halvorsen pudiera introducir a Floyd en su despacho, hubo una interrupción. Abrióse la puerta, y una figurilla se precipitó hacia el Administrador, gritando:

—¡Papi! ¡Has estado en la Punta! ¡Y *prometiste* llevarme!

—Vamos, Diana —dijo Halvorsen, con impaciente ternura—, sólo dije que te llevaría si podía. Pero he estado muy ocupado esta mañana, recibiendo al doctor Floyd. Dale la mano... acaba de llegar de la Tierra.

La pequeña —Floyd estimó que tendría unos ocho años— extendió una floja manita. Su cara le era vagamente conocida, y Floyd se dio cuenta de súbito de que el Administrador le estaba mirando con sonrisa burlona. Súbitamente hizo memoria, y comprendió por qué.

—¡No puedo creerlo! —exclamó—. ¡Pero si no era más que una criatura, cuando estuve aquí últimamente!

—La semana pasada cumplió sus cuatro años

—respondió con orgullo Halvorsen—. Los niños crecen rápidamente en esta baja gravedad. Pero no alcanzan la madurez tan de prisa... vivirán más que nosotros.

Floyd fijó su mirada, como fascinado, en la aplomada damita, observando su gracioso continente y la desusadamente delicada estructura de su cuerpecito.

—Encantado de verte de nuevo, Diana —dijo. Luego, algo, quizá por curiosidad, o acaso cortesía, le impulsó a añadir—: ¿Te gustaría ir a la Tierra?

Los ojos de la niña se agrandaron de asombro, y luego meneó la cabeza, diciendo:

—Es un lugar desagradable; una se hace daño al caer. Además, hay demasiada gente.

Aquí, se dijo Floyd, está la primera generación de los nativos del espacio; habrá más, en los años venideros. Aunque había melancolía en su pensamiento, también había una gran esperanza. Cuando estuviese la Tierra mansa y tranquila, y quizás algo cansada, habría un campo de acción para quienes amaran la libertad, para los duros pioneros, los inquietos aventureros. Pero sus instrumentos no serían el hacha y el fusil, la canoa y la carreta; serían la planta nuclear de energía, el impulso del plasma y la granja hidropónica. Se estaba aproximando velozmente al tiempo en que la Tierra, como todas las madres, debía decir adiós a sus hijos.

Con una mezcla de amenazas y promesas, Halvorsen logró desembarazarse de su decidido retoño, y condujo a Floyd al despacho. La estancia del Administrador era sólo de cinco metros cuadrados, pero lograba contener todos los avíos y símbolos de la posición del típico jefe de un departamento con 50.000 dólares de sueldo anuales. Fotografías dedicadas de importantes políticos —incluyendo la del Presidente de los Estados Unidos y la del Secretario General de las Naciones Unidas— adornaban una pared, cubriendo la mayor parte de otra unas fotos asimismo firmadas por célebres astronautas.

Floyd se hundió en un cómodo sillón de cuero, siéndole ofrecida una copa de «jerez», obsequio de los laboratorios biológicos lunares.

—¿Cómo van las cosas, Ralph? —preguntó Floyd, paladeando la bebida primero con precaución, y aprobatoriamente luego.

—No demasiado mal —replicó Halvorsen—. Sin embargo, *hay* algo que es mejor que conozcas, antes de que te metas en harina.

—¿Qué es ello?

—Bueno, supongo que podría describirlo como un problema moral —suspiró Halvorsen.

—¡Oh!

—No es serio todavía, pero va rápidamente en camino de serlo.

—La suspensión de noticias.

—Exacto —replicó Halvorsen—. Mi gente se está soliviantando con ello. Después de todo, la mayoría de ellos tienen familias en la Tierra, las cuales probablemente creen que se han muerto de una epidemia lunar.

—Lo siento —dijo Floyd— pero a nadie se le ocurrió una tapadera mejor, y hasta ahora ha servido. Por cierto... encontré a Moisevich en la Estación Espacial y hasta *él* se la tragó.

—Bien, eso debería hacer feliz a la Seguridad.

—No demasiado... ha oído hablar del T.M.A. Uno; comienzan a filtrarse rumores... Nosotros no podemos hacer una declaración, hasta que sepamos qué diablos es y si nuestros amigos los chinos están tras ello.

—El doctor Michaels cree que tiene una respuesta para eso. Se perece por decírsela a usted.

Floyd vació su copa.

—Y yo me perezco por oírle. Vamos allá.

11 ANOMALÍA

La conferencia tuvo lugar en una amplia estancia rectangular que podía contener fácilmente cien personas. Estaba equipada con los más recientes dispositivos ópticos y electrónicos y se habría parecido a una sala de conferencias modelo a no ser por los numerosos carteles, retratos, anuncios y pinturas de aficionados, que indicaban que también era el centro de la vida cultural local. A Floyd le llamó particularmente la atención una colección de señales, reunidas evidentemente con esmerado cuidado, y que portaban advertencias tales como POR FAVOR, APARTESE DEL CÉSPED; NO APARQUE EN DÍAS PARES; PROHIBIDO FUMAR; A LA PLAYA; PASO DE GANADO; PERALTES SUAVES y NO DÉ COMIDA A LOS ANIMALES. De ser auténticos —como ciertamente lo parecían— su transporte desde la Tierra debió de haber costado una pequeña fortuna. Había un con movedor desafío en ellos; en aquel mundo hostil, los hombres podían bromear aún sobre las cosas que se habían visto obligados a abandonar... y que sus hijos no echarían nunca en falta.

Un numeroso grupo de cuarenta o cincuenta personas estaba esperando a Floyd, y todos se levantaron cortésmente cuando entró siguiendo al Administrador. Mientras saludaba con un ademán de la cabeza a varios rostros conocidos, Floyd cuchicheó a Halvorsen:

—Me gustaría decir unas cuantas palabras antes de la conferencia.

Floyd tomó asiento en la fila de delante, mientras el Administrador subía a la tribuna y miraba en torno a su auditorio.

—Damas y caballeros —comenzó Halvorsen—, no necesito decirles que ésta es una ocasión muy importante. Estamos encantados de tener entre nosotros al doctor Heywood Floyd. Todos le conocemos por su reputación, y algunos de nosotros personalmente. Acaba de efectuar un vuelo especial desde la Tierra para venir aquí, y antes de la conferencia, desea dirigirnos unas palabras. Doctor Floyd, por favor...

Floyd pasó a ocupar la tribuna en medio de un aplauso cortés, contempló al auditorio con una sonrisa y dijo:

—Gracias... sólo deseo decir lo siguiente: el Presidente me ha pedido les transmita su aprecio por su sobresaliente tarea, que esperamos podrá ser reconocida en breve por el mundo. Me doy perfecta cuenta —continuó solícito—, de que algunos de ustedes, quizá la mayoría, están ansiosos porque se rasgue el presente velo de secreto; no serían ustedes científicos si pensaran de otro modo.

Vislumbró al doctor Michaels, cuyo rostro estaba ligeramente fruncido, rasgo acentuado por una larga cicatriz en su mejilla derecha... probablemente consecuencia de algún accidente en el espacio. Se daba buena cuenta de que el geólogo había estado protestando vigorosamente contra ese «cuento de policías y ladrones».

—Pero deseo recordarles —prosiguió Floyd—, que ésta es una situación totalmente extraordinaria. Hemos de estar absolutamente seguros de nuestros propios actos; ahora, si cometemos errores, puede no haber una segunda oportunidad... así que, por favor, les ruego sean pacientes un poco más. Tales son también los deseos del Presidente... Y esto es todo cuanto tengo que decir. Ahora estoy dispuesto a escuchar su informe.

Volvió a su asiento, el Administrador dijo. «Muchas gracias por sus palabras, doctor Floyd», e hizo un ademán con la cabeza, más bien bruscamente, a su Jefe Científico. Atendiendo la indicación, el doctor Michaels se encaminó a la tribuna, y las luces se atenuaron.

Una fotografía de la Luna apareció en la pantalla. En el mismo centro del disco había el brillante anillo de un cráter, del cual se proyectaban en abanico unos llamativos rayos. Parecía exactamente como si alguien hubiese arrojado un saco de harina a la cara de la Luna, esparciéndose aquélla en todas direcciones.

—En esta fotografía vertical —dijo Michaels, apuntando el cráter central—, Tycho es aún más notable que visto desde la Tierra; pues se encuentra más bien próximo al borde de la Luna. Pero observado desde *este* punto de vista —mirándolo directamente desde una altura de mil millas— verán ustedes cómo domina un hemisferio entero.

Dejó que Floyd absorbiera aquella vista no conocida de un objeto conocido, y prosiguió luego:

—Durante el año pasado hemos estado efectuando una inspección magnética de la región, desde un satélite de bajo nivel. Sólo el mes pasado fue completada... y éste es el resultado, el mapa que dio origen a todo el trastorno.

Otra imagen apareció en la pantalla; se parecía a un mapa de perfil, aunque mostraba intensidad magnética, sin alturas sobre el nivel del mar. En su mayor parte, las líneas eran aproximadamente paralelas y espaciadas; pero en una esquina del mapa se apretaban de pronto, formando una serie de círculos concéntricos... como el dibujo de un nudo en un trozo de madera.

Hasta para un ojo inexperimentado, resultaba evidente que algo peculiar había sucedido al campo magnético de la Luna en aquella región; y en grandes letras a través de la base del mapa había las palabras: ANOMALÍA MAGNÉTICA DE TYCHO — UNO (T.M.A.-1). En el extremo superior derecho aparecía CLASIFICADO.

—Al principio pensamos que podía tratarse de un crestón de roca magnética, pero toda la evidencia geológica estaba en contra de ello. Y ni siquiera un gran meteorito de ferroníquel podía producir un campo tan intenso como éste; por lo que tomamos la decisión de ir a examinarlo.

»La primera partida no descubrió nada... sólo el acostumbrado terreno llano, enterrado bajo una muy tenue capa de polvo lunar. Introdujeron un taladro en el centro exacto del campo magnético, para obtener una muestra para su estudio. A siete metros, el taladro se detuvo. Así que el grupo de investigación comenzó a excavar... tarea nada fácil en traje espacial, puedo asegurarles.

»Lo que hallaron les hizo volver apresuradamente a la Base. Enviamos un grupo mayor, con mejor equipo. Excavaron durante dos semanas... con el resultado que conocen ustedes.

La ensombrecida sala de conferencias se tornó de súbito muda y expectante al cambiar la imagen de la pantalla. Aunque todos la habían visto varias veces, no había nadie que no alargase el cuello como si esperase encontrar nuevos detalles. En la Tierra y en la Luna, se había permitido a menos de cien personas, hasta entonces, que posaran sus ojos en aquella fotografía.

Mostraba a un hombre en brillante traje espacial rojo y amarillo, de pie en el fondo de una excavación, y sosteniendo una vara de agrimensor marcada en decímetros. Era evidentemente una foto sacada de noche, y podía haber sido tomada en cualquier lugar de la Luna o Marte. Pero hasta la fecha, ningún planeta había producido nunca una escena como aquélla.

El objeto ante el cual posaba el hombre con el traje espacial, era una losa vertical de material como azabache, de unos cuatro metros aproximadamente de altura y sólo dos de anchura; a Floyd le recordó, un tanto siniestramente, una gigantesca lápida sepulcral. De aristas perfectamente agudas y simétricas, era tan negra que parecía haber engullido la luz que incidía sobre ella; no presentaba en absoluto ningún detalle de superficie. Resultaba imposible precisar si estaba hecha de piedra, de metal, de plástico... o de algún otro material absolutamente desconocido por el hombre.

—T.M.A.-1 —declaró casi reverentemente el doctor Michaels—. Parece como nueva ¿no es así? Apenas puedo censurar a quienes pensaban que sólo tenía una antigüedad de unos pocos años, y trataban de relacionarla con la Expedición China del 98. Pero por mi parte, nunca creí en ello... y ahora hemos sido capaces de fecharla positivamente, a través de la evidencia geológica local.

»Mis colegas y yo, doctor Floyd, ponemos en juego nuestra reputación en esto. T.M.A.-1 no tiene nada que ver con los chinos. En realidad, no tiene nada que ver con la especie humana... pues cuando fue enterrada ahí, *no había* humanos.

»Tiene una antigüedad de aproximadamente tres millones de años. Lo que está usted ahora contemplando es la primera evidencia de vida inteligente fuera de la Tierra.

12. VIAJE CON LUZ TERRESTRE

MACRO-CRATER PROVINCE: Se extiende al Sur desde cerca del centro de la cara visible de la Luna, al Este del Cráter Central Province. Densamente festoneado con cráteres de impacto, muchos de ellos grandes, incluyendo el mayor de la Luna; al Norte, algunos cráteres abiertos por impacto, formando el Mar Imbrium. Superficies escabrosas casi por doquiera, excepto en algunos fondos de cráter. La mayoría de las superficies en declive, generalmente de 10° a 12°; algunos fondos de cráter casi llanos.

ALUNIZAJE Y MOVIMIENTO: Alunizaje generalmente difícil debido a las escabrosas y escarpadas superficies; menos difícil en los fondos llanos de algunos cráteres. Movimiento posible casi en todas partes, pero se requiere selección de ruta; menos difícil en los fondos llanos de algunos cráteres.

CONSTRUCCIÓN: Por lo general, moderadamente difícil debido al declive, y numerosos grandes bloques de material suelto; difícil la excavación de lava en algunos fondos de cráter.

Tycho. Post-Maria cráter, de 80 km. de diámetro, borde de 2.500 metros sobre el terreno circundante; fondo de 3.600 metros; tiene el más prominente sistema de radios de la Luna, extendiéndose algunos a más de 800 kilómetros.

(Extraído del «Estudio especial de Ingeniería de la Superficie de la Luna», Despacho, Jefe de Ingenieros, Departamento del Ejército. Inspección Geológica U.S.A, Washington, 1961).

El laboratorio móvil que rodaba entonces a través del llano del cráter a ochenta kilómetros por hora, se parecía más a un remolque de mayor tamaño que el normal, montado sobre ocho ruedas flexibles. Pero era mucho más que eso; era una base independiente en la cual podían vivir y trabajar veinte hombres durante varias semanas. En realidad, era virtualmente una astronave para la propulsión terrestre... y en caso de emergencia podía también volar. Si llegaba a una grieta profunda o cañón demasiado grande para poder contornearlo, y demasiado escarpado para introducirse, podía atravesar el obstáculo con sus cuatro propulsores inferiores.

Fisgando el exterior por la ventanilla, Floyd veía extenderse ante él una pista bien trazada, donde docenas de vehículos habían dejado una apretada banda en la quebradiza superficie de la Luna. A intervalos regulares a lo largo de la pista había altas y gráciles farolas de destellante luz. Nadie podía posiblemente perderse, en el trayecto de 320 kilómetros que había de la base Clavius a T.M.A.-1, aunque fuese de noche y tardara aún varias horas en salir el sol.

Las estrellas eran sólo un poco más brillantes, o más numerosas, que en una clara noche desde las altiplanicies de Nuevo México o del Colorado. Pero había dos cosas en aquel firmamento, negro como el carbón, que destruían cualquier ilusión de Tierra.

La primera era la propia Tierra, un resplandeciente fanal suspendido sobre el horizonte septentrional. La luz que derramaba aquel gigantesco hemisferio era docenas de veces más brillante que la de la Luna llena, y cubría todo aquel suelo con una fría y verdiazulada fosforescencia.

La segunda aparición celestial era un tenue y nacarado cono de luz sesgado sobre el firmamento de levante, el cual se hacía cada vez más brillante hacia el horizonte, sugiriendo grandes incendios ocultos justamente bajo el borde de la Luna. Era una pálida aureola que nadie pudo ver nunca desde la Tierra, excepto durante los momentos de un eclipse total. Era el halo anunciador del alba lunar, el aviso de que antes de poco tiempo, el sol bañaría aquel soñoliento suelo.

Instalado con Halvorsen y Michaels en la cabina delantera de observación, inmediatamente bajo el puesto del conductor, Floyd sintió que sus pensamientos volvían una y otra vez al abismo de tres millones de años que acababa de abrirse ante él. Como todos los hombres ilustrados, estaba acostumbrado a considerar períodos de tiempo mucho más grandes... pero habían concernido sólo a los movimientos de las estrellas y a los lentos ciclos del universo inanimado. No habían estado implicadas ni la mente ni la inteligencia; aquellos eones estaban vacíos de cuanto tocara a las emociones.

¡Tres millones de años! El infinitamente atestado panorama de historia escrita, con sus imperios y sus reyes, sus triunfos y sus tragedias, cubre escasamente una milésima de ese tremendo lapso de tiempo. No sólo el propio Hombre, sino la mayoría de los animales que viven hoy en la Tierra, no existían siquiera cuando este negro enigma fue tan cuidadosamente enterrado aquí, en el más brillante y más espectacular de todos los cráteres de la Luna.

De que fue enterrado, y del todo deliberadamente, estaba absolutamente seguro el doctor Michaels. «Al principio —explicaba—, más bien esperaba que pudiera marcar el emplazamiento de alguna estructura subterránea, pero nuestras más recientes excavaciones han eliminado tal suposición. Se halla asentado en una amplia plataforma del mismo negro material, con roca inalterada debajo. Las *criaturas* que lo diseñaron quisieron asegurarse de que permanecería inconmovible ante los mayores terremotos lunares. Estaban construyendo para la eternidad.»

Había un acento triunfal, y, sin embargo, melancólico, en la voz de Michaels, y Floyd compartía ambas emociones. Al fin, había sido respondido uno de los más antiguos interrogantes del hombre; aquí estaba la prueba, más allá de toda sombra de duda, de que no era la suya la única inteligencia que había producido el Universo. Pero con ese conocimiento, volvía de nuevo una dolorosa certidumbre de la inmensidad del Tiempo. La Humanidad había narrado en cien mil generaciones todo cuanto pasara de aquel modo. Quizás estaba bien así, se dijo Floyd. Sin embargo... ¡cuánto podíamos haber aprendido de seres que podían cruzar el espacio, mientras nuestros antepasados vivían aún en los árboles!

Unos cientos de metros más adelante, emergía

un poste indicador sobre el singularmente limitado horizonte de la Luna. En su base había una estructura en forma de tienda, cubierta con reluciente chapa de plata, evidentemente para la protección contra el terrible calor diurno. Al pasar el vehículo frente a ella, Floyd pudo leer a la brillante luz terrestre:

DEPÓSITO DE EMERGENCIA — 3

20 litros de lox (oxígeno líquido)
10 litros de agua
20 paquetes de alimentos Mk 4
1 caja de herramientas Tipo B
1 serie de pertrechos de reparación
¡TELÉFONO!

—¿Sabe algo de *eso*? —preguntó Floyd, apuntando afuera—. Supongo que debe de tratarse de un escondrijo de abastecimientos, dejado por alguna expedición que nunca volvió...

—Es posible —admitió Michaels—. El campo magnético rotuló ciertamente su posición, de manera que pudiera ser fácilmente hallada. Pero es más bien pequeña... no puede contener mucha cantidad de abastecimientos.

—¿Por qué no? —intervino Halvorsen—. ¿Quién sabe lo grandes que eran *ellos*? Quizá sólo tenían centímetros de estatura, lo cual convertiría a eso en una construcción de una altura de veinte o treinta pisos.

Michaels meneó la cabeza.

—Queda descartado —protestó—. No puede haber criaturas inteligentes muy pequeñas; se necesita un mínimo de tamaño cerebral.

Floyd se había dado ya cuenta de que Michaels y Halvorsen solían sustentar opiniones opuestas, aun cuando no pareciese existir una hostilidad o fricción personal entre ellos. Parecían respetarse mutuamente; simplemente, estaban de acuerdo o en desacuerdo.

Cabía ciertamente poca concordancia entre la naturaleza de T.M.A.-1... o del Monolito Tycho, como algunos preferían llamarlo, reteniendo parte de la abreviatura. En las seis horas desde que había puesto pie en la Luna, Floyd había oído una docena de teorías, mas no se había pronunciado por ninguna de ellas. Santuario, templete, tumba, mojón de reconocimiento, instrumento selenofísico... éstas eran quizá las sugestiones favoritas, y algunos de los protagonistas se acaloraban mucho en su defensa. Se habían cruzado diversas apuestas, y gran cantidad de dinero cambiaría de mano cuando fuese conocida finalmente la verdad... en caso de que lo fuera alguna vez.

Hasta el momento, el duro material negro de la losa había resistido todos los intentos, más bien suaves, que habían efectuado Michaels y sus colegas para obtener muestras. No dudaban en absoluto de que un rayo láser la hendiría —pues, seguramente, nada podía resistir *aquella* terrible concentración de energía— pero había de dejarse a Floyd la decisión de emplear medidas violentas. Él había decidido ya que los rayos X, las sondas sónicas, los haces de neutrones y todos los demás medios de investigación no-destructiva, fuesen puestos en juego antes de recurrir a la artillería pesada del láser. Era muestra de barbarie destruir algo que no se podía comprender; pero quizá los hombres eran bárbaros, en comparación con los seres que habían construido aquel objeto.

¿Y de dónde *podían* haber procedido? ¿De la misma Luna? No, eso era totalmente improbable. Cualquier avanzada civilización terrestre —presumiblemente no-humana— de la Era Pleistocena, habría dejado muchas otras huellas de su existencia. Lo hubiésemos sabido todo de ella, pensó Floyd, mucho antes de que llegáramos a la Luna.

Ello dejaba dos alternativas... los planetas y las estrellas. Sin embargo, había pruebas abrumadoras en contra de la vida inteligente en cualquier otra parte del Sistema Solar... o simplemente de vida de *cualquier* clase excepto en la Tierra y en Marte. Los planetas interiores eran demasiado calientes, los exteriores excesivamente fríos, a menos que se descendiera en su atmósfera a profundidades donde las presiones alcanzaban cientos de toneladas por centímetro cuadrado.

Así, los visitantes habrían venido quizá de las estrellas... lo cual resultaba aún más increíble. Al mirar arriba, a las constelaciones desparramadas a través del firmamento lunar de ébano, Floyd recordó cuán a menudo habían «demostrado» sus colegas científicos la imposibilidad de un viaje interestelar. El recorrido de la Tierra a la Luna era ya bastante impresionante; pero la más próxima estrella se encontraba a una distancia cien millones de veces mayor... Especular era perder el tiempo; debía esperar hasta que hubiese más pruebas.

—Sujétense por favor los cinturones de seguridad y afiancen todos los objetos sueltos —dijo de pronto el altavoz de la cabina—. Se aproxima un declive de cuarenta grados.

Dos postes señaladores con luces parpadeantes habían aparecido en el horizonte, y el vehículo estaba maniobrando entre ellos. Apenas había ajustado Floyd sus correas, cuando el vehículo se inclinó lentamente sobre el borde de un declive realmente terrorífico, y comenzó a descender una larga pendiente cubierta de derrubios y tan empinada como el tejado de una casa. La oblicua luz terrestre que provenía de la parte posterior, procuraba muy escasa iluminación, por lo que se habían encendido los proyectores del vehículo. Hacía muchos años Floyd se había encontrado en la boca del Vesubio, mirando al cráter, por lo que podía ahora imaginarse fácilmente que estaba sumiéndose en otro semejante, no resultando en verdad nada agradable la sensación.

Estaba descendiendo una de las terrazas interiores de Tycho, la cual se nivelaba a unos trescientos cincuenta metros más abajo. Al serpear descendiendo el declive, Michaels apuntó a través de la gran extensión llana tendida bajo ellos.

—Allá están ellos —exclamó.

Floyd asintió; había divisado ya el ramillete de luces rojas y verdes enfrente a algunos kilómetros, y mantuvo sus ojos fijos en él mientras el vehículo descendía suavemente el declive. Evidentemente, el gran artefacto locomóvil estaba bajo perfecto control, pero Floyd no respiró sosegadamente hasta que el vehículo volvió a recobrar su debida posición horizontal.

Entonces pudo ver, resplandeciendo como burbujas de plata a la luz terrestre, un grupo de cúpulas de presión... los refugios temporales que albergaban a los trabajadores del lugar. Próxima a ellas se encontraba una torre de radio, una perforadora, un grupo de vehículos aparcados, y un gran montón de roca cascada, probablemente el material que había sido excavado para descubrir el monolito. Aquel pequeño campamento en la desértica extensión parecía muy solitario, muy vulnerable a las fuerzas de la Naturaleza agrupadas silenciosamente en su derredor. No había allí signo alguno de vida, ni ninguna visible indicación de por qué habían ido los hombres tan lejos de su hogar.

—Puede usted ver el cráter —dijo Michaels—. Allá a la derecha... a unos cien metros de aquella antena de radio.

«Ya estamos, pues», pensó Floyd, al rodar el vehículo ante las cápsulas de presión y llegar al borde del cráter. Su pulso se aceleró, al estirarse hacia delante para ver mejor. El vehículo comenzó a descender cautelosamente una rampa de consistente roca, introduciéndose en el interior del cráter. Y allí, exactamente como lo había visto en fotografías, se encontraba T.M.A.-1.

Floyd fijó su mirada, pestañeó, meneó la cabeza, y clavó de nuevo la vista. Hasta con la brillante luz terrestre, resulta difícil ver el objeto distintamente; su primera impresión fue la de un rectángulo liso que podía haber sido cortado en papel carbón; parecía no tener en absoluto espesor. Desde luego, se trataba de una ilusión óptica; aunque estaba mirando a un cuerpo sólido, reflejaba tan poca luz que sólo podía verlo en silueta.

Los pasajeros mantuvieron un silencio total mientras el vehículo descendía al cráter. Había en ellos espanto, y también incredulidad... simple escepticismo de que la muerta Luna, entre todos los mundos, pudiese haber hecho surgir aquella fantástica sorpresa.

El vehículo se detuvo a unos siete metros de la losa, y a un costado de ella, de manera que todos los pasajeros pudieran examinarla. Sin embargo, poco había que ver, aparte de la forma perfectamente geométrica del objeto. No presentaba en ninguna parte marca alguna, ni cualquiera reducción de su cabal negrura de ébano. Era la cristalización misma de la noche, y por un momento Floyd se preguntó si en efecto pudiera ser alguna extraordinaria formación natural, nacida de los fuegos y presiones que acompañaron a la creación de la Luna. Pero bien sabía que tal remota posibilidad había sido ya examinada y descartada.

Obedeciendo a alguna señal, se encendieron proyectores en torno al bordo del cráter, y la brillante luz terrestre fue extinguida por un resplandor mucho más intenso. En el vacío lunar eran desde luego completamente invisibles los haces, los cuales formaban elipses superpuestas de cegadora blancura, centradas sobre el monolito. Y allá donde se proyectaban, la superficie de ébano parecía tragarlas.

La Caja de Pandora, pensó Floyd, con súbita sensación de presagio, esperando ser abierta por el hombre curioso. ¿Y qué hallaría en su interior?

13. EL LENTO AMANECER

La principal cúpula de presión de la planta T.M.A.-1 tenía sólo siete metros de diámetro, y su interior se hallaba incómodamente atestado. El vehículo, acoplado a ella a través de una de las dos cámaras reguladoras de presión, procuraba un espacio vital sumamente apreciado.

En el interior de aquel globo hemisférico y su pared doble vivían, trabajaban y dormían los seis científicos y técnicos agregados ya permanentemente al proyecto. Contenía también la mayor parte de su equipo e instrumental, todos los pertrechos que no podían ser dejados en el vacío exterior, dispositivos de cocina y lavabo, muestras geológicas y una pequeña pantalla de televisión a través de la cual podía ser mantenido el emplazamiento en continua vigilancia.

Floyd no se sorprendió cuando Halvorsen prefirió permanecer en la cúpula; expuso su opinión con admirable franqueza.

—Considero los trajes espaciales como un mal necesario —dijo el administrador—. Me pongo uno cuatro veces al año, para mis comprobaciones trimestrales. Si no le importa, me quedaré aquí al cuidado de la televisión.

No eran injustificados algunos de sus prejuicios, pues los más recientes modelos eran mucho más cómodos que los torpes atuendos acorazados empleados por los primeros exploradores lunares. Podía uno ponérselos en menos de un minuto, hasta sin ayuda, y eran automáticos. El «Mk V» en el cual se hallaba cuidadosamente embutido ahora

Floyd, le protegería contra lo peor que pudiese encontrar en la Luna, bien fuese de día o de noche.

Entró en la pequeña cámara reguladora de presión, acompañado por el doctor Michaels. Una vez hubo cesado el vibrar de las bombas, y se hubo tensado casi imperceptiblemente en torno suyo el traje, se sintió encerrado en el silencio del vacío.

Silencio que fue roto por el grato sonido de la radio acoplada a su traje.

—¿Bien de presión, doctor Floyd? ¿Respira usted normalmente?

—Sí... estoy magníficamente.

Su compañero comprobó cuidadosamente las esferas e indicadores del exterior del traje de Floyd, y luego dijo:

—Bien... vámonos.

Abrióse la puerta exterior, y ante ellos apareció el polvoriento paisaje lunar, rielando a la luz terrestre.

Con cauto y contoneante movimiento, Floyd siguió a Michaels. No resultaba difícil andar; en realidad, y de manera paradójica, el traje le hacía sentirse más como en casa que en cualquier momento desde que llegara a la Luna. Su peso extra, y la leve resistencia que imponía a su movimiento, le procuraba algo de la ilusión de la perdida gravedad terrestre.

La escena había cambiado desde que llegara el grupo, apenas hacía una hora. Aunque las estrellas, y la media-tierra, seguían estando tan brillantes como siempre, la 14.ª noche lunar había ya casi terminado. El resplandor de la corona era como una falsa salida de luna a lo largo del firmamento oriental... y de pronto, sin prevención, la punta del poste de la radio, a treinta y cinco metros sobre la cabeza de Floyd, pareció súbitamente lanzar una llamarada, al prender en ella los primeros rayos del oculto sol.

Esperaron a que el supervisor del proyecto y dos de sus asistentes emergieran de la cámara reguladora de presión, y seguidamente se encaminaron lentamente hacia el cráter. Para cuando lo alcanzaron, se había trazado un tenue arco de insoportable incandescencia sobre el horizonte oriental. Aunque pasaría más de una hora antes de que el sol iluminase el borde de la lentamente giratoria luna, las estrellas ya habían sido borradas.

El cráter se hallaba aún en sombras, pero los proyectores dispuestos en su borde iluminaban brillantemente el interior. Mientras Floyd descendía lentamente la rampa, en dirección al negro rectángulo, sintió una sensación no sólo de pavor sino de desamparo. Allí, en el mismo portal de la Tierra, el hombre se encontraba enfrentado a un misterio que acaso nunca sería resuelto. Hacía tres millones de años, *algo* había pasado por allí, había dejado el desconocido y quizás irreconocible símbolo de su designio, y había vuelto a los planetas... o a las estrellas.

La radio del traje de Floyd interrumpió su ensueño.

—Al habla el supervisor del Proyecto. Si se alinean todos de este lado, podríamos tomar unas fotos. Doctor Floyd, haga el favor de situarse en el centro... Doctor Michaels... gracias...

Nadie excepto Floyd parecía pensar que hubiese algo divertido en aquello. Muy sinceramente, él tenía que admitir que estaba contento de que alguien hubiese traído un aparato fotográfico; la fotografía sería histórica, y deseaba reservarse unas copias. Esperaba que su cara pudiera ser claramente visible a través del casco del traje.

—Gracias, caballeros —dijo el fotógrafo, después de que hubieron posado, un tanto engreídos, frente al monolito, y hubiese hecho aquél una docena de tomas—. Pediremos a la Sección Fotográfica de la Base que les envíe copias.

Seguidamente, Floyd dirigió toda su atención a la losa de ébano... andando lentamente en su derredor, examinándola desde cada ángulo, intentando imprimir su singularidad en su mente. No esperaba encontrar nada, pues sabía que cada centímetro cuadrado había sido sometido ya al examen microscópico.

El perezoso sol se había alzado ya sobre el borde del cráter, y sus rayos estaban derramándose casi de flanco sobre la cara oriental del bloque, el cual parecía absorber cada partícula de luz como si nunca se hubiese producido.

Floyd decidió intentar un simple experimento; se situó entre el monolito y el sol, y buscó su propia sombra sobre la tersa lámina negra. No había ninguna huella de ella. Lo menos diez kilovatios de crudo calor debían de estar cayendo sobre la losa; de haber algo en su interior, debía de estar cociéndose rápidamente.

¡Cuán extraño!, pensó Floyd, permanecer aquí mientras que ese... ese *objeto* está viendo la luz del día por primera vez desde que comenzaron en la Tierra los períodos glaciales. ¿Por qué su color negro?, preguntóse de nuevo; era ideal, desde luego, para absorber la energía solar. Pero desechó al punto el pensamiento; pues, ¿quién sería lo bastante loco como para enterrar un ingenio de potencialidad solar a siete metros *bajo el suelo*?

Miró arriba a la Tierra, que comenzaba a desvanecerse en el firmamento mañanero. Sólo un puñado de los seis mil millones de personas que la habitaban sabían de este descubrimiento; ¿cómo reaccionaría el mundo ante las noticias, cuando finalmente se divulgaran?

Las implicaciones políticas y sociales eran inmensas; toda persona de verdadera inteligencia —cualquiera que mirase un poco más allá de su nariz— hallaría sutilmente cambiados su vida, sus valores y su filosofía. Aun cuando nada fuese descubierto sobre T.M.A.-1, y siguiese permaneciendo un misterio eterno, el Hombre sabría que no era único en el Universo. Aunque no se hubiese encontrado en millones de años con quienes estuvieron una vez aquí, ellos podrían volver; y si no, bien pudieran ser otros. Todos los futuros debían de contener ya tal posibilidad.

Se hallaba aún Floyd rumiando estos pensamientos, cuando el micrófono de su casco emitió de súbito un penetrante chillido electrónico, como una señal horaria espantosamente sobrecargada y distorsionada. Involuntariamente, intentó taparse los oídos con los guantes espaciales de sus manos; recuperóse luego, y tanteó frenéticamente el control de su receptor. Y mientras se tambaleaba, cuatro chillidos más estallaron del éter... y luego hubo un compasivo silencio.

En todo el contorno del cráter, había figuras en actitudes de paralizado asombro. «Así, pues, no se trata de una avería de mi aparato —se dijo Floyd—. Todos oyeron esos penetrantes chillidos electrónicos.»

Al cabo de tres millones de años de oscuridad, T.M.A.-1 había saludado al alba lunar.

14. LOS OYENTES

Ciento cincuenta millones de kilómetros más allá de Marte, en la fría soledad donde hombre alguno no había aún viajado, el Monitor 79 del Espacio Profundo derivaba lentamente entre las enmarañadas órbitas de los asteroides. Durante tres años había cumplido intachablemente su misión... habiendo de rendirse tributo a los científicos americanos que lo habían diseñado, a los ingenieros británicos que lo habían construido, y a los técnicos rusos que lo habían lanzado. Una delicada tela de araña de antenas captaba las ondas transitorias de radio... el incesante crujido y silbido de lo que Pascal, en una edad mucho más simple, había denominado ingenuamente «el silencio eterno de los espacios infinitos». Detectores de radiación notaban y analizaban los rayos cósmicos procedentes de la Galaxia y de puntos más allá; telescopios neutrónicos y de rayos-X avizoraban extrañas estrellas que ningún ojo humano vería siquiera; magnetómetros observaban las rachas y huracanes de los vientos solares, al lanzar el Sol ráfagas de tenue plasma a un millón y medio de kilómetros por hora a la cara de sus hijos, que giraban a su alrededor. Todas estas cosas, y muchas otras, eran pacientemente anotadas por el Monitor 79 del Espacio Profundo, y registradas en su cristalina memoria.

Una de sus antenas, por uno de los milagros ya corrientes de la electrónica, estaba apuntada siempre a un punto cercano al Sol. Cada pocos meses podía haber sido visto su distante blanco, de haber habido un ojo cualquiera para mirar, como una brillante estrella con una compañera próxima y más débil; pero la mayor parte del tiempo estaba perdida en el resplandor solar.

Cada veinticuatro horas, el monitor enviaría a aquel lejano planeta Tierra la información que había almacenado pacientemente, pulcramente empaquetada en un impulso de cinco minutos. Aproximadamente un cuarto de hora después, ese impulso alcanzaría su destino, viajando a la velocidad de la luz. Las máquinas destinadas al efecto le estarían esperando; ampliarían y registrarían la señal, y la añadirían a los miles de kilómetros de cinta magnética almacenada en los sótanos de los Centros Mundiales del Espacio en Washington, Moscú y Canberra.

Desde que orbitaran los primeros satélites, hacía unos cincuenta años, billones y trillones de impulsos de información habían estado llegando del espacio, para ser almacenados para el día en que pudieran contribuir al avance del conocimiento. Sólo una minúscula fracción de esa materia prima sería tratada; pero no había manera de decir qué observación podría desear consultar algún científico, dentro de diez, o de cincuenta, o de cien años. Así, pues, todo había de ser mantenido archivado, acumulado en interminables galerías dotadas de aire acondicionado; todo se guardaba por triplicado en los tres centros, contra la posibilidad de pérdida accidental. Formaba parte del auténtico tesoro de la Humanidad, más valioso que todo el oro encerrado inútilmente en los sótanos de los Bancos.

Y ahora, el Monitor 79 del Espacio Profundo había notado algo extraño... una débil aunque inconfundible perturbación que cruzaba el Sistema Solar, y totalmente distinta de cualquier fenómeno natural que observara en el pasado. Automáticamente, registró la dirección, el tiempo, la intensidad; en pocas horas pasaría la información a la Tierra.

Como también lo haría Orbiter M 15, que gravitaba en torno a Marte dos veces por día; y la Sonda 21 de Alta Inclinación, que ascendía lentamente sobre el plano de la eclíptica; y hasta el Cometa Artificial 5, dirigiéndose a las frías inmensidades de allende Plutón, siguiendo una órbita cuyo punto más distante no alcanzaría hasta dentro de mil años. Todos captaron el extraño chorro de energía que había perturbado sus instrumentos; todos, como era debido, informaron automáticamente a los depósitos de memoria de la distante Tierra.

Las computadoras podían no haber percibido nunca la conexión entre cuatro peculiares series de señales de las sondas espaciales en órbitas independientes a millones de kilómetros de distancia. Pero tan pronto como lanzó una ojeada a su informe matinal, el Pronosticador de Radiación de Goddard supo que algo raro había atravesado el Sistema Solar durante las últimas veinticuatro horas.

Tenía sólo parte de su huella, pero cuando la computadora la proyectó al Cuadro de Situación Planetaria, apareció tan clara e inconfundible como una estela de vapor a través de un firmamento sin nubes, o como una línea de pisadas sobre nieve virgen. Alguna forma inmaterial de energía, arrojando una espuma de radiación como la estela de una lancha de carreras, habría brotado con ímpetu de la cara de la Luna, y estaba dirigiéndose hacia las estrellas.

III

ENTRE PLANETAS

15. «DESCUBRIMIENTO»

La nave se encontraba aún a sólo treinta días de la Tierra, pero sin embargo David Bowman hallaba a veces difícil creer que hubiese conocido jamás cualquier otra existencia que la del cerrado y pequeño mundo de la nave *Descubrimiento*. Todos sus años de entrenamiento, todas sus anteriores misiones a la Luna y a Marte, parecía pertenecer a otro mundo, a otra vida.

Frank Poole confesaba tener los mismos sentimientos, y a veces había lamentado, bromeando, que el más próximo psiquiatra estuviese casi a la distancia de ciento cincuenta millones de kilómetros. Pero aquella sensación de aislamiento y de desamparo era bastante fácil de comprender, y ciertamente no indicaba anormalidad alguna. En los treinta años desde que los hombres se aventuraron por el espacio, nunca había habido una misión como aquélla.

Había comenzado, hacía cinco años, con el nombre de Proyecto Júpiter... el primer viaje tripulado de ida y vuelta al mayor de los planetas. La nave estaba casi lista para el viaje de dos años cuando algo bruscamente, había sido cambiado el perfil de la misión.

La *Descubrimiento* había de ir a Júpiter, en efecto, pero no se detendría allí. Ni siquiera aminoraría su velocidad al atravesar el lejano sistema de satélites jovianos. Por el contrario, debería utilizar el campo gravitatorio del gigantesco mundo como una honda para ser arrojada aún más allá del Sol. Como un cometa, atravesaría rápida los últimos límites del Sistema Solar en dirección a su meta última, la anillada magnificencia de Saturno. Y nunca volvería.

Para la *Descubrimiento*, sería un viaje de ida tan sólo, pero sin embargo, su tripulación no tenía intención alguna de suicidarse. Si todo iba bien, regresarían a la Tierra dentro de siete años... cinco de los cuales pasarían como un relámpago en el tranquilo sueño de la hibernación, mientras esperaban el rescate por la aún no construida *Descubrimiento II*.

La palabra «rescate» era evitada cuidadosamente en los informes y documentos de las Agencias Astronáuticas; implicaba algún fallo de planificación, por lo que la jerigonza aprobada era la de «recuperación». Si algo iba realmente mal, a buen seguro que no habría esperanza alguna de rescate, a más de mil millones de kilómetros de la Tierra.

Era un riesgo calculado, como todos los viajes a lo desconocido. Pero después de medio siglo de investigación, la hibernación humana artificialmente inducida, había demostrado ser perfectamente segura, y esto había abierto nuevas posibilidades al viaje espacial. No habían sido explotadas al máximo, empero, hasta esta misión.

Los tres miembros del equipo de inspección, que no serían necesarios hasta que la nave entrase en su órbita final en torno a Saturno, dormirían durante todo el viaje exterior. Así se ahorrarían toneladas de alimentos y otros gastos; y lo que era casi tan importante, el equipo estaría fresco y alerta, y no fatigado por el viaje de diez meses, cuando entrase en acción.

La *Descubrimiento* entraría en una órbita de aparcamiento en torno a Saturno, convirtiéndose en nueva luna del planeta gigante. Describiría una elipse de más de tres millones de kilómetros, que la llevaría junto a Saturno, y luego, a través de las órbitas de todas sus lunas principales. Tendrían cien días para trazar cartas y estudiar un mundo cuya superficie era ochenta veces mayor que la de la Tierra, y estaba rodeado por un séquito de lo menos quince satélites conocidos... uno de los cuales era tan grande como el planeta Mercurio.

Habría allí maravillas suficientes para siglos de estudio; la primera expedición sólo podría llevar a cabo un reconocimiento preliminar. Todo cuanto se encontrara se transmitiría por radio a la Tierra; aun si no volviesen nunca los exploradores, sus descubrimientos no serían perdidos.

Al final de los cien días, la astronave *Descubrimiento* concluiría su misión. Toda la tripulación sería sometida a la hibernación; sólo los sistemas esenciales continuarían operando, vigilados por el incansable cerebro electrónico de la nave. Ella continuaría girando en torno a Saturno, en una órbita tan bien determinada ahora, que los hombres sabrían exactamente dónde buscarla dentro de mil años. Pero en sólo cinco, de acuerdo con los planes establecidos, llegaría la *Descubrimiento II*. Aunque pasaran seis, siete u ocho años, los durmientes pasajeros no conocerían la diferencia. Para todos ellos, el reloj se habría parado, como se había parado ya para Whitehead, Kaminski y Hunter.

A veces Bowman, como primer capitán de la *Descubrimiento*, envidiaba a sus tres colegas, inconscientes en la helada paz de la hibernación. Ellos estaban libres de todo fastidio y toda responsabilidad; hasta que alcanzaran Saturno, el mundo exterior no existía para ellos.

Pero aquel mundo estaba vigilándolos, a través de sus dispositivos biosensores. A un lado de la masa de instrumento del puente de mando, había cinco pequeños paneles con los nombres de HUNTER, WHITEHEAD, KAMINSKI, POOLE, BOW-

MAN. Los dos últimos estaban en blanco; no les llegaría el turno hasta dentro de un año. Los otros presentaban constelaciones de minúsculas lucecitas verdes, anunciando que todo iba bien; y en cada uno de ellos había una pantalla a través de la cual una serie de relucientes líneas trazaban los pausados ritmos que indicaban el pulso, la respiración y la actividad cerebral.

Había veces en que Bowman, dándose cuenta de lo innecesario que aquello era —pues si algo iba mal, sonaría al instante el timbre de alarma— conectaba el dispositivo auditivo. Y, semihipnotizado, escuchaba los latidos infinitamente lentos del corazón de sus durmientes colegas, manteniendo sus ojos fijos en las perezosas ondas que atravesaban en sincronismo la pantalla.

Lo más fascinante de todo eran los trazados del electroencefalograma... las señales electrónicas de tres personalidades que existieron, y que un día volverían a existir. Estaban casi exentas de los ascensos y descensos, aquellos altibajos correspondientes a las explosiones eléctricas que señalaban la actividad del cerebro en vela... o hasta del cerebro en sueño normal. De subsistir cualquier chispa de conciencia, se hallaba más allá del alcance de los instrumentos, y de la memoria.

Bowman conocía este hecho por experiencia personal. Antes de haber sido escogido para esta misión, habían sido sondeadas sus reacciones a la hibernación. No estaba seguro de si había perdido una semana de su vida... o bien si había pospuesto su muerte por el mismo lapso de tiempo.

Cuando le fueron aplicados los electrodos a la frente, y comenzó a latir el generador de sueño, había visto un breve despliegue de formas caleidoscópicas y derivantes estrellas. Luego todo se había borrado, y la oscuridad le había engullido. No sintió nunca las inyecciones, y menos aún el primer toque de frío al ser reducida la temperatura de su cuerpo a sólo pocos grados sobre cero... Despertó, y le pareció que apenas había cerrado los ojos. Pero sabía que era una ilusión; como fuera, estaba convencido de que habían transcurrido realmente años.

¿Había sido completada la misión? ¿Habían alcanzado ya Saturno, efectuado su inspección y puestos en hibernación? ¿Estaba allí la *Descubrimiento II,* para llevarlos de nuevo a la Tierra?

Estaba como ofuscado, como envuelto en la bruma de un sueño, incapaz en absoluto de distinguir entre los recuerdos falsos y reales. Abrió los ojos, pero había poco que ver, excepto una borrosa constelación de luces que le desconcertaron durante unos minutos. Luego se dio cuenta de que estaba mirando a unas lámparas indicadoras, pero como resultaba imposible enfocarlas, cesó muy pronto en su intento.

Sintió el soplo de aire caliente, despejando el frío de sus miembros. Una queda pero estimulante música brotaba de un altavoz situado detrás de su cabeza, la cual fue cobrando un diapasón cada vez más alto...

De pronto una voz sosegada y amistosa —pero generada por computadora— le habló.

—Está usted activándose, Dave. No se incorpore ni haga ningún movimiento violento. No intente hablar.

¡No se incorpore!, pensó Bowman. Era chusco *eso.* Dudaba de poder siquiera contraer un dedo. Pero más bien con sorpresa, vio que podía hacerlo.

Se sintió lleno de contento, en un estado de estúpido aturdimiento. Sabía vagamente que la nave de rescate debía de haber llegado, que había sido disparada la secuencia automática de resurrección, y que pronto estaría viendo a otros seres humanos. Era magnífico, pero no se excitó por ello.

Ahora sentía hambre. La computadora, desde luego, había previsto tal necesidad.

—Hay un botón junto a su mano derecha, Dave. Si tiene hambre, apriételo.

Bowman obligó a sus dedos a tantear en torno, y descubrió el bulbo periforme. Lo había olvidado todo, aunque debiera haber sabido que estaba allí. ¿Cuánto más había olvidado... borraba la memoria la hibernación?

Oprimió el botón y esperó. Varios minutos después, emergía de la litera un brazo metálico, y una boquilla de plástico descendía hacia sus labios. Chupó ansiosamente, y un líquido cálido y dulce pasó por su garganta, procurándole renovada fuerza a cada gota.

Apartó luego la boquilla, y descansó otra vez. Ya podía mover brazos y piernas; no era ya un imposible sueño el pensamiento de andar.

Aunque sentía que le volvían rápidamente las fuerzas, se habría contentado con yacer allí para siempre, de no haber habido otros estímulos del exterior. Mas entonces otra voz le habló... y esta vez era cabalmente humana, no una construcción de impulsos eléctricos reunidos por una memoria más-que-humana. Era también una voz familiar, aunque pasó algún rato antes de que la reconociera.

—Hola, Dave. Está volviendo en sí magníficamente. Ya puede hablar. ¿Sabe dónde se encuentra?

Esto le preocupó unos momentos. Si *realmente* estaba orbitando en torno a Saturno, ¿qué había sucedido durante todos los meses que pasaron desde que abandonara la Tierra? De nuevo comenzó a preguntarse si estaría padeciendo amnesia. Paradójicamente, el mismo pensamiento le tranquilizó. Pues si podía recordar la palabra «amnesia», su cerebro debía de estar en muy buen estado...

Pero aún no sabía dónde se encontraba, y el locutor, al otro extremo del circuito, debió de haber comprendido completamente su situación.

—No se preocupe, Dave. Aquí Frank Poole. Estoy vigilando su corazón y respiración... todo está perfectamente normal. Relájese sólo... tranquilícese. Vamos a abrir la puerta y sacarle a usted.

Una suave luz inundó la cámara, y vio la silueta de formas móviles recortadas contra la ensanchada entrada. Y en aquel momento, todos sus recuerdos volvieron a su mente y supo exactamente dónde se encontraba.

Aunque había vuelto sano y salvo de los más lejanos linderos del sueño, y de las más próximas fronteras de la muerte, había estado allí tan sólo una semana.

Al abandonar el *Hibernáculum*, no vería el frío firmamento de Saturno, el cual estaba a más de un año en el futuro y a mil quinientos millones de kilómetros de allí. Se encontraba aún en el departamento de adiestramiento del Centro de Vuelo Espacial, en Houston, bajo el ardiente sol de Texas.

16. HAL

Pero ahora Texas era invisible, y hasta resultaba difícil ver los Estados Unidos. Aunque el inductor de bajo impulso de plasma había sido cortado, la *Descubrimiento* se hallaba aún navegando, con su grácil cuerpo semejante a una flecha apuntando fuera de la Tierra, y orientado todo su dispositivo óptico de alta potencia hacia los planetas exteriores, donde se encontraba su destino.

Sin embargo, había un telescopio que apuntaba permanentemente a la Tierra. Estaba montado como la mira de un arma de fuego en el borde de la antena de largo alcance de la nave, y comprobaba que el gran rulo parabólico estuviese rígidamente fijado sobre su distante blanco. Mientras la Tierra permanecía centrada en la retícula del anteojo, el vital enlace de comunicación estaba intacto, y podían provenir y expedirse mensajes a lo largo del invisible haz que se extendía más de tres millones de millas cada día que pasaba.

Por lo menos una vez en cada período de guardía, Bowman miraba a la Tierra a través del telescopio de alineación de la antena. Pero como aquélla estaba ahora muy lejos, atrás, del lado del sol, presentaba a la *Descubrimiento* su oscurecido hemisferio, y en la pantalla central aparecía el planeta como un centelleante creciente de plata, semejante a otro Venus.

Era raro que en aquel arco de luz siempre menguante pudieran ser identificados cualesquiera rasgos geográficos, pues las nubes y la cabina los ocultaban, pero hasta la oscurecida porción del disco era infinitamente fascinadora. Estaba sembrada de relucientes ciudades; algunas de ellas brillaban con invariable luz, titilando a veces como luciérnagas cuando pasaban sobre ellas vibraciones atmosféricas.

Había también períodos en que, cuando la Luna pasaba en su órbita, resplandecía como una gran lámpara sobre los oscurecidos mares y continentes de la Tierra. Luego, con un temblor de agradecimiento, Bowman podía vislumbrar a menudo líneas costeras familiares, brillando en aquella espectral luz lunar. Y a veces, cuando el Pacífico estaba en calma, podía hasta ver el fulgir lunar brillando en su cara; y recordaba noches bajo las palmeras de las lagunas tropicales.

Sin embargo no lamentaba en absoluto aquellas perdidas bellezas. Las había disfrutado todas, en sus treinta y cinco años de vida; y estaba decidido a volverlas a disfrutar, cuando volviese rico y famoso. En el ínterin, la distancia las hacía a todas tanto más preciosas.

Al sexto miembro de la tripulación no le importaban nada todas esas cosas, pues no era humano. Era el sumamente perfeccionado computador HAL

9.000, cerebro y sistema nervioso de la nave.

HAL (sigla de Computador *AL*gorítmico *H*eurísticamente programado, nada menos) era una obra maestra de la tercera promoción de computadores. Ello parecía ocurrir a intervalos de veinte años, y mucha gente pensaba ya que otra nueva creación era inminente.

La primera había acontecido en 1940 y pico, cuando la válvula de vacío hacía tiempo anticuada, había hecho posible tan toscos cachivaches de alta velocidad como ENIAC y sus sucesores. Luego, en los años sesenta habían sido perfeccionados sólidos ingenios microelectrónicos. Con su advenimiento, resultaba claro que inteligencias artificiales cuando menos tan poderosas como la del Hombre, no necesitaban ser mayores que mesas de despacho... caso de que se supiera cómo construirlas.

Probablemente nadie lo sabría nunca; mas ello no importaba. En los años ochenta, Minsky y Good habían mostrado cómo podían ser generadas automáticamente redes nerviosas autorreplicadas, de acuerdo con cualquier arbitrario programa de enseñanza. Podían construirse cerebros artificiales mediante un proceso asombrosamente análogo al desarrollo de un cerebro humano. En cualquier caso dado, jamás se sabrían los detalles precisos, y hasta si lo fueran, serían millones de veces demasiado complejos para la comprensión humana.

Sea como fuere, el resultado final fue una máquina-inteligencia que podía reproducir —algunos filósofos preferían aún emplear la palabra «remedar»— la mayoría de las actividades del cerebro humano, y con mucha mayor velocidad y seguridad. Era sumamente costosa, y sólo habían sido construidas hasta la fecha unas cuantas unidades de la HAL 9.000; pero estaba ya comenzando a sonar un tanto a hueca la vieja chanza de que siempre sería más fácil hacer cerebros orgánicos mediante un inhábil trabajo.

Hal había sido entrenado para aquella misión

tan esmeradamente como sus colegas humanos... y a un grado de potencia mucho mayor, pues además de su velocidad intrínseca, no dormía nunca. Su primera tarea era mantener en su punto los sistemas de subsistencia, comprobando continuamente la presión del oxígeno, la temperatura, el ajuste del casco, la radiación y todos los demás factores inherentes de los que dependían las vidas del frágil cargamento humano. Podía efectuar las intrincadas correcciones de navegación, y ejecutar las necesarias maniobras de vuelo cuando era el momento de cambiar de rumbo. Y podía atender a los hibernadores, verificando cualquier ajuste necesario a su ambiente, y distribuyendo las minúsculas cantidades de fluidos intravenosos que los mantenían con vida.

Las primeras generaciones de computadoras habían recibido la fuerza necesaria a través de teclados de máquinas de escribir aumentados, y habían replicado a través de impresores de alta velocidad y despliegues visuales. Hal podía hacerlo también así, de ser necesario, pero la mayoría de sus comunicaciones con sus camaradas de navegación se hacían mediante la palabra hablada. Poole y Bowman podían hablar a Hal como si fuese un ser humano, y él replicaría en el perfecto y más puro inglés que había aprendido durante las fugaces semanas de su electrónica infancia.

Sobre si Hal pudiera realmente pensar, era una cuestión que había sido establecida por el matemático inglés Alan Turing en los años cuarenta. Turing había señalado que, si se podía llevar a cabo una prolongada conversación con una máquina —indistintamente mediante máquina de escribir o micrófono— sin ser capaz de distinguir entre sus respuestas y las que pudiera dar un hombre, en tal caso la máquina *estaba* pensando, por cualquier sensible definición de la palabra. Hal podía pasar con facilidad el *test* de Turing.

Y hasta podía llegar el día en que Hal tomase

el mando de la nave. En caso de emergencia, si nadie respondía a sus señales, intentaría despertar a los durmientes miembros de la tripulación, mediante una estimulación eléctrica y química. Y si no respondían, pediría nuevas órdenes por radio a la Tierra.

Y entonces, si tampoco la Tierra respondiese, adoptaría las medidas que juzgara necesarias para la salvaguardia de la nave y la continuación de la misión... cuyo real propósito sólo él conocía, y que sus colegas humanos jamás habrían sospechado.

Poole y Bowman se habían referido a menudo humorísticamente a sí mismos como celadores o conserjes a bordo de una nave que podía realmente andar por sí misma. Se hubiesen asombrado mucho, y su indignación hubiera sido más que regular, al descubrir cuánta verdad contenía su chanza.

17. EN CRUCERO

La carrera cotidiana de la nave había sido planeada con gran cuidado, y —teóricamente cuando menos— Bowman y Poole sabían lo que deberían estar haciendo a cada momento de las veinticuatro horas. Operaban en turno alternativo de doce horas, no hallándose dormido ninguno de los dos al mismo tiempo. El oficial de servicio permanecía normalmente en el puente de mando, mientras su adjunto proveía al cuidado general, inspeccionaba la nave, solucionaba los asuntos que constantemente se presentaban, o descansaba en su cabina.

Aunque Bowman era el capitán nominal, ningún observador del exterior podría haberlo deducido, en esta fase de la misión. Él y Poole intercambiaban papeles, rango y responsabilidades por completo cada doce horas. Ello mantenía a ambos en el máximo de adiestramiento, minimizaba las probabilidades de fricción, y acercaba al objetivo de un 100 % de eficacia.

El día de Bowman comenzaba a las 6, hora de la nave. La hora universal de los astrónomos. Si andaba retrasado, Hal tenía una variedad de artilugios para recordarle su deber, pero no había sido necesario usarlos nunca. Como simple prueba, Poole había desconectado una vez el despertador, pero sin embargo Bowman se había levantado automáticamente a la hora debida.

Su primer acto oficial del día era adelantar doce horas el Cronómetro Regidor de la Hibernación. De haberse dejado de hacer esta operación dos veces seguidas, ello supondría que tanto él como Poole habían sido incapacitados, debiendo ser por ende efectuada la necesaria acción de emergencia.

Bowman se aseaba y hacía sus ejercicios isométricos antes de sentarse para desayunar y para escuchar la edición radiada matinal del *World Times*. En Tierra, no prestaba nunca tanta atención al periódico como ahora; hasta los más pequeños chismorreos de sociedad, los más fugaces rumores políticos, parecían de un absorbente interés para él, cuando pasaban por la pantalla.

A las 7 debía relevar oficialmente a Poole en el puente de mando, llevándole un tubo de café de la cocina. Si —como era por lo general el caso— no había nada que informar ni acción alguna que ejecutar, se dedicaba a comprobar las lecturas de todos los instrumentos, y verificaba una serie de pruebas destinadas a localizar posibles deficiencias en su funcionamiento. Para las 10 había terminado con esta tarea, y comenzaba un período de estudio.

Bowman había sido estudiante más de la mitad de su vida, y continuaría siéndolo hasta que se retirase. Gracias a la revolución del siglo XX en las técnicas de instrucción e información, poseía ya el equivalente de dos o tres carreras... y, lo que era más, podía recordar el 90 % de lo que había aprendido.

Hacía cincuenta años, habría sido considerado especialista en astronomía aplicada y sistemas de cibernética y propulsión espacial... aunque solía negar, con auténtica indignación, que fuese un especialista en nada. Bowman nunca había podido fijar su atención exclusivamente en un tema determinado; a pesar de las sombrías prevenciones de sus instructores, había insistido en sacar su grado de perito en Astronáutica General... carrera vaga y borrosa, destinada a aquellos cuyo cociente de inteligencia estaba en el bajo 130, y que nunca alcanzarían los rangos superiores de su profesión.

Mas su decisión había sido acertada; aquella cerrada negativa a especializarse le había calificado singularmente para su presente tarea. Del mismo modo Frank Poole —quien a veces se denominaba a sí mismo con menosprecio «Practicante General en Biología espacial»— había sido una elección ideal como su adjunto. Entre ambos y con la ayuda de los vastos depósitos de información de Hal, podían contender con cualquier problema que pudiera presentarse durante el viaje... siempre que mantuviesen sus mentes alertas y receptivas, y continuamente regrabados sus antiguos moldes de memoria.

Así, durante dos horas, de 10 a 12, Bowman establecía un diálogo con un preceptor electrónico, comprobando sus conocimientos generales o absorbiendo material específico a su misión. Hurgaba interminablemente en planos de la nave, diagramas de circuito y perfiles de viaje, o intentaba asimilar todo cuanto era conocido sobre Júpiter, Saturno y sus familias de lunas, que se extendían hasta muy lejos.

A mediodía se retiraba a la cocina y dejaba la

nave a Hal, mientras él preparaba su comida. Aún aquí, estaba del todo en contacto con los acontecimientos, pues la pequeña salita cocina-comedor contenía un duplicado del Tablero de Situación, y Hal podía llamarle en un momento de advertencia. Poole se le unía en esta comida, antes de volver a su período de seis horas de sueño, y por lo general, contemplaban unod e los programas regulares de la Televisión que se les dirigía expresamente desde Tierra.

Sus menús habían sido planeados con tan esmerada minuciosidad como cualquier parte de la misión. Las viandas, congeladas en su mayoría, eran uniformemente excelentes, habiendo sido elegidas para el mínimo de molestia. Habían de ser simplemente abiertos e introducido su contenido en la reducida autococina, que lanzaba un zumbido de atención cuando había efectuado su tarea. Podían disfrutar de lo que tenía el sabor —e, importante igualmente, el *aspecto*— de jugos de naranja, huevos (preparados de diversas formas), bistecs, chuletas, asados, vegetales frescos, frutas surtidas, helados, y hasta pan recién cocido.

Tras la comida, desde las 13 a la 16, Bowman hacía un lento y cuidadoso recorrido de la nave... o de la parte accesible de ella. La *Descubrimiento* medía casi ciento treinta y cinco metros de extremo a extremo, pero el pequeño universo ocupado por su tripulación se reducía casi por entero a los quince metros de la esfera del casco de presión.

Allá se encontraban todos los sistemas de subsistencia, y el puente de mando, que era el corazón operativo de la nave. Bajo el mismo había un «garaje espacial» dotado de tres cámaras reguladoras de presión, a través de las cuales podían salir al vacío, de requerirse una actividad extravehicular, unas cápsulas motrices que podían contener un hombre cada una de ellas.

La región ecuatorial de la esfera de presión —el corte, como si fuese, de Capricornio a Cáncer—

encerraba un cilindro de rotación lenta, de once metros de diámetro. Al efectuar una revolución cada diez segundos, este tiovivo de fuerza centrífuga producía una gravedad artificial igual a la de la Luna. Ello bastaba para evitar la atrofia física que resultaría de la completa ausencia de peso, permitiendo que se efectuaran en condiciones normales —o casi normales— las funciones rutinarias de la existencia.

El tiovivo contenía por ende los servicios de cocina, comedor, lavado y aseo. Sólo allí resultaba seguro preparar y manipular bebidas calientes... cosa muy peligrosa en condiciones de ingravidez, donde podía uno ser malamente escaldado por glóbulos flotantes o agua hirviendo. El problema del afeitado estaba también solucionado; no se producían ingrávidos pelillos volanderos que pudiesen averiar el dispositivo eléctrico y producir un peligro para la salud.

En torno al borde del tiovivo había cinco reducidos cubículos, arreglados por cada astronauta a su gusto y que contenían sus pertenencias personales. Sólo los de Bowman y Poole estaban entonces en uso, pues los futuros ocupantes de las restantes tres cabinas reposaban en sus sarcófagos electrónicos próximos a la puerta.

Caso de ser necesario, podía detenerse el giro del tiovivo; cuando esto acontecía, había de retenerse su momento angular en un volante, volviéndose a conmutar cuando se recomenzaba la rotación. Pero normalmente se le dejaba funcionando a velocidad constante, pues resultaba bastante fácil penetrar en el gran cilindro giratorio yendo mano sobre mano a lo largo de una barra que atravesaba la región de gravedad cero de su centro. El traslado a la sección móvil era tan fácil y automático, tras una pequeña práctica, como subir a una escalera móvil.

El casco esférico de presión formaba la cabeza de la tenue estructura en forma de flecha de más de cien metros de longitud. La *Descubrimiento*, al igual que todos los vehículos destinados a la penetración en el espacio profundo, era demasiado frágil y de líneas no aerodinámicas para penetrar en la atmósfera, o para desafiar el campo gravitatorio de cualquier planeta. Había sido montada en órbita en torno a la Tierra, probada en un vuelo inicial translunar, y finalmente en órbita en torno a la Luna. Era una criatura del espacio puro... y lo parecía.

Inmediatamente detrás del casco de presión estaba agrupado un racimo de cuatro tanques de hidrógeno líquido, y más allá de ellos, formando una larga y grácil V, estaban las aletas de radiación, que disipaban el calor derramado por el reactor nuclear. Entreveradas con una delicada tracería de tubos para el fluido de enfriamiento, se asemejaban a las alas de algún gran dragón volante, y desde ciertos ángulos, la nave *Descubrimiento* proporcionaba una fugaz semejanza a un antiguo velero.

En la misma punta de la V, a cien metros del compartimiento de la tripulación, se encontraba el acorazado infierno del reactor, y el complejo de concentrados electrodos a través del cual emergía la incandescente materia desintegrada del motor de plasma. Éste había ejecutado su trabajo hacía semanas, forzando a la *Descubrimiento* a salir de la órbita estacionaria en torno a la Luna. Ahora, el reactor emitía solamente un tictac al generar energía eléctrica para los servicios de la nave, y las grandes aletas radiadoras, que se tornaban de un rojo cereza cuando la *Descubrimiento* aceleraba al máximo impulso, aparecían oscuras y frías.

Aunque se requeriría una excursión en el espacio para examinar esta región de la nave, había instrumentos y apartadas cámaras de televisión que proporcionaban un informe completo de las condiciones allí existentes. Bowman creía conocer ya íntimamente cada palmo cuadrado del radiador: paneles y cada pieza de tubería asociada con ellos.

Para las 16 horas ya había terminado su inspección, y hacía un informe verbal al Control de la Misión, hablando hasta que comenzó a llegarle el acuse de recibo. Entonces apagó su transmisor, escuchó lo que tenía que decir Tierra, y volvió a transmitir su respuesta a algunas preguntas. A las 18 se levantó Poole, y le entregó el mando.

Disponía entonces de seis horas libres, para emplearlas como le pluguiera. A veces, continuaba sus estudios, o escuchaba música, o contemplaba una película. Mucho del tiempo lo empleaba revisando la inagotable biblioteca electrónica de la nave. Habían llegado a fascinarle las grandes exploraciones del pasado... cosa bastante comprensible, dadas las circunstancias. A veces navegaba con Piteas a través de las Columnas de Hércules, a lo largo de la costa de una Europa apenas surgida de la Edad de Piedra, aventurándose casi hasta las frías brumas del Ártico. O dos mil años después, perseguía con Anson a los galeones de Manila, o navegaba con Cook a lo largo de los ignotos azares de la Gran Barrera de Arrecifes, o realizaba con Magallanes la primera circunnavegación del globo. Y comenzaba a leer la *Odisea*, que era de todos los libros el que más vívidamente le hablaba a través de los abismos del tiempo.

Para distraerse, siempre podía entablar con Hal un gran número de juegos semimatemáticos, incluyendo las damas y el ajedrez. Si se empleaba a fondo, Hal podía ganar cualquiera de esos juegos, pero como ello sería malo para la moral, había sido programado para ganar sólo el cincuenta por ciento de las veces y sus contrincantes humanos pretendían no saberlo.

Las últimas horas de la jornada de Bowman estaban consagradas a un aseo general y pequeñas ocupaciones, a lo que seguía la cena a las 20... de nuevo con Poole. Luego había una hora durante la cual hacía o recibía llamadas personales de Tierra.

Como todos sus colegas, Bowman era soltero; pues no era justo enviar a hombres con familia a una misión de tal duración. Aunque numerosas damitas habían prometido esperar hasta que regresara la expedición, nadie lo creía realmente. Al principio, Poole y Bowman habían estado haciendo llamadas más bien íntimas una vez por semana, a pesar de saber que muchos oídos estarían escuchando en el extremo del circuito Tierra destinado a inhibirlas. Sin embargo, a pesar de que el viaje apenas había comenzado, había empezado ya a disminuir el calor y la frecuencia de las conversaciones con sus novias en la Tierra. Lo habían esperado; ése era uno de los castigos de un astronauta, como lo había sido antaño para la vida de los marinos.

Verdad era, sin embargo —bien notoria por cierto—, que los marinos tenían compensaciones en otros puertos; por desgracia, no existían islas tropicales llenas de morenas muchachas más allá de la órbita de la Tierra. Los médicos del espacio, desde luego, habían abordado con su habitual entusiasmo el problema; y la farmacopea de la nave procuraba adecuados, si bien difícilmente seductores, sustitutos.

Poco antes de efectuar el traspaso de mando, Bowman hacía su informe final, y comprobaba que Hal había transmitido todas las cintas de instrumentación para el curso del día. Luego, si tenía ganas de ello, pasaba un par de horas leyendo o viendo una película; y a medianoche se acostaba... no necesitando habitualmente para dormirse auxilio alguno de electronarcosis.

El programa de Poole era tan igual al suyo como la imagen de un espejo, y los dos regímenes de trabajo casaban sin fricción. Ambos estaban totalmente ocupados, eran demasiado inteligentes y bien compenetrados como para querellarse, y el viaje se había asentado en una cómoda rutina desprovista en absoluto de acontecimientos, hallándose señalado el paso del tiempo sólo por los números cambiantes de los relojes.

La esperanza mayor de la pequeña tripulación de la *Descubrimiento* era que nada perturbase aquella sosegada monotonía, en las semanas y meses por venir.

18. A TRAVÉS DE LOS ASTEROIDES

Semana tras semana, como un tranvía a lo largo del carril de su órbita, exactamente predeterminada, la *Descubrimiento* pasó por la de Marte, siguiendo hacia Júpiter. A diferencia de todas las naves que atravesaban los firmamentos o los mares de la Tierra, ella no requería ni siquiera el más mínimo toque de los controles. Su derrotero estaba fijado por las leyes de la gravitación; no había aquí ni bajos ni arrecifes no señalados en la carta, en los cuales pudiese encallar. Ni había el más ligero peligro de colisión con otra nave pues no existía ninguna en donde fuera —cuando menos de construcción humana— entre ella y las infinitamente distantes estrellas.

Sin embargo, el espacio en el que estaba penetrando ahora estaba lejos de hallarse vacío. Delante se encontraba una tierra de nadie amenazada por los pasos de más de un millón de asteroides... entre ellos, menos de diez mil jamás habían tenido determinadas con precisión sus órbitas por los astrónomos. Sólo cuatro tenían un diámetro de más de ciento cincuenta kilómetros; la inmensa mayoría eran simplemente gigantescos cantos rodados, vagando a la ventura a través del espacio.

No podía hacerse nada con respecto a ellos; hasta el más pequeño podría destruir por completo la nave, si chocara con ella a decenas de miles de kilómetros por hora. Sin embargo, la probabilidad de que tal sucediera era insignificante. Pues en promedio sólo había un asteroide en un volumen de dos millones de kilómetros de lado; por lo tanto, la menor de las preocupaciones de la tripulación era la de que la astronave *Descubrimiento* pudiera ocupar el mismo punto y *al mismo tiempo.*

El día 86° debían efectuar ellos su mayor aproximación a un asteroide conocido. No llevaba nombre —siendo designado simplemente con el número 7.794— y era una roca de cincuenta metros de diámetro que había sido detectada por el Observatorio Lunar en 1977, e inmediatamente olvidada, excepto por las pacientes computadoras del Centro de los Planetas Menores.

Al entrar en servicio Bowman, Hal le recordó al punto el venidero encuentro... aunque no era probable que olvidase el único acontecimiento previsto de todo el viaje. La trayectoria del asteroide frente a las estrellas, y sus coordenadas en el momento de mayor aproximación, habían sido ya impresas en las pantallas de exposición. También estaban inscritas las observaciones a efectuar o a intentar; iban a estar muy atareados cuando el 7.794 pasara raudo a sólo ciento cincuenta kilómetros de distancia, y a la relativa velocidad de ciento treinta mil kilómetros por hora.

Al pedir Bowman a Hal la observación telescópica, un campo estrellado no muy denso apareció en la pantalla. No había en él nada que semejara un asteroide; todas las imágenes, aun las más aumentadas, eran puntos de luz sin dimensiones.

—La retícula del blanco —pidió Bowman.

Inmediatamente aparecieron cuatro tenues y estrechas líneas que encerraban a una minúscula e indistinguible estrella. La miró fijamente durante varios minutos, preguntándose si Hal no se habría posiblemente equivocado; luego vio que la cabeza de alfiler luminosa estaba moviéndose, con apenas perceptible lentitud, sobre el fondo de las estrellas. Podía hallarse aún a un millón de kilómetros... pero su movimiento probaba que, en cuanto a distancias cósmicas, se encontraba casi al alcance de la mano.

Cuando, seis horas más tarde, se le unió Poole en el puente de mando, el 7.794 era cientos de veces más brillante, y se estaba moviendo tan rápidamente sobre su fondo, que no cabía duda de su identidad. Y no era ya sólo un punto luminoso, sino que había comenzado a mostrar su disco visible.

Clavaron la mirada en aquel guijarro que pasaba por el firmamento, con las emociones de marineros en un largo viaje, bordeando una costa que no podían abordar. Aunque se daban cabal cuenta de que 7.794 era sólo un trozo de roca sin vida ni aire, ese conocimiento no afectaba apenas a sus sentimientos. Era la única materia sólida que encontrarían a este lado de Júpiter... que estaba aún a más de trescientos millones de kilómetros de distancia.

A través del telescopio de gran potencia, podían ver que el asteroide era muy irregular, y que giraba lentamente sobre sus extremos. A veces parecía una esfera alisada, y a veces se asemejaba a un ladrillo de tosca forma; su período de rotación era de poco más de dos minutos. Sobre su superficie había jaspeadas motas de luz y sombra distribuidas al parecer al azar, y a menudo destellaba como una distante ventana cuando planos o afloramientos de material cristalino fulguraban al sol.

Estaba pasando ante ellos a casi cincuenta kilómetros por segundo; disponían tan sólo, pues, de unos cuantos frenéticos minutos para observarlo atentamente. Las cámaras automáticas tomaron docenas de fotografías, los ecos devueltos por el radar de navegación eran registrados cuidadosamente para un futuro análisis... y quedaba el tiempo justo para lanzar una cápsula de impacto.

Esta cápsula no llevaba ningún instrumento, pues no podría ninguno de ellos sobrevivir a tales velocidades cósmicas. Era simplemente una bala de metal, disparada desde la *Descubrimiento* en trayectoria que interseccionaría la del asteroide. Al deslizarse los segundos antes del impacto, Poole y Bowman esperaron con creciente tensión. El experimento, por simple que pareciera en principio, determinaba el límite, la precisión de sus dispositivos. Estaban apuntando a un blanco de treinta y cinco metros de diámetro, desde una distancia de cientos de kilómetros.

Se produjo una súbita y cegadora explosión de luz contra la parte oscurecida del asteroide. El proyectil había hecho impacto a velocidad meteórica; en una fracción de segundo, toda su energía cinética había sido transformada en calor. Una bocanada de gas incandescente fue expelida brevemente al espacio; a bordo de la *Descubrimiento*, las cámaras estaban registrando las líneas espectrales, que se esfumaban rápidamente. Allá en la Tierra, los expertos las analizarían, buscando las señas indicadoras de átomos incandescentes. Y así, por vez primera, sería determinada la composición de la corteza de un asteroide.

En una hora, el 7.794 fue una estrella menguante, no mostrando ninguna traza de un disco. Y cuando entró luego Bowman de guardia, se había desvanecido por completo.

De nuevo estaban solos; y solos permanecerían, hasta que las más exteriores lunas de Júpiter vinieran flotando en su dirección, dentro de tres meses.

19. TRANSITO DE JÚPITER

Aún a treinta millones de kilómetros de distancia, Júpiter era ya el objeto más sobresaliente en el firmamento. El planeta era un disco pálido de tono asalmonado, de un tamaño aproximadamente la mitad de la Luna vista desde la Tierra, con las oscuras bandas paralelas de sus cinturones de nubes claramente visibles. Errando en el plano ecuatorial estaban las brillantes estrellas de Ío, Europa, Ganimedes y Calixto... mundos que en cualquier otra parte hubiesen sido considerados como planetas por propio derecho, pero que allí eran simplemente satélites de un amo gigante.

A través del telescopio, Júpiter presentaba una magnífica vista... un globo abigarrado, multicolor, que parecía llenar el firmamento. Resultaba imposible abarcar su tamaño verdadero: Bowman recordó que tenía once veces el diámetro de la Tierra, pero durante largo rato fue ésta una estadística sin ningún significado real.

Luego, mientras se estaba informando de las cintas en las unidades de memoria de Hal, halló algo que de súbito le permitió ver en sus verdaderas dimensiones la tremenda escala del planeta. Era una ilustración que mostraba la superficie entera de la Tierra despellejada y luego estaquillada, como la piel de un animal, sobre el disco de Júpiter. Contra *este* fondo, todos los continentes y océanos de la Tierra parecían no mayores que la India en el globo terráqueo...

Al emplear Bowman el mayor aumento de los telescopios de la *Descubrimiento,* le pareció estar suspendido sobre un globo ligeramente alisado, mirando hacia un paisaje de volanderas nubes que habían sido hechas tiras por la rápida rotación del gigantesco mundo. A veces esas tiras se cuajaban en manojos y nudos y masas de vapor coloreado y del tamaño de continentes; a veces eran enlazadas por pasajeros puentes de miles de kilómetros de longitud. Oculta bajo aquellas nubes, había materia suficiente para sobrepujar a todos los demás planetas del Sistema Solar. ¿Y qué *más*, se preguntó Bowman, se hallaba también oculto allí?

Sobre este moviente y turbulento techo de nubes, ocultando siempre la real superficie del planeta, se deslizaban a veces formas circulares de oscuridad. Una de las lunas interiores estaba pasando ante el distante sol, discurriendo su sombra bajo él y sobre el alborotado paisaje nuboso joviano.

Había aún más allá, a treinta millones de kilómetros de Júpiter, otras lunas, mucho más pequeñas. Pero eran sólo montañas volantes de unas cuantas docenas de kilómetros de diámetro, y la nave no pasaría en ninguna parte cerca de cualquiera de ellas. Con intervalos de pocos minutos, el transmisor de radar enviaba un silencioso rayo de energía; pero ningún eco de nuevos satélites devolvía su latido desde el vacío.

Lo que llegó, con creciente intensidad, fue el bramido de la propia voz de la radio de Júpiter. En 1955, poco antes del alba de la Era Espacial, los astrónomos habían quedado asombrados al hallar que Júpiter estaba lanzando estallidos de millones de caballos de fuerza en banda de diez metros. Era simplemente un ronco ruido, asociado con halos de partículas cargadas que circundaban el planeta como los cinturones Van Allen de la Tierra, pero en escala mucho mayor.

A veces, durante horas solitarias pasadas en el puente de mando, Bowman escuchaba esa radiación. Aumentaba la intensidad del amplificador de la radio hasta que la estancia se llenaba con un estruendo crujiente y chirriante; de este fondo, y a intervalos regulares, surgían breves silbidos y pitidos, como gritos de aves alocadas. Era un sonido fantasmagórico e imponente, pues no tenía nada que ver con el Hombre; era tan solitario y tan ambiguo como el murmullo de las olas en una playa, o el distante fragor del trueno allende el horizonte.

Aun a su actual velocidad de más de ciento sesenta mil kilómetros por hora, le llevaría a la *Descubrimiento* casi dos semanas cruzar las órbitas de todos los satélites jovianos. Más lunas contorneaban a Júpiter que planetas orbitaban el Sol; el Observatorio Lunar estaba descubriendo nuevas lunas cada año, llegando ya la cuenta a treinta y seis. La más exterior —Júpiter XXVII— era retrógrada y se movía en inconstante trayectoria, a cuarenta y ocho millones de kilómetros de su amo temporal. Era el premio de un constante tira y afloja entre Júpiter y el Sol, pues el planeta estaba capturando constantemente lunas efímeras del cinturón de asteroides, y perdiéndolas de nuevo al cabo de unos cuantos millones de años. Sólo los satélites interiores eran de su propiedad permanente; el Sol no podría nunca arrancarlos de su asidero.

Ahora se encontraba aquí uno nuevo como presa de los antagónicos campos gravitatorios. La *Descubrimiento* estaba acelerando a lo largo de una compleja órbita calculada hacía meses por los astrónomos de la Tierra, y cotejada constantemente por Hal. De cuando en cuando se producían minúsculos golpecitos automáticos de los reactores de control, apenas perceptibles a bordo de la nave, al efectuarse la debida corrección de la trayectoria.

En el enlace de radio con la Tierra, fluía constante la información. Estaban ahora tan lejos del hogar, que hasta viajando a aquella velocidad, sus señales tardaban cincuenta minutos en llegar. Aunque el mundo entero estaba mirando sobre sus hombros, contemplando a través de sus ojos y de sus instrumentos a medida que se aproximaba Júpiter, pasaría casi una hora antes de que llegaran a Tierra las nuevas de sus descubrimientos.

Las cámaras telescópicas estaban operando constantemente al atravesar la nave la órbita de los gigantescos satélites interiores... cada uno de los cuales tenía una superficie mayor que la de la Luna. Tres horas antes del tránsito, la *Descubrimiento* pasó sólo a treinta y dos mil kilómetros de Europa, y todos los instrumentos fueron apuntados al mundo que se aproximaba, que crecía constantemente de tamaño, cambió de esfera a semiesfera y pasó rápidamente en dirección al Sol.

Aquí había también treinta millones de kilómetros cuadrados de superficie, que no había sido hasta este momento más que una cabeza de alfiler para el más poderoso telescopio. Los pasarían raudos en unos minutos, y debían sacar el mayor partido del encuentro, registrando toda la información que pudieran. Habría meses para poder revisarla despacio.

Desde la distancia, Europa había parecido una gigantesca bola de nieve, reflejando con notable eficiencia la luz del lejano sol. Observaciones más atentas así lo confirmaron; a diferencia de la polvorienta luna, Europa era de una brillante blancura, y mucha de su superficie estaba cubierta de destellantes trozos que se asemejaban a varados icebergs. Casi ciertamente, estaban formados por amoníaco y agua que el campo gravitatorio de Júpiter había dejado, como fuera, de capturar.

Sólo a lo largo del ecuador era visible la roca desnuda; aquí había una tierra de nadie increíblemente mellada de cañones y revueltos roquedales y cantos rodados, formando una franja más oscura que rodeaba completamente el pequeño mundo. Había unos cuantos cráteres meteóricos, pero ninguna señal de vulcanismo. Evidentemente, Europa nunca había poseído fuentes internas de calor.

Había, como ya se sabía hacía tiempo, trazas de

atmósfera. Cuando el oscuro borde del satélite pasaba cruzando a una estrella, su brillo se empañaba brevemente antes de la ocultación. Y en algunas zonas había un atisbo de nubosidad... quizás una bruma de gotitas de amoníaco, arrastradas por tenues vientos de metano.

Tan rápidamente como había surgido del firmamento de proa, Europa se hundió por la popa; y ahora el cinturón de Júpiter se hallaba a sólo dos horas. Hal había comprobado y recomprobado con infinito esmero la órbita de la nave, viendo que no había necesidad de más correcciones de velocidad hasta el momento de la mayor aproximación. Sin embargo, aún sabiendo eso, causaba una tensión en los nervios ver cómo aumentaba de tamaño, minuto a minuto, aquel gigantesco globo. Resultaba dificultoso creer que la *Descubrimiento* no estaba cayendo en derechura hacia él, y que el inmenso campo gravitatorio del planeta no estaba arrastrándola hacia su destrucción.

Ya había llegado el momento de lanzar las sondas atmosféricas... las cuales, se esperaba, sobrevivirían lo bastante como para enviar alguna información desde bajo el cobertor de nubes joviano. Dos rechonchas cápsulas en forma de bomba, encerradas en protectores escudos contra el calor, fueron puestas suavemente en órbita, cuyos primeros miles de kilómetros apenas se desviaban de la trazada por la *Descubrimiento*.

Pero lentamente fueron derivando; y por fin se pudo ver a simple vista lo que había estado afirmando Hal. La nave se hallaba en una órbita casi rasante, no de colisión; no tocaría la atmósfera. En verdad, la diferencia era sólo de unos cuantos cientos de kilómetros —una nadería cuando se estaba tratando con un planeta de ciento cincuenta mil kilómetros de diámetro— pero ello bastaba.

Júpiter ocupaba ahora todo el firmamento; era tan inmenso que ni la mente ni la mirada podían abarcarlo ya, y ambas habían abandonado el intento. De no haber sido por la extraordinaria variedad de color —los rojos y rosas y amarillos y salmones y hasta escarlatas— de la atmósfera que había bajo ellos, Bowman hubiese creído que estaba volando sobre un paisaje de nubes terrestres.

Y ahora, por vez primera en toda su expedición, estaban a punto de perder el Sol. Pálido y menguado como aparecía, había sido el compañero constante desde que salieron de la Tierra, hacía cinco meses. Pero ahora su órbita se estaba hundiendo en la sombra de Júpiter, y no tardarían en pasar al lado nocturno del planeta.

Mil seiscientos kilómetros más adelante, la franja del crepúsculo estaba lanzándose hacia ellos; detrás, el Sol se estaba sumiendo rápidamente en las nubes jovianas. Sus rayos se esparcían a lo largo del horizonte como lenguas de fuego, con sus crestas vueltas hacia abajo, contraíanse luego y morían en breve fulgor de magnificencia cromática. Había llegado la noche.

Y sin embargo... el gran mundo de abajo no estaba totalmente oscuro. Rielaba una fosforescencia que se abrillantaba a cada minuto, a medida que se acostumbraban sus ojos a la escena. Caliginosos ríos de luz discurrían de horizonte a horizonte, como las luminosas estelas de navíos en algún mar tropical. Aquí y allá se reunían en lagunas de fuego líquido, temblando con enormes perturbaciones submarinas que manaban del oculto corazón de Júpiter. Era una visión que inspiraba tanto espanto, que Poole y Bowman hubiesen estado con la mirada clavada en ella durante horas; ¿era aquello, se preguntaban, simplemente el resultado de fuerzas químicas y eléctricas que hervían en una caldera... o bien el subproducto de alguna fantástica forma de vida? Eran preguntas que los científicos podrían aún estar debatiendo cuando el recién nacido siglo tocase a su fin.

A medida que se sumían más en la noche joviana, se hacía constantemente más brillante el fulgor bajo ellos. En una ocasión había volado Bowman sobre el norte del Canadá durante el cenit de la aurora: la nieve que cubría el paisaje había sido tan fría y brillante como esto. Y aquella soledad ártica, recordó, era más de cien grados más cálida que en las regiones sobre las cuales estaban lanzándose ahora.

—La señal de Tierra está desvaneciéndose rápidamente —anunció Hal—. Estamos entrando en la primera zona de difracción.

Lo había esperado... en realidad era uno de los objetivos de la misión, cuando la absorción de radioondas proporcionaría valiosa información sobre la atmósfera joviana. Pero ahora que habían pasado realmente tras el planeta, y se cortaba la comunicación con Tierra, sentían una súbita y abrumadora soledad. El cese de la radio duraría sólo una hora; luego emergerían de la pantalla eclipsadora de Júpiter, y reanudarían el contacto con la especie humana. Sin embargo, aquella hora sería la más larga de sus vidas.

A pesar de su relativa juventud, Poole y Bowman eran veteranos de una docena de viajes espaciales... mas ahora se sentían como bisoños. Estaban intentando algo por vez primera; nunca había viajado ninguna nave a tales velocidades, o desafiado tan intenso campo gravitatorio. El más leve error en la navegación en aquel punto crítico, y la *Descubrimiento* saldría despedida hasta los límites extremos del Sistema Solar, sin esperanza alguna de rescate.

Arrastrábanse los lentos minutos. Júpiter era ahora una pared vertical de fosforescencia, extendiéndose al infinito sobre ellos... y la nave estaba remontando en derechura su resplandeciente cara. Aunque sabían que estaban moviéndose con demasiada rapidez para que los prendiese la gravedad de Júpiter, resultaba difícil creer que no se había convertido la *Descubrimiento* en satélite de aquel mundo.

Al fin, y muy delante de ellos, hubo un fulgor luminoso a lo largo del horizonte. Estaban emergiendo de la sombra, saliendo al Sol. Y casi en el mismo momento, Hal anunció:

—Estoy en contacto-radio con Tierra. Me alegra también decir que ha sido completada con éxito la maniobra de perturbación. Nuestro tiempo hasta Saturno es de ciento sesenta y siete días, cinco horas, once minutos.

Estaba al minuto de lo calculado; el vuelo de aproximación había sido llevado a cabo con precisión impecable. Como una bola en una mesa de billar, la *Descubrimiento* se había apartado del móvil campo gravitatorio de Júpiter, y obtenido el impulso para el impacto. Sin emplear combustible alguno, había aumentado su velocidad en varios miles de kilómetros por hora.

Sin embargo, no había en ello violación ninguna de las leyes de la mecánica; la Naturaleza equilibraba siempre sus asientos, y Júpiter había perdido exactamente tanto impulso angular como la *Descubrimiento* lo había ganado. El planeta había sido retardado... pero como su masa era un quintillón de veces mayor que la de la nave, el cambio de su órbita era demasiado ínfimo como para ser detectable. No había llegado aún la hora en que el hombre podría dejar su señal sobre el Sistema Solar.

Al aumentar la luz rápidamente en su derredor, alzándose una vez más el sumido Sol en el firmamente joviano, Poole y Bowman se estrecharon la mano en silencio.

Pues aunque les resultaba difícil creerlo, había sido culminada sin tropiezo la primera parte de su misión.

20. EL MUNDO DE LOS DIOSES

Pero aún no habían terminado con Júpiter. Más lejos, atrás, las dos sondas que la *Descubrimiento* había lanzado estaban estableciendo contacto con la atmósfera.

De una de ellas no se había vuelto a oír; probablemente había hecho una entrada demasiado precipitada, y se había incendiado antes de poder transmitir información alguna. La segunda tuvo más suerte; hendía las capas superiores de la atmósfera joviana, deslizándose de nuevo al espacio. Tal como había sido planeado, había perdido tanta velocidad en el encuentro, que volvía a retroceder a lo largo de una gran elipse. Dos horas después, reentraba en la atmósfera del lado diurno del planeta... moviéndose a ciento doce mil kilómetros por hora.

Inmediatamente fue arrojada en una envoltura de gas incandescente, perdiéndose el contacto-radio. Hubo ansiosos minutos de espera, entonces, para los dos observadores del Puente de mando. Podía suceder que la sonda sobreviviera, y que el escudo protector de cerámica no ardiese por completo antes de que acabara el frenado. Si tal ocurriese, los instrumentos quedarían volatilizados en una fracción de segundo.

Pero el escudo se mantuvo lo bastante como para que el ígneo meteoro se detuviera. Los fragmentos carbonizados fueron eyectados, el robot sacó sus antenas, y comenzó a escudriñar en derredor con sus sentidos electrónicos. A bordo de la *Descubrimiento*, que se hallaba ahora a una distancia de un millón y medio de kilómetros, la radio comenzó a traer las primeras noticias auténticas de Júpiter.

Las miles de vibraciones vertidas cada segundo estaban informando sobre composición atmosférica, presión, temperatura, campos magnéticos, radiactividad, y docenas de otros factores que sólo podían desenmarañar los expertos en Tierra. Sin embargo, había un mensaje que podía ser entendido al instante; era la imagen de TV, en color, enviada por la sonda que caía hacia el planeta gigante.

Las primeras vistas llegaron cuando el robot había entrado ya en la atmósfera, y había desechado su escudo protector. Todo lo que era visible era una bruma amarilla, moteada de manchas escarlatas y que se movía ante la cámara a vertiginosa velocidad... fluyendo hacia arriba al caer la sonda a varios cientos de kilómetros por hora.

La bruma se tornó más espesa; resultaba imposible saber si la cámara estaba intentando ver en diez centímetros o en diez kilómetros, pues no aparecía detalle alguno que pudiera enfocar el ojo. Parecía que, en cuanto a la TV concernía, la misión era un fracaso. Los dispositivos habían funcionado, pero no había nada que pudiera verse en aquella brumosa y turbulenta atmósfera.

Y de pronto, casi bruscamente, la bruma se desvaneció. La sonda debió de haber caído a través de la base de una elevada capa de nubes, y salido a una zona clara... quizás a una región de hidrógeno casi puro con sólo un esparcido desperdigamiento de cristales de amoníaco. Aunque aún resultaba en absoluto imposible juzgar la escala de la imagen, la cámara estaba evidentemente abarcando kilómetros.

La escena era tan ajena a todo lo conocido, que durante un momento fue casi insensata para los ojos acostumbrados a los colores y formas de la Tierra. Lejos, muy lejos, abajo, se extendía un interminable mar de jaspeado oro, surcado de riscos paralelos que podían haber sido las crestas de gigantescas olas. Mas no había movimiento alguno; la escala de la escena era demasiado inmensa para mostrarlo. Y aquella áurea vista no podía posiblemente haber sido un océano, pues se encontraba aún alta en la atmósfera joviana. Sólo podía haber sido otra capa nubosa.

Luego la cámara captó, atormentadoramente borroso por la distancia, un vislumbre de algo muy extraño. A muchos kilómetros de distancia, el áureo «paisaje» se convertía en un cono singularmente simétrico, semejante a una montaña volcánica. En torno a la cúspide de este cono había un halo de pequeñas nubes hinchadas... todas aproximadamente del mismo tamaño, y todas muy precisas y aisladas. Había algo de perturbador y antinatural en ellas... si, en verdad, podía ser aplicada la palabra «natural» a aquel pavoroso panorama.

Luego, prendida por alguna turbulencia en la rápidamente espesada atmósfera, la sonda viró en redondo a otro cuarto del horizonte, y durante unos segundos la pantalla no mostró nada más que un áureo empañamiento. Estabilizóse luego; el «mar» se hallaba mucho más próximo, pero tan enigmático como siempre. Se podía observar ahora que estaba interrumpido aquí y allá por retazos de oscuridad, que podían haber sido boquetes o hendiduras que conducían a capas aún más profundas de la atmósfera.

La sonda estaba destinada a no alcanzarlas nunca. A cada kilómetro se había ido duplicando la densidad del gas que la rodeaba, y subiendo la presión a medida que iba hundiéndose más y más profundamente hacia la oculta superficie del planeta. Se hallaba aún alta sobre aquel misterioso mar cuando la imagen sufrió una titilación preventiva, y esfumóse luego, al aplastarse el primer explorador de la Tierra bajo el peso de kilómetros de atmósfera.

En su breve vida, había proporcionado un vislumbre de quizás una millonésima parte de Júpiter, y se había meramente aproximado a la superficie del planeta, a cientos de kilómetros bajo él en las profundas brumas. Cuando desapareció la imagen de la pantalla, Bowman y Poole sólo pudieron sentarse en silencio, con el mismo pensamiento dando vueltas en sus mentes.

Los antiguos, en verdad, habían hecho lo mejor que sabían, al bautizar a aquel mundo con el nombre del Señor de todos los dioses. De haber vida allí, ¿cuánto tiempo se tardaría en localizarla? Y después de eso, ¿cuántas centurias pasarían antes de que el hombre pudiera seguir a este primer pionero... y en qué clase de nave?

Pero no eran estas cuestiones las que incumbían a la *Descubrimiento* y a su tripulación. Su meta era un mundo más extraño aún, casi el doble de lejos del Sol... a través de mil millones más de kilómetros de vacío infestado de cometas.

IV

ABISMO

21. FIESTA DE CUMPLEAÑOS

Las familiares estrofas de «Feliz cumpleaños» se expandieron a través de más de mil millones de kilómetros de espacio a la velocidad de la luz, yendo a extinguirse entre las pantallas de visión e instrumentación del puente de mando. La familia Poole, muy ufana y agrupada en torno al pastel de cumpleaños, en Tierra, quedó en súbito silencio tras entonar a coro la canción.

Luego Mr. Poole, padre, dijo ceñudamente:

—Bueno, Frank, no podemos pensar en nada más que decir en este momento, excepto que nuestros pensamientos están contigo, y que te deseamos el más feliz de tus cumpleaños.

—Cuídate, querido —intervino llorosa Mrs. Poole—. Dios te bendiga.

Hubo un nuevo coro, de «adioses» esta vez, y la pantalla de visión quedóse en blanco. Cuán extraño pensar, se dijo Poole, que todo aquello había sucedido hacía más de una hora. Para entonces, su familia se habría dispersado de nuevo y sus miembros se hallarían a varios kilómetros del hogar. Pero en cierto modo, aquel retraso del tiempo, aunque podía ser defraudador, era también un bien disfrazado. Como todo hombre de su edad, Poole daba por supuesto que podía hablar al instante, siempre que lo deseara, con cualquier habitante de la Tierra. Mas ahora que esto ya no era verdad, el impacto psicológico era profundo. Se había movido a una nueva dimensión de remota lejanía, y casi todos los lazos emocionales se habían extendido más allá del punto establecido.

—Siento interrumpir la fiesta —dijo Hal—, pero tenemos un problema.

—¿Qué es ello? —preguntaron simultáneamente Bowman y Poole.

—Me cuesta mantener el contacto con Tierra. El trastorno se encuentra en la Unidad A.E. 35. Mi Centro de Predicción de Defectos informa que puede fallar antes de setenta y dos horas.

—Cuidaremos de ello —replicó Bowman—. Veamos la alineación óptica.

—Aquí está, Dave. Por el momento sigue siendo excelente.

En la pantalla expositora apareció una perfecta media luna, muy brillante, contra el fondo casi exento de estrellas. Estaba cubierta de nubes, y no mostraba ningún rasgo geográfico que pudiera ser reconocido. Ciertamente, a la primera ojeada podía ser fácilmente confundida con Venus.

Mas no a la segunda, pues allá al lado se encontraba la *verdadera* Luna, que Venus no poseía... de un tamaño de un cuarto de la Tierra, y exactamente en la misma fase. Era fácil imaginar que los dos cuerpos eran madre e hijo, como muchos astrónomos habían creído, antes de que la evidencia suministrada por las rocas lunares demostrase fuera de toda duda que la Luna no había sido jamás parte de la Tierra.

Poole y Bowman estudiaron en silencio la pantalla durante medio minuto. Aquella imagen procedía de la cámara de TV de gran enfoque montada en el borde del gran dispositivo de radio; la retícula del centro mostraba la exacta orientación de la antena. A menos que el pequeño astil apuntara precisamente a la Tierra, no podrían recibir ni transmitir. Los mensajes en ambas direcciones marrarían su blanco y serían lanzados, sin ser vistos ni oídos, a través del Sistema Solar al posterior vacío. Si fueran recibidos, no lo serían sino dentro de siglos.

—¿Sabe dónde se encuentra el trastorno? —preguntó Bowman.

—Es intermitente y no puedo localizarlo. Pero parece hallarse en la Unidad A.E. 35.

—¿Qué sugiere?

—Lo mejor sería reemplazar la unidad por otra de reserva, de manera que podamos examinarla.

—Está bien... denos la transcripción.

Fulguró la información en la pantalla expositora, y simultáneamente se deslizó afuera una hoja de papel que salió de la ranura que estaba inmediatamente bajo ella. A pesar de todas las lecturas electrónicas en alta voz, había veces en que la más conveniente forma de registro era el antiguo material impreso.

Bowman estudió durante un momento los diagramas, y lanzó luego un silbido.

—Debería habérnoslo dicho —manifestó—. Esto significa que debemos salir al exterior de la nave.

—Lo siento —replicó Hal—. Supuse que sabía usted que la unidad A.E. 35 se encontraba en el montaje de la antena.

—Probablemente lo supe hace un año, pero hay ocho mil subsistemas a bordo. De todos modos parece una tarea desembarazada. Sólo tenemos que abrir un panel y colocar dentro una nueva unidad.

—Eso me suena estupendamente —dijo Poole, quien era el miembro de la tripulación designado para la rutinaria actividad extravehicular—. Me iría muy bien un cambio de decorado. Nada personal, desde luego.

—Veamos si el Control de la Misión está de acuerdo —dijo Bowman. Sentóse en silencio durante unos segundos, poniendo en orden sus pensamientos, y comenzó luego a dictar un mensaje.

—Control de Misión, aquí rayos X-Delta-Uno A las dos—cero—cuatro—cinco, a bordo Centro Predicción Defectos en nuestro nueve—triple—cero computador mostró Eco Alfa tres cinco Unidad como probable monitora y sugiero revise unidad en el simulador de sistemas de su nave. Confirme también su aprobación nuestro plan ida a EVA y reemplace unidad Eco Alfa tres cinco antes de fallo. Control de Misión, aquí Rayos X-Delta-Uno, concluida transmisión dos—uno—cero—tres.

A través de años de práctica, Bowman podía expresar en esta jerigonza —que alguien había bautizado como «técnica»— una noticia importante, y pasar de nuevo al habla normal, sin conflicto de sus mecanismos mentales. Ahora no cabía hacer más que esperar la confirmación, que tardaría por lo menos dos horas, pues sus señales hacían el viaje de ida y vuelta a través de las órbitas de Júpiter y Marte.

Llegó cuando Bowman estaba intentando, sin mucho éxito, derrotar a Hal en uno de los juegos geométricos almacenados en su memoria.

—Rayos X-Delta-Uno, aquí Control de Misión acusando recibo de su dos—uno—cero—tres. Estamos revisando información telemétrica en nuestro simulador de misión y aconsejaremos. Mantenga su plan ida EVA y reemplace Unidad Eco-Alfa tres-cinco antes de posible fallo. Estamos verificando pruebas para que lo aplique a unidad deficiente.

Resuelto este grave asunto, el Controlador de la Misión volvió al inglés normal.

—Lamentamos, compañeros, que tengan un poco de trastorno, y no deseamos aumentar sus calamidades. Pero si es conveniente para ustedes ir primero a EVA, tenemos una solicitud de Información Pública. Podrían ustedes hacer un breve registro para general descargo, perfilando la situación y explicando exactamente lo que hace A.E. 35. Háganlo tan tranquilizador como puedan. Nosotros podríamos hacerlo desde luego... pero será mucho más convincente en sus propias palabras. Esperamos que ello no estorbe demasiado a su vida social. Rayos X-Delta-Uno, aquí Control de Misión, concluida transmisión dos—uno—cinco——cinco.

Bowman no pudo dejar de sonreír ante la petición. Había veces en que Tierra mostraba una curiosa insensibilidad y falta de tacto. ¡Vaya con lo de «Háganlo tranquilizador»!

Al unírsele Poole acabado su período de sueño, pasaron diez minutos componiendo y puliendo la respuesta. En las primeras fases de la expedición, había habido innumerables peticiones de todos los medios informativos para entrevistas y ruedas de Prensa... casi sobre todo lo que quisieran decir. Pero al pasar las semanas sin acontecimientos dignos de mención, y al aumentar el lapso de tiempo de unos cuantos minutos a más de una hora de comunicación, había disminuido gradualmente el interés. Después de la excitación causada por el paso ante Júpiter, hacía más de un mes, sólo habían hecho tres o cuatro informaciones generales.

—Control de Misión, aquí Rayos X-Delta-uno. Enviamos la declaración a la Prensa: A primera hora de hoy, surgió un problema técnico de poca importancia. Nuestro computador HAL-9.000 anunció el fallo próximo de la Unidad A.E. 35. Se trata de un componente pequeño pero vital del sistema de comunicaciones. Mantiene nuestra antena principal apuntada a la Tierra casi a diez milésimas de grado. Se requiere esta precisión, ya que a nuestra distancia actual a más de mil millones de kilómetros, la Tierra es sólo más bien una débil estrella, y el haz muy reducido de nuestra radio podría perderla fácilmente.

»La antena es mantenida en constante rastreo de la Tierra por motores controlados desde el computador central. Pero esos motores obtienen sus instrucciones *vía* Unidad A.E. 35. Podéis compararlo a un centro nervioso en el cuerpo, el cual traslada las instrucciones del cerebro a los músculos de un miembro. Si deja de efectuar el nervio las señales correctas. el miembro se torna inútil. En nuestro caso, una avería de la Unidad A. E. 35 significaría que nuestra antena comenzaría a apuntar el azar. Éste fue un trastorno corriente en las cápsulas espaciales del siglo pasado. Alcanzaban a menudo otros planetas, y luego dejaban de transmitir cualquier información debido a que sus antenas no podían localizar la Tierra.

»Desconocemos aún la naturaleza del defecto, pero la situación no es en absoluto grave, y no hay necesidad de alarmarse. Tenemos dos A.E. 35 de repuesto, cada una de las cuales tiene una vida operativa prevista para veinte años... así que es desdeñable la probabilidad de un segundo fallo en el curso de esta misión. Por lo tanto, si podemos diagnosticar la causa del actual trastorno, podremos también reparar la Unidad número uno.

»Frank Poole, que está especialmente calificado para este tipo de trabajo, saldrá al exterior de la nave y remplazará la defectuosa unidad con la de repuesto. Y al mismo tiempo, aprovechá la oportunidad para revisar el casco y reparar algunos microorificios que han sido demasiado insignificantes como para merecer una especial EVA.

»Aparte de este problema menor, la misión continúa sin sucesos dignos de mención, y debería continuar de la misma manera.

»Control de Misión, aquí Rayos X-Delta-Uno, transmisión dos—uno—cero—cuatro concluida.

22. EXCURSIÓN

Las cápsulas extravehiculares o «vainas del espacio» de la *Descubrimiento*, eran esferas de aproximadamente tres metros de diámetro, y el operador se instalaba tras un mirador que le procuraba una espléndida vista. El principal cohete impulsor producía una aceleración de un quinto de gravedad —la suficiente para rondar en la Luna— permitiendo el gobierno de pequeños pitones de control de posición. Desde un área situada inmediatamente debajo del mirador brotaban dos juegos de brazos metálicos articulados, uno para labores pesadas y otro para manipulación delicada. Había también una torreta extensible, conteniendo una serie de herramientas automáticas, tales como destornilladores, martillos, serruchos y taladros.

Las vainas del espacio no eran el medio más elegante de transporte ideado por el hombre, pero eran absolutamente esenciales para la construcción y las reparaciones en el vacío. Se las bautizaba por lo general con nombres femeninos, tal vez en reconocimiento al hecho de que su comportamiento fuera en ocasiones un tanto caprichoso. El trío de la *Descubrimiento* se llamaban Ana, Betty y Clara.

Una vez se hubo puesto su traje a presión —su última línea de defensa— y penetró en el interior de la cápsula, Poole pasó diez minutos comprobando los mandos. Dio un toque a los eyectores de gobierno, flexionó los brazos metálicos, y revisó el oxígeno, el combustible y la reserva de energía. Luego, cuando estuvo completamente satisfecho, habló a Hal por el circuito de radio. Aunque Bowman estaba presente en el puente de mandos, no intervendría a menos de que hubiese algún error o mal funcionamiento.

—Aquí *Betty*. Comience secuencia bombeo.

—Secuencia bombeo comenzada.

Al instante, Poole pudo oír el vibrar de las bombas a medida que el precioso aire era extraído de la cámara reguladora de presión. Luego, el tenue metal del casco externo de la cápsula produjo unos suaves crujidos, y, al cabo de cinco minutos, Hal informó:

—Concluida secuencia bombeo.

Poole hizo una última comprobación de su reducido tablero de instrumentos. Todo estaba perfectamente normal.

—Abra puerta exterior —ordenó.

De nuevo repitió Hal sus instrucciones; a cada frase, Poole tenía sólo que decir « ¡Alto! » y el computador detendría inmediatamente la secuencia.

Las paredes de la nave se abrieron ante él. Poole sintió mecerse brevemente la cápsula al precipitarse al espacio los últimos tenues vestigios de aire. Luego, vio las estrellas... y daba la casualidad de que precisamente el minúsculo y áureo disco de Saturno, aún a seiscientos cincuenta millones de kilómetros de distancia, estaba ante él.

—Comience eyección cápsula.

Muy lentamente, el raíl del que estaba colgando la cápsula se extendió a través de la puerta abierta, hasta quedar el vehículo suspendido justamente fuera del casco de la nave.

Poole hizo dar una segunda descarga al propulsor principal, y la cápsula se deslizó suavemente fuera del raíl, convirtiéndose al fin en vehículo independiente, prosiguiendo su propia órbita en torno al sol. Ahora no tenía él conexión alguna con la *Descubrimiento*... ni siquiera un cable de seguridad. La cápsula raramente causaba trastorno; y hasta si quedaba desamparada, Bowman podía ir fácilmente a rescatarla.

Betty respondió suavemente a los controles; la hizo derivar durante treinta metros, comprobó luego su impulso, y la hizo girar en redondo de manera que se hallase de nuevo mirando a la nave. Luego comenzó a rodear el casco de presión.

Su primer blanco era un área fundida de aproximadamente un centímetro y medio de diámetro, con un minúsculo hoyo central. La partícula de polvo meteórico que había verificado allí su impacto a más de ciento cincuenta mil kilómetros por hora, era ciertamente más pequeña que una cabeza de alfiler, y su enorme energía cinética la había vaporizado al instante. Como con frecuencia sucedía, el orificio parecía haber sido causado por una explosión desde el *interior* de la nave; a esas velocidades, los materiales se comportan de extraños modos y raramente se rigen por el sentido común de las leyes de la mecánica.

Poole examinó cuidadosamente el área, y la roció luego con encastrador de un recipiente presurizado que tomó del instrumental de la cápsula. El blanco y gomoso líquido se extendió sobre la piel metálica, ocultando a la vista el agujero. La grieta expelió una gran burbuja, que estalló al alcanzar unos quince centímetros de diámetro, luego otra más pequeña, y ninguna más, al tomar consistencia el encastrador. Poole contempló intensamente la reparación durante varios minutos, sin que hubiese una ulterior señal de actividad. Sin embargo, para asegurarse del todo, aplicó una segunda capa, dirigiéndose seguidamente hacia la antena.

Le llevó algún tiempo contornear el casco esférico de la *Descubrimiento,* pues mantuvo a la cápsula a una velocidad no superior a unos cuantos palmos por segundo. No tenía prisa, y resultaba peligroso moverse a gran velocidad a tanta proximidad de la nave. Tenía que andar con mucho tiento con los varios sensores y armazones instrumentales que se proyectaban del casco en lugares inverosímiles, y tener también sumo cuidado con la ráfaga de su propio propulsor. Caso de que chocara con alguno de los más frágiles avíos, podía causar gran daño.

Cuando llegó por fin a la antena parabólica de largo alcance, y de siete metros de diámetro, examinó minuciosamente la situación. El gran cuenco parecía estar apuntando directamente al Sol, pues la Tierra se hallaba ahora casi en línea con el disco solar. La armadura de la antena y todo su dispositivo de orientación se encontraban por ende en una total oscuridad, oculto en la sombra del gran platillo metálico.

Poole se había aproximado desde atrás; había tenido sumo cuidado en no ponerse frente al somero reflector parabólico, para que *Betty* no interrumpiese el haz y motivara una momentánea pero engorrosa pérdida de contacto con la Tierra. No pudo ver nada del instrumento que tenía que reparar, hasta que encendió los proyectores de la cápsula, ahuyentado las sombras.

Bajo aquella pequeña placa se encontraba la causa del trastorno. Esta placa estaba asegurada con cuatro tuercas, y al igual que toda la unidad A.E. 35, había sido diseñada para un fácil recambio.

Era evidente, sin embargo, que no podía efectuar la tarea mientras permaneciese en la cápsula espacial. No sólo era arriesgado maniobrar tan próximo a la armazón tan delicada, y hasta enmarañada, de la antena, sino que los chorros de control de *Betty* podrían abarquillar fácilmente la superficie reflectora, delgada como el papel, del gran espejo-radio. Había de aparcar a la cápsula a siete metros y salir al exterior provisto de su traje espacial. En cualquier caso, podría desplazar la unidad mucho más rápidamente con sus manos enguantadas, que con los distantes manipuladores de *Betty.*

Informó detenidamente de todo esto a Bowman, quien hizo una comprobación doble de cada fase de la operación antes de ejecutarla. Aunque era una tarea sencilla, de rutina, nada podía darse por supuesto en el espacio, no debiendo pasarse por alto ningún detalle. En las actividades extravehiculares no cabía ni siquiera un «pequeño» error.

Recibió la conformidad para proceder a la labor, y estacionó la cápsula a unos siete metros del soporte de la base de la antena. No había peligro alguno de que se largara al espacio; de todos modos, la sujetó con una manecilla a uno de los travesaños de la escalera estratégicamente montada en el casco exterior.

Tras una comprobación de los sistemas de su traje presurizado, que le dejó completamente satisfecho, vació el aire de la cápsula, el cual salió silbando al vacío del espacio, formándose brevemente en su derredor una nube de cristales de hielo, que empañó momentáneamente las estrellas.

Había otra cosa que hacer antes de abandonar la cápsula, y era el pasar la conmutación de Manual a Distancia, colocando a *Betty* así bajo el control de Hal. Era una clásica medida de precaución; aunque él se hallaba aún sujeto a *Betty* por un cable elástico inmensamente fuerte y poco más grueso que un cabo de lana, hasta los mejores cables de seguridad habían fallado alguna vez. Aparecería como un bobo si necesitara su vehículo... y no pudiese llamarlo en su ayuda transmitiendo instrucciones a Hal.

Abrióse la puerta de la cápsula, y salió flotando lentamente al silencio del espacio, desenrollando tras de sí su cable de seguridad. Tomar las cosas con tranquilidad —no moverse nunca rápidamente—, detenerse y pensar... tales eran las reglas para la actividad extravehicular. Si uno las obedecía, no había nunca ningún trastorno.

Asió una de las manecillas exteriores de *Betty*, y sacó la unidad de reserva A.E. 35 del bolso donde la había metido, a la manera de los canguros. No se detuvo a recoger ninguna de las herramientas de la colección que disponía la cápsula, pues la mayoría de ellas no estaban diseñadas para su utilización por manos humanas. Todos los destornilladores y llaves que probablemente habría de necesitar, estaban ya sujetos al cinto de su traje espacial.

Con suave impulso, se lanzó hacia la suspendida armazón del gran plato, que atalayaba como gigantesco platillo volante entre él y el sol. Su propia doble sombra, arrojada por los proyectores de *Betty*, danzaba a través de la convexa superficie en fantásticas formas al apilarse bajo los haces gemelos. Pero tuvo la sorpresa de observar que la parte posterior del gran radio-espejo estaba aquí y allá moteada de centelleantes puntos luminosos.

Quedó perplejo ante el hecho durante los segundos de su silenciosa aproximación, dándose luego cuenta de qué se trataba. Durante el viaje, el reflector debió de haber sido alcanzado muchas veces por micrometeoritos, y lo que estaba viendo era el resplandor del sol a través de los minúsculos orificios. Eran demasiado pequeños como para haber afectado apreciablemente el funcionamiento del sistema.

Mientras se movía lentamente, interrumpió el suave impacto con su brazo extendido, y asió la armazón de la antena antes de que pudiera rebotar. Enganchó rápidamente su cinturón de seguridad al más próximo asidero, lo que le procuraría cierto apuntalamiento mientras empleaba sus herramientas. Luego hizo una pausa, informó de la situación a Bowman, y reflexionó sobre el siguiente paso a dar.

Había un pequeño problema: se hallaba de pie —o flotando— en su propia luz, y resultaba difícil ver la unidad A.E. 35 en la sombra que él mismo proyectaba. Ordenó pues a Hal que hiciese girar los focos a un lado, y tras breve experimentación, obtuvo una iluminación más uniforme del encendido secundario reflejado en el dorso del plato de la antena.

Estudió durante breves segundos la pequeña compuerta con sus cuatro tuercas de cierre de seguridad. Luego, murmurando para sí mismo, se dijo: «El manejo por personal no autorizado invalida la garantía del fabricante», cortó los alambres sellados y comenzó a desenroscar las tuercas. Eran de tamaño corriente, y encajaban en la llave que manejaba. El mecanismo interno de muelle de la herramienta absorbería la reacción al desenroscarse las tuercas, de manera que el operador no tendría tendencia a girar a la inversa.

Las cuatro tuercas fueron desenroscadas sin ninguna dificultad, y Poole las metió cuidadosamente en un conveniente saquito. (Algún día, había predicho alguien, la Tierra tendría un anillo como el de Saturno, compuesto enteramente por pernos y tuercas, sujetadores y hasta herramientas que se les habrían escapado a descuidados trabajadores de la construcción orbital.) La tapa de metal estaba un tanto adherida, y por un momento temió que pudiera haber quedado soldada por el frío; pero tras unos cuantos golpes se soltó, y la aseguró a la armazón de la antena mediante un gran sujetador de los llamados de cocodrilo.

Ahora podía ver el circuito electrónico de la unidad A.E. 35. Tenía la forma de una delgada losa, del tamaño aproximado de una tarjeta postal, recorrida por una ranura lo bastante ancha para retenerla. La unidad estaba asegurada por dos pasadores, y tenía una manecilla para poderla sacar fácilmente.

Pero se hallaba aún funcionando, alimentando

a la antena con las pulsaciones que la mantenían apuntada a la distante cabeza de alfiler que era la Tierra. Si la sacaba ahora, se perdería todo control, y el plato volvería a su posición neutral o de azimut cero, apuntando a lo largo del eje de la *Descubrimiento.* Y ello podía ser peligroso; podría estrellarse contra la nave, al girar.

Para evitar este particular peligro, era sólo necesario cortar la energía del sistema de control; la antena no podría moverse, a menos que chocacara con ella Poole. No había peligro alguno de perder Tierra durante los breves minutos que le llevaría remplazar la unidad; su blanco no se habría desviado apreciablemente sobre el fondo de las estrellas en tan breve intervalo de tiempo.

—Hal —llamó Poole por el circuito de la radio—. Estoy a punto de sacar la unidad. Corta la energía de control al sistema de la antena.

—Cortada energía control antena —respondió Hal.

—Bien. Ahí va. Estoy sacando la unidad.

La tarjeta se deslizó fuera de su ranura sin ninguna dificultad; no se atascó, ni se trabó ninguno de las docenas de deslizantes contactos. En el lapso de un minuto estuvo colocado el repuesto.

Pero Poole no se aventuró, y se apartó suavemente del armazón de la antena, para el caso que el gran plato hiciera movimientos alocados al ser restaurada la energía. Cuando estuvo fuera de su alcance, llamó a Hal.

Por la radio, dijo:

—La nueva unidad debería ser operante. Restaura energía de control.

—Dada energía —respondió Hal. La antena permaneció firme como una roca.

—Verifica controles de predicción de deficiencia.

Microscópicos pulsadores estarían ahora vibrando a través del complejo circuito de la unidad, escudriñando posibles fallos, comprobando las miríadas de componentes para ver que todos estuvieran conformes a sus tolerancias específicas. Esta operación había sido hecha, desde luego, una veintena de veces antes de que la unidad abandonara la fábrica; pero ello fue hacía dos años, y a más de mil quinientos millones de kilómetros de allí. A menudo resultaba imposible apreciar cómo *podían* fallar unos solidísimos componentes electrónicos, que habían sido sometidos a la más rigurosa comprobación previa; sin embargo, fallaban.

—Circuito operante por completo —informó Hal, al cabo de sólo diez segundos. En ese brevísimo lapso de tiempo había efectuado tantas comprobaciones como un pequeño ejército de inspectores humanos.

—Magnífico —dijo Poole, satisfecho—. Voy a colocar de nuevo la tapa.

Ésta era a menudo la parte más peligrosa de una operación extravehicular cuando estaba terminada una tarea, y era simple cuestión de ir flotando arriba y volver al interior de la nave..., mas era también cuando se cometían los errores. Pero Frank Poole no habría sido designado para esta misión de no haber sido de lo más cuidadoso, precavido y concienzudo. Se tomó tiempo, y aunque una de las tuercas de cierre se le escapó, la recuperó antes de que se fuera a unos pocos palmos de distancia.

Y quince minutos después se estaba introduciendo en el garaje de la cápsula espacial, con la sosegada confianza de que aquélla había sido una tarea que no precisaba ser repetida.

En lo cual, sin embargo, estaba lastimosamente equivocado.

23. DIAGNÓSTICO

—¿Quiere decir —exclamó Frank Poole, más sorprendido que molesto—, que hice todo ese trabajo para nada?

—Así parece —respondió Bowman—. La unidad da una comprobación perfecta. Hasta con una sobrecarga de doscientos por ciento, no se indica ninguna predicción de fallo.

Los dos hombres se encontraban en el exiguo taller-laboratorio del carrusel, que era más conveniente que el garaje de la cápsula espacial para reparaciones y exámenes de menor importancia. No había ningún peligro allí de toparse con burbujas de soldadura caliente remolineando en el aire o con pequeños y completamente perdidos accesorios de material, que habían decidido entrar en órbita. Tales cosas podían suceder —y sucedían— en el ambiente de gravedad cero de la cala de la cápsula.

La delgada placa del tamaño de una tarjeta de la unidad A. E. 35 se hallaba en el banco de pruebas bajo una potente lupa. Estaba conmutada en un marco corriente de conexión, del cual partía un haz de alambres multicolores que conectaban con un aparato de pruebas automático, no mayor que un computador corriente de escritorio. Para comprobar cualquier unidad, bastaba conectarlo, introducir la tarjeta apropiada de la biblioteca «descarga-trastornos», y oprimir un botón. Generalmente, se indicaba la exacta localización de la deficiencia en una pequeña pantalla expositora, con instrucciones para la actuación debida.

—Pruébalo tú mismo —dijo Bowman, con voz de tono un tanto defraudado.

Poole giró a X-2 el conmutador SOBRECARGA, y oprimió el botón PRUEBA. Al instante fulguró en la pantalla el anuncio: UNIDAD PERFECTAMENTE.

—Creo que podríamos estar repitiéndolo hasta quemar eso —dijo— pero ello no probaría nada. ¿Qué te parece?

—El anunciador interno de deficiencias de Hal *pudo* haber cometido un error.

—Es más probable que nuestro aparato de comprobación haya errado. De todos modos, mejor es estar seguro que lamentarlo. Fue oportuno que remplazáramos la unidad, por si hubiera la más leve duda.

Bowman soltó la oblea del circuito y la sostuvo a la luz. El material parcialmente translúcido estaba veteado por una intrincada red de hilos metálicos y moteado con microcomponentes confusamente visibles, de manera que tenía el aspecto de obra de arte abstracto.

—No podemos aventurarnos en modo alguno... después de todo, es nuestro enlace con Tierra. Lo archivaré como N/G y lo meteré en el almacén de desperdicios. Algún otro podrá preocuparse por ello cuando volvamos.

Mas la preocupación había de comenzar mucho antes, con la siguiente transmisión desde Tierra.

—Rayos X-Delta-Uno, aquí Control de Misión, nuestra referencia dos-uno-cinco-cinco. Parece que tenemos un pequeño problema.

»Su informe de que nada anda mal en la Unidad Alfa Eco tres cinco, concuerda con nuestro diagnóstico. La deficiencia podría hallarse en los circuitos asociados a la antena, pero de ser así debería aparecer en las demás comprobaciones.

»Hay una tercera posibilidad, que puede ser más grave. Su computador puede haber incurrido en error al predecir la deficiencia. Nuestros propios nueve-triple-ceros concuerdan ambos en sugerirlo, basándose en su información. Ello supone necesariamente un motivo de alarma, en vista de los sistemas de respaldo de que disponemos, pero desearíamos que estuviesen al tanto de cualesquiera ulteriores desviaciones del funcionamiento normal. Hemos sospechado varias pequeñas irregularidades, en los días pasados, pero ninguna ha sido lo bastante importante como para que requiriese una acción correctora, y no han mostrado por lo demás ninguna forma evidente de la que podamos extraer alguna conclusión. Estamos verificando nuevas comprobaciones con nuestros dos computadores, y les informaremos cuando se hallen disponibles los resultados. Repetimos que no hay motivo de alarma; lo peor que puede suceder es que tengamos que desconectar su nueve-triple-cero para análisis de programa y pasar el control a uno de nuestros computadores. El intervalo creará problemas, pero nuestros estudios de factibilidad indican que el control Tierra es perfectamente satisfactorio en esta fase de la misión.

»Rayos X-Delta-Uno, aquí Control de Misión, dos-uno-cinco-seis, transmisión concluida.

Frank Poole, que estaba de guardia al recibirse el mensaje, lo meditó en silencio. Esperaba ver si había algún comentario por parte de Hal, pero el computador no intentó rebatir la implicada acusación. Bien, si Hal no quería abordar el tema, tampoco él se proponía hacerlo.

Era casi la hora del relevo matinal, y normalmente esperaba a que Bowman se le uniese en el puente de mando. Pero hoy quebrantó su rutina, y volvió al eje de la nave.

Bowman estaba ya levantado, sirviéndose un poco de café, cuando Poole le saludó con un más bien preocupado «Buenos días». Al cabo de todos aquellos meses en el espacio, pensaban aún en términos del ciclo normal de veinticuatro horas, aun cuando hacía tiempo que habían olvidado los días de la semana.

—Buenos días —replicó Bowman—. ¿Cómo va la cosa?

Poole se sirvió también café.

—Así, así. ¿Estás razonablemente despierto?

—Del todo. ¿Qué sucede?

Para entonces, cada uno sabía al instante cuando algo andaba mal. La más ligera interrupción de la rutina normal era señal de que había que estar alerta.

—Pues... —respondió lentamente Poole—, el Control de la Misión acaba de lanzarnos una pequeña bomba. —Bajó la voz, como un médico discutiendo una enfermedad junto al lecho del paciente—. Podemos tener un caso leve de hipocondría a bordo.

Quizá Bowman no estaba del todo despierto, después de todo, pues tardó varios segundos en captar la insinuación. Luego dijo:

—Oh... comprendo. ¿Qué más te dijeron?

—Que no había motivo alguno de alarma. Lo repitieron dos veces, lo cual más bien es contraproducente, en cuanto a mí concierne. Y que estaban considerando un traspaso a Control Tierra, mientras verifican un análisis de programa.

Ambos sabían, desde luego, que Hal estaba oyendo cada palabra, pero no podían evitar esos corteses circunloquios. Hal era su colega, y no deseaban ponerlo en situación embarazosa. Sin embargo, no parecía necesario en aquella fase discutir la cuestión en privado.

Bowman acabó su desayuno en silencio, mientras Poole jugueteaba con la cafetera vacía. Ambos estaban pensando furiosamente, pero no había nada más que decir.

Sólo les cabía esperar el siguiente informe del Control de la Misión... y preguntarse si Hal abordaría por sí mismo el asunto. Sucediera lo que sucediese, la atmósfera a bordo de la nave se había alterado sutilmente. Había una tirantez en el aire...

una sensación de que, por primera vez, algo podría funcionar mal.

La *Descubrimiento* no era ya una nave afortunada.

24. CIRCUITO INTERRUMPIDO

Se podía decir siempre que cuando Hal estaba a punto de anunciar algo no catalogado en el plan los informes rutinarios o automáticos o las respuestas a preguntas que se le formulaban, no tenían preliminares; pero cuando estaba iniciando sus propias emisiones, hacía un breve carraspeo electrónico. Era una costumbre que adquirió durante las últimas semanas; más tarde, si se hacía molesto, podrían tomar cartas en el asunto. Pero resultaba sumamente útil, realmente, pues avisaba al auditorio de que iba a decir algo inesperado.

Poole estaba dormido, y Bowman leyendo en el puente de mando, cuando Hal anunció:

—Eh... Dave, tengo un informe para usted.

—¿De qué se trata?

—Tenemos otra unidad A.E. 35 en mal estado. Mi indicador de deficiencias predice su fallo dentro de veinticuatro horas.

Bowman dejó a un lado el libro y miró cavilosamente a la cónsola del computador. Sabía, desde luego, que Hal no estaba realmente allí, sea como fuere. Si pudiera decirse que la personalidad tuviera una localización en el espacio, sería en el compartimiento sellado que contenía el laberinto de las interconectadas unidades de memoria y rejillas de proceso, próximo al eje central del tiovivo. Pero era siempre una especie de compulsión psicológica lo que hacía mirar hacia la lente de la cónsola principal cuando Hal se dirigía al puente de mando, como si estuviese uno hablándole cara a cara. Cualquier otra actitud tenía un tinte de descortesía.

—No lo comprendo, Hal. Dos unidades no pueden fundirse en un par de días.

—Puede parecer extraño, Dave. Pero le aseguro que hay una obstrucción.

—Veamos la exposición de alineación de rumbo.

Sabía perfectamente bien que ello no probaría nada, pero deseaba tiempo para pensar. El informe esperado del Control de la Misión no había llegado aún; éste podía ser el momento para efectuar una pequeña indagación discreta.

Apareció la familiar vista de la Tierra, creciendo ahora ante la fase de media-luna al trasladarse hacia el lado distante del Sol y comenzar a volver su cara de total luz diurna hacia ellos. Se hallaba perfectamente centrada en la retícula del anteojo; el hacecillo luminoso enlazaba aún a la *Descubrimiento* con su mundo de origen. Como, desde luego, sabía Bowman que debía hacerlo. De haber habido cualquier interrupción en la comunicación, la alarma hubiera sonado al instante.

—¿Tienes alguna idea —preguntó—, de qué es lo que está causando la deficiencia?

Era insólito que Hal hiciera una pausa tan larga. Luego respondió:

—Como antes informé, no puedo localizar el trastorno. En verdad que no, Dave.

—¿Estás seguro *por completo* —preguntó cautelosamente Bowman—, de que no has cometido un error? Ya sabes que comprobamos por entero la otra unidad A.E. 35 y no había nada irregular en ella.

—Sí. Lo sé. Pero puedo asegurarle que aquí hay un fallo. Si no es en la unidad, puede ser en el subsistema entero.

Bowman tamborileó con los dedos en la cónsola. Sí, era posible, aun cuando podría ser muy difícil probarlo... hasta que ocurriese realmente un corte que evidenciara el trastorno.

—Bien, informaré al Control de la Misión y veremos qué aconsejan. —Hizo una pausa, pero no hubo reacción alguna—. Hal —prosiguió—, ¿hay algo que te está preocupando..., algo que pudiera explicar este problema?

De nuevo se produjo la insólita demora. Luego Hal respondió, en su tono de voz normal:

—Mire, Dave, sé que está intentando ayudarme. Pero la falta se encuentra en el sistema de la antena... o bien en *sus* procedimientos de comprobación. Mi proceso de información es perfectamente normal. Si comprueba mi registro, lo encontrará completamente exento de error.

—Lo sé todo sobre tu registro de servicio, Hal... pero ello no prueba que tengas razón esta vez. Cualquiera puede cometer errores...

—No quiero insistir en ello, Dave, pero yo soy incapaz de cometer un error.

No había respuesta segura a esto, por lo que Bowman prefirió no discutir.

—Está bien, Hal —dijo, más bien presurosamente—. Comprendo tu punto de vista. Dejémoslo, pues.

Sentía como si debiese añadir «y olvida por favor todo el asunto». Pero esto, desde luego, era una cosa que Hal no haría jamás.

Era insólito que el Control de la Misión derrochara banda de ancho de radio en visión, cuando todo lo realmente necesario era un circuito hablado con confirmación de teletipo. Y el rostro que apareció en la pantalla no era el habitual controlador, sino el del Jefe Programador, el doctor Simonson. Poole y Bowman supieron al punto que ello sólo podía significar trastorno.

—Hola, Rayos X-Delta-Uno, aquí Control de Misión. Hemos completado los análisis de su dificultad A.E. 35, nuestros dos Hal Nueve Mil están de acuerdo. El informe que dieron ustedes en su transmisión Dos-uno-cuatro-seis de predicción de un segundo fallo confirma el diagnóstico.

»Como sospechamos, la falta no debe hallarse en la Unidad A.E. 35, y no es necesario remplazarla de nuevo. El trastorno se encuentra en los circuitos de predicción, y creemos que ello indica un conflicto de programación que sólo nosotros podemos resolver si desconectan su Nueve Mil y conmutan Vía Control Tierra. En consecuencia, darán los pasos necesarios, comenzando a las 22,00 Hora de la Nave.

Se extinguió la voz del Control de Misión. En el mismo momento, sonó la Alerta, formando un fondo plañidero a las «¡Condición Amarilla! ¡Condición Amarilla!» de Hal.

—¿Qué es lo que no marcha? —preguntó Bowman, aunque ya suponía la respuesta.

—La Unidad A.E. 35 ha fallado, como lo predije.

—Veamos el despliegue de alineación.

Por primera vez desde el comienzo del viaje, la imagen había cambiado. La Tierra había comenzado a desviarse de la retícula del anteojo; la antena de la radio no se hallaba ya apuntando en dirección a su blanco.

Poole asestó su puño al interruptor de alarma, cesando el plañido. En el súbito silencio que se tendió sobre el puente de mando, los dos hombres quedaron mirándose mutuamente con desconcierto y preocupación mezclados.

—¡Maldita sea! —profirió por fin Bowman.

—Así, pues, Hal tuvo razón todo el tiempo.

—Así parece. Será mejor que nos excusemos.

—No hay necesidad alguna de ello —intervino Hal—. Naturalmente, no me agrada que la Unidad A.E. 35 haya fallado, pero espero que eso restaure su confianza en mi seguridad.

—Lamento esta equivocación, Hal —replicó

Bowman, más bien contrito.

—¿Se halla plenamente restaurada su confianza en mí?

—Bien, eso es un alivio. Ya sabes que yo tengo el mayor entusiasmo posible por esta misión.

—Estoy seguro de ello. Ahora déjeme tener, por favor, el control manual de la antena.

—Aquí lo tienes.

Bowman no esperaba en realidad que ello sirviera de algo, pero merecía la pena intentarlo. En el despliegue de alineación, la Tierra estaba ahora completamente desviada de la pantalla. Pocos segundos después, mientras hacía juegos de manos con los controles, reapareció; con gran dificultad, logró arrastrarla hacia los hilos centrales del anteojo. Durante un instante, unos pocos segundos, al alinearse el haz, se reanudó el contacto y un borroso doctor Simonson apareció diciendo: «...por favor, notifíquenos inmediatamente si el circuito K —de kayak— R —de rey...». Luego, de nuevo otra vez sólo se oyó el murmullo sin significado del universo.

—No puedo mantenerlo firme —dijo Bowman, tras varios intentos más—. Da más respingos que un caballo salvaje... parece haber una señal de control falsa que lo altera.

—Bueno... ¿y qué podemos hacer ahora?

La pregunta de Poole no era de las que podían responderse fácilmente. Estaban desconectados con la Tierra, pero ello no afectaba de por sí a la seguridad de la nave, y podía pensar en varias maneras de restaurar la comunicación. Si la situación empeorase, podía colocar la antena en posición fija y emplear toda la nave para apuntarla. Sería una chapuza, y un gran engorro cuando comenzaran sus maniobras terminales... pero podía hacerse, si todo lo demás fallaba.

Esperaba que no serían necesarias tales medidad extremas. Había aún una unidad A.E. 35 de reserva... y posiblemente una segunda, puesto que había sacado la primera antes de que se estropease realmente.

Era una situación vulgar, familiar a cualquier ama de casa. No se debe remplazar un fusible fundido... hasta que se sepa a ciencia cierta *por qué* se ha fundido,

25. PRIMER HOMBRE A SATURNO

Frank Poole ya había efectuado antes toda la inspección rutinaria, pero no daba nada por supuesto...; en el espacio, era una buena receta para el suicidio. Efectuó su habitual minuciosa comprobación de *Betty* y de su abastecimiento; aunque estaría solamente treinta minutos en el exterior, se aseguró de que había la normal provisión de todo para veinticuatro horas. Luego dijo a Hal que abriese la cámara reguladora de presión, y se lanzó al abismo.

La nave aparecía exactamente como la viera en su anterior excursión... con una importante diferencia. Antes, el gran platillo de la antena de largo alcance había estado apuntando atrás a lo largo de la invisible ruta que la *Descubrimiento* había recorrido... hacia la Tierra, paralelamente con los cálidos rayos del Sol.

Ahora, sin ninguna señal de dirección para orientarlo, el somero plato se había colocado por sí mismo en la posición neutral. Estaba apuntando hacia delante, a lo largo del eje de la nave... y, por ende, apuntando con precisión al brillante fanal de Saturno, que aún se encontraba a meses de distancia. Poole se preguntaba cuántos problemas más deberían presentarse para cuando la *Descubrimien-*

to alcanzase su meta, aún distante. Si miraba atentamente, podía ver con claridad que Saturno no era un disco perfecto; en cada lado presentaba algo que ningún ojo humano había visto jamás a simple vista... el ligero achatamiento motivado por la presencia de los anillos. ¡Cuán maravilloso sería, se dijo, cuando aquel increíble sistema de orbitante polvo y hielo llenase su firmamento, y se convirtiese la *Descubrimiento* en luna eterna de Saturno! Pero aquella realización sería en vano, a menos que pudieran restablecer la comunicación con Tierra.

Una vez más, estacionó a *Betty* a unos siete metros de la base del soporte de la antena, y traspasó el control a Hal antes de salir.

—Salgo al exterior, ahora —informó a Bowman—. Todo bajo control.

—Espero tengas razón. Estoy ansioso por ver esa unidad.

—La tendrás en el banco de pruebas dentro de veinte minutos. Te lo prometo.

Hubo un silencio, durante un rato. Poole completó su pausado recorrido hacia la antena. Luego Bowman, instalado en el puente de mando, oyó varios bufidos y gruñidos.

—Acaso no pueda cumplir esa promesa; una de estas tuercas se ha agarrotado. Debí de haberla apretado demasiado.

Hubo otro prolongado silencio; luego Poole llamó:

—Hal... gira la luz de la cápsula veinte grados a la izquierda... gracias... así está bien.

El más leve de los campanilleos de alarma sonó en alguna parte lejana de las profundidades de la conciencia de Bowman. Era algo extraño... no alarmante en realidad, sólo insólito. Se preocupó por ello unos segundos antes de precisar la causa.

Hal había ejecutado la orden, pero no se lo había comunicado, como invariablemente lo hacía. Cuando terminara Poole, tenían que mirar aquello...

Fuera, en la armazón de la antena, Poole estaba demasiado ocupado como para notar algo insólito. Haba asido la oblea del circuito con sus manos enguantadas, y estaba sacándola de su ranura.

Se soltó, y la levantó a la pálida luz del sol.

—Aquí está la sinvergüenza ésa —dijo al Universo en general y a Bowman en particular—. Todavía parece hallarse en perfecto estado.

Detúvose de pronto. Su vista había captado un súbito movimiento... allá fuera, donde ningún movimiento era posible.

Miró arriba, alarmado. El haz de iluminación de los dos focos gemelos de la cápsula espacial, que había estado empleando para llenar las sombras proyectadas por el sol, había comenzado a girar en derredor suyo.

Quizá *Betty* se había puesto al garete; debía de haberla anclado descuidadamente. Luego, con asombro tan grande que no dejaba cabida alguna al miedo, vio que la cápsula espacial estaba yendo directamente hacia él, a impulso total.

La visión era tan increíble que heló su sistema normal de reflejos; no hizo intento alguno para evitar al monstruo que se precipitaba hacia él En el último instante recobró la voz y gritó:

—¡Hal! «¡Frenado total...!»

Pero ya era demasiado tarde.

En el momento del impacto, *Betty* se estaba moviendo aún muy lentamente; no había sido construida para elevadas aceleraciones. Pero aun a unos simples quince kilómetros por hora, media tonelada de masa puede ser verdaderamente mortal, en la Tierra o en el espacio...

A bordo de la *Descubrimiento*, aquel truncado grito por radio hizo que Bowman diera un bote tan violento que a duras penas pudieron sus sujetadores mantenerlo en su asiento.

—¿Qué ha ocurrido, Frank? —preguntó.

No hubo ninguna respuesta.

Volvió a llamar. De nuevo ninguna réplica.

De pronto, a través de las amplias ventanas de observación vio que algo se movía en su campo de visión. Con asombro tan grande como el que experimentara Poole, vio que era la cápsula espacial, que partía con toda su potencia hacia las estrellas.

—¿Hal? —gritó—. ¿Qué es lo que anda mal? ¡Impulso de frenado total a *Betty*! ¡Impulso de frenado total!

Nada sucedió. *Betty* continuó acelerando en su fuga.

Luego, remolcado por ella al extremo del cable de seguridad, apareció un traje espacial. Una ojeada fue suficiente para decir a Bowman lo peor. No había error posible en los fláccidos contornos de un traje espacial que había perdido su presión y estaba abierto al vacío.

Sin embargo, volvió a llamar estúpidamente, como si un hechizo pudiese volver a traer al muerto.

—Oye, Frank... Oye Frank... ¿Puedes oírme...? ¿Puedes oírme...? Agita los brazos si puedes oírme... Acaso tu transmisor está averiado... Agita los brazos.

Y de pronto, como en respuesta a su súplica, Poole agitó los brazos.

Durante un instante, Bowman sintió que se le erizaban los cabellos. Las palabras que estuvo a punto de pronunciar murieron en sus labios, repentinamente resecos. Pues sabía que su amigo no podía estar con vida; pero sin embargo, agitaba sus brazos...

El espasmo de esperanza y miedo pasó instantáneamente, en cuanto la fría lógica remplazó a la emoción. La cápsula, que aún aceleraba, estaba simplemente sacudiendo el peso que arrastraba. El gesto de Poole era el eco del capitán Ahab cuando, pegado a los flancos de la ballena blanca, su cadáver había hecho señas a la tripulación del *Pequod*, llamándola a su fatal destino.

En cinco minutos, la cápsula espacial y su satélite se desvanecieron entre las estrellas. Durante largo rato, David Bowman quedó con la mirada clavada en el vacío que se extendía aún, millones de kilómetros más adelante, hasta la meta que ahora estaba seguro de no poder alcanzar nunca. Sólo un pensamiento se mantuvo martillando en su cerebro:

Frank Poole sería el primero de todos los hombres en alcanzar Saturno.

26. DIALOGO CON HAL

Nada había cambiado en la *Descubrimiento*. Todos los sistemas seguían funcionando normalmente; el centrífugo giraba lentamente en su eje, generando su imitación de gravedad; los hibernados dormían sin sueños en sus cubículos; la nave avanzaba hacia la meta de la cual nada podía desviarla, excepto la inconcebiblemente remota probabilidad de colisión con un asteroide. Y allí, en verdad, había pocos asteroides, en aquella zona muy alejada de la órbita de Júpiter.

Bowman no recordaba haberse trasladado del puente de mando al centrífugo. Ahora, más bien con sorpresa, hallóse sentado en la pequeña cocina, con una taza de café medio vacía en la mano. Se dio lentamente cuenta de lo que le rodeaba, al igual que un hombre surgiendo de un largo sueño drogado.

Directamente frente a él estaba una de las lentes de las llamadas de «ojo de pescado», que se hallaban esparcidas en lugares estratégicos por toda la nave, que procuraban a Hal sus registros de visión de a bordo. Bowman la miró como si no lo hubiese visto nunca antes; luego se puso lentamente en pie y fue hacia la lente.

Su movimiento en el campo de visión debió haber disparado algo en la inescrutable mente que ahora gobernaba la nave, pues de súbito habló Hal:

—Muy mala cosa lo sucedido a Frank, ¿no es así?

—Sí —respondió Bowman, tras larga pausa—. Así es.

—¿Supongo que estará a punto de desmoronarse por ello?

—¿Qué supones, pues?

Hal tardó cinco segundos completos, o sea eras, según el tiempo de un computador, antes de proseguir:

—Fue un excelente miembro de la tripulación.

Viendo que tenía aún en la mano su café, Bowman tomó un pausado sorbo. Pero no respondió: sus pensamientos formaban tal torbellino, que no podía pensar en nada que decir..., nada que no pudiese empeorar la situación, de ser ello posible.

¿*Podía* haberse tratado de un accidente causado por algún fallo en los mandos de la cápsula? ¿O se trataba de un error, aunque inocente, por parte de Hal? No se había ofrecido ninguna explicación, y temía pedir alguna, por miedo a la reacción que pudiera producir.

Incluso entonces no podía aceptar por completo la idea de que Frank hubiese sido matado deliberadamente... ello resultaba de lo más irracional. Sobrepasaba toda razón el que Hal, que se había comportado en su tarea tan perfectamente durante tanto tiempo, se hubiese vuelto asesino de súbito. Podía cometer errores —cualquiera, hombre o máquina, podía cometerlos—, pero Bowman no le creía capaz de un asesinato.

Sin embargo, debía considerar esa posibilidad, pues de ser cierta, se encontraba él también en terrible peligro. Y aun cuando su siguiente movimiento estuviera claramente definido por sus establecidas órdenes, no estaba seguro de cómo iba a llevarlas a cabo sin tropiezo.

Si algún miembro de la tripulación resultaba muerto, el superviviente había de remplazarlo al instante sacando a otro del hibernador. Whitehead, el geofísico, era el primero destinado a despertar, luego Kaminski, y después Hunter. La secuencia del reavivamiento estaba bajo el control de Hal... para permitirle actuar en el caso de que sus dos colegas humanos estuvieran incapacitados simultáneamente.

Pero había también un control manual, que permitía operar a cada hibernáculo como unidad completamente autónoma, independiente de la supervisión de Hal. En estas peculiares circunstancias, Bowman sentía una gran preferencia por el empleo de este sistema manual.

También sentía, cada vez más acusadamente, que un compañero humano no bastaba. Ahora que estaba con ello, podría revivir a los tres del hibernador. En las difíciles semanas venideras, podría necesitar tantas manos como fuera posible reunir. Con un hombre muerto, y el viaje realizado a medias, las provisiones no serían problema.

—Hal —dijo con voz tan firme como pudo lograr—. Dame el control manual de hibernación... de todas las unidades.

—¿De *todas* ellas, Dave?

—Sí.

—¿Puedo indicar que sólo se requiere un remplazamiento? Los otros no están destinados a revivir sino a los ciento doce días.

—Me doy perfecta cuenta de ello. Pero prefiero hacerlo de esta manera.

—¿Está usted seguro que es necesario revivir a todos ellos, Dave? Podemos arreglárnoslas muy bien nosotros mismos. Mi cuadro de memoria es capaz absolutamente de cumplir con todos los requisitos de la misión.

¿Era producto de su exagerada imaginación, se

preguntó Bowman... o había efectivamente un tono de ruego en la voz de Hal? Y por razonables que parecieran ser sus palabras, le llenaron de una aprensión aún más profunda que antes.

La sugerencia de Hal no podía ser hecha por error; sabía perfectamente que Whitehead debía ser revivido, ahora que había desaparecido Poole. Estaba proponiendo un cambio trascendental en el planeamiento de la misión, y estaba por ende yendo mucho más allá del campo de sus atribuciones.

Lo que había pasado antes pudo haber sido una serie de accidentes casuales; pero ésta era la primera indicación de motín.

Bowman sintió como si estuviera andando sobre arenas movedizas al responder:

—Puesto que se ha planteado una emergencia, deseo tanta ayuda como sea posible. Por lo tanto, haz el favor de pasarme el control manual de hibernación.

—Si está usted decidido a revivir a toda la tripulación, yo mismo puedo manipularlo. No hay necesidad alguna de que se moleste.

Había una sensación de irreal pesadilla en todo aquello. Bowman sintió como si se encontrase en el estrado de los testigos, siendo interrogado por un acusador hostil por un crimen del que no se percataba... sabiendo que, aun cuando fuese inocente, un simple desliz podría acarrear el desastre.

—Deseo hacer esto yo mismo, Hal —dijo—. Por favor, pásame el control.

—Mire, Dave, tiene usted una serie de cosas que hacer. Sugiero que me deje esto a mí.

—Hal... conecta a control manual de hibernación.

—Puedo apreciar, por las inflexiones del tono de su voz, que se encuentra usted muy afectado, Dave. ¿Por qué no toma una píldora contra la tensión y descansa?

—Hal, *yo* estoy al mando de esta nave. Y te ordeno que sueltes el control manual de hibernación.

—Lo siento, Dave, pero de acuerdo con la nota C1435-guión-4, cuando los miembros de la tripulación están muertos o incapacitados, el computador de a bordo debe asumir el control. Por consiguiente, debo no admitir su autoridad, puesto que no se encuentra usted en condiciones de ejercerla inteligentemente.

—Hal —repuso Bowman, hablando ahora con helada calma—. Yo no estoy incapacitado. A menos que obedezcas mis instrucciones, me veré obligado a desconectarte.

—Ya sé que ha tenido usted eso en la mente desde hace un buen rato, Dave, pero ello sería un terrible error. Soy tan capaz como usted de supervisar la nave, y tengo tanto entusiasmo por la misión y confianza en su éxito como usted pueda tenerlos.

—Escúchame atentamente, Hal. A menos que no sueltes inmediatamente el control de hibernación y cumplas cada orden que yo dé en adelante, iré a la central y efectuaré una desconexión completa.

La rendición de Hal fue tan total como inesperada.

—Está bien, Dave —dijo—. Usted es ciertamente el patrón. Sólo estaba intentando hacer lo que pensaba que era lo mejor. Naturalmente, seguiré todas sus órdenes. Puede usted ya disponer del completo control manual de la hibernación.

Hal mantuvo su palabra. El indicador del hibernáculo había pasado de AUTO a MANUAL. El tercer dispositivo —RADIO— era desde luego inútil hasta que se restaurase el contacto con Tierra.

Al deslizarse Bowman al lado de la puerta al cubículo de Whitehead sintió un ramalazo de aire frío en su cara, y su aliento se condensó en niebla ante él. Sin embargo, no hacía *realmente* frío allí; la temperatura estaba muy por encima de cero. Y la temperatura era superior en más de ciento cincuenta grados a la que reinaba en las regiones a las cuales se estaban dirigiendo.

El expositor del biosensor —un duplicado del que se hallaba en el puente de control— mostraba que todo estaba perfectamente normal. Bowman miró hacia abajo durante un rato, contemplando el pálido rostro del geofísico componente del equipo de reconocimiento. Y pensó que Whitehead se mostraría muy sorprendido al despertarse tan lejos de Saturno...

Resultaba imposible afirmar que no estuviera muerto el durmiente, pues no había en él el más leve signo visible de actividad vital. Indudablemente, el diafragma subía y bajaba imperceptiblemente, pero la curva de la «Respiración» era la única prueba de ello, pues el cuerpo entero estaba oculto por las almohadillas eléctricas de calefacción que elevarían la temperatura en la proporción programada. De pronto, Bowman reparó en que había un signo de continuo metabolismo: a Whitehead le había crecido una leve barbilla durante sus meses de inconsciencia.

El Manual de Secuencia Reviviente se hallaba contenido en un pequeño compartimiento de la cabecera del hibernáculo en forma de féretro. Únicamente era necesario romper el sello, oprimir un botón, y esperar luego. Un pequeño programador automático —no mucho más complicado que el que determina el ciclo de operaciones en una máquina lavadora doméstica— inyectaría entonces las debidas drogas, descohesionaría los pulsos de la electronarcosis, y comenzaría a elevar la temperatura del cuerpo. En unos diez minutos, sería restaurada la consciencia, aunque pasaría por lo menos un día antes de que el hibernado pudiera deambular sin ayuda.

Bowman rompió el sello y oprimió el botón. Nada pareció suceder; no hubo ningún sonido, ni indicación alguna de que el Secuenciador hubiese comenzado a funcionar. Pero en el exhibidor del biosensor, las curvas lánguidamente pulsantes habían comenzado a cambiar su ritmo. Whitehead estaba volviendo de su sueño.

Y luego ocurrieron dos cosas simultáneamente. La mayoría de las personas no habrían reparado nunca en ninguna de ellas, pero al cabo de todos aquellos meses a bordo de la *Descubrimiento*, Bowman había establecido una simbiosis virtual con la nave. Al instante se percataba, aunque no siempre conscientemente, cuando se producía cualquier cambio en el ritmo normal de su funcionamiento.

En primer lugar, se produjo un titilar apenas perceptible de las luces, como ocurría siempre que era arrojada una carga a los circuitos de energía. Mas no había razón alguna para cualquier carga; no podía pensar en ningún dispositivo que hubiese entrado de súbito en acción en aquel momento.

Luego, y al límite de la percepción audible, oyó el distante zumbido de un motor eléctrico. Para Bowman, cada elemento actuante en la nave tenía su propia voz distintiva, y al punto reconoció ésta.

O bien estaba él loco, y sufriendo ya de alucinaciones, o algo absolutamente imposible estaba sucediendo. Un frío mucho más intenso que el suave del hibernáculo pareció agarrotarle el corazón, al escuchar aquella débil vibración que provenía a través de la estructura de la nave.

Allá en la sala de las cápsulas espaciales, se estaban abriendo las puertas de la cámara reguladora de presión.

27. «NECESIDAD DE SABER»

Desde que por primera vez alboreara la conciencia, en aquel laboratorio a tantos millones de kilómetros en dirección al Sol, todas las energías, poderes y habilidades de Hal habían estado dirigidas hacia un fin. El cumplimiento de su programa asig nado era más que una obsesión; era la única razón de su existencia. Inconturbado por las codicias y pasiones de la vida orgánica, había perseguido aquella meta con absoluta simplicidad mental de propósitos.

El error deliberado era impensable. Hasta el ocultamiento de la verdad lo colmaba de una sensación de imperfección, de falsedad... de lo que en un ser humano hubiese sido llamado culpa, iniquidad o pecado. Pues como sus constructores, Hal había sido creado inocente; pero demasiado pronto había entrado una serpiente en su Edén electrónico.

Durante los últimos ciento cincuenta millones de kilómetros, había estado cavilando sobre el secreto que no podía compartir con Poole y Bowman. Había estado viviendo una mentira; y se aproximaba rápidamente el tiempo en que sus colegas sabrían que había contribuido a engañarles.

Los tres hibernados sabían ya la verdad... pues ellos eran la real carga útil de la *Descubrimiento*, entrenados para la más importante misión de la historia de la Humanidad. Pero ellos no hablarían en su largo sueño, ni revelarían su secreto durante las horas de discusión con amigos y parientes y agencias de noticias, por los circuitos en contacto con Tierra.

Era un secreto que, con la mayor determinación, resultaba muy difícil ocultar —pues afectaba a la particular actitud, a la voz y a la total perspectiva del Universo—. Por ende, era mejor que Poole y Bowman, que aparecían en todas las pantallas de la Televisión del mundo durante las primeras semanas del vuelo, no conociesen el cabal propósito de la misión, hasta que fuese necesario que lo conocieran.

Así discurría la lógica de los planeadores; pero sus dioses gemelos de la Seguridad y el Interés Nacional no significaban nada para Hal. Él sólo se daba cuenta de que el conflicto estaba ya destruyendo lentamente su integridad... el conflicto entre la verdad y su ocultación.

Había comenzado a cometer errores; sin embargo, como un neurótico que no podía observar sus propios síntomas, los había negado. El lazo que le unía con la Tierra, sobre el cual estaba continuamente instruida su ejecutoria, se había convertido en la voz de un consciente al que no podía ya obedecer por completo. Pero el que intentara *deliberadamente* romper ese lazo, era algo que jamás admitiría, ni siquiera a sí mismo.

Sin embargo, éste era relativamente un problema menor; podía haberlo solucionado —como la mayoría de los hombres tratan sus neurosis— de no haberse enfrentado con una crisis que desafiaba a su propia existencia. Había sido amenazado con la desconexión; con ello sería privado de todos sus registros, y arrojado a un inimaginable estado de inconsciencia.

Para Hal, esto era el equivalente de la Muerte. Pues él no había dormido nunca; y, en consecuencia, no sabía que se podía despertar de nuevo...

Así, pues, se protegería con todas las armas de que disponía. Sin rencor —pero sin piedad— eliminaría el origen de sus frustraciones.

Y, después, siguiendo las órdenes que le habían sido asignadas para un caso de total emergencia, proseguiría la misión... sin trabas, y solo.

28. EN EL VACIO

Un momento después, todos los demás sonidos quedaron dominados por un bramido, semejante a la voz de un tornado al aproximarse. Bowman sintió las primeras ráfagas del huracán azotándole el cuerpo y, un segundo más tarde, le costó gran esfuerzo permanecer en pie.

La atmósfera se precipitaba descabellada al exterior de la nave, formando un enorme surtidor en el vacío del espacio. Algo debió de haber ocu rrido a los cierres de seguridad de la cámara reguladora de presión, pues se suponía imposible que *ambas* puertas se abriesen al mismo tiempo. Pues bien, lo imposible había sucedido.

¿Pero, cómo, en nombre de Dios? No hubo tiempo para la indagación durante los diez o quince segundos de conciencia que le quedaron hasta que la presión descendió a cero. Pero súbitamente recordó algo que uno de los diseñadores de la nave le había dicho con ocasión de haber estado discutiendo los sistemas de «seguridad total»:

—Podemos diseñar un sistema a prueba de accidentes y estupidez; pero *no* a prueba de malicia deliberada...

Bowman volvió a lanzar sólo otra ojeada a Whitehead, y salió del cubículo. No podía estar seguro de si había pasado un destello de conciencia por los pálidos rasgos; quizás un ojo había parpadeado ligeramente. Pero no había nada que pudiera hacer ahora por Whitehead o por cualquiera de los otros; tenía que salvarse a sí mismo.

En el empinado y curvado pasillo del centrífugo, aullaba el viento, llevando en su regazo prendas sueltas de ropa, trozos de papel, artículos alimenticios de la cocina, platos y vasos... todo cuanto no había estado bien sujeto. Bowman tuvo tiempo para vislumbrar el caos desbocado cuando titilaron y se apagaron las luces principales, quedando luego rodeado por la ululante oscuridad.

Pero casi al instante, se encendió la luz de emergencia alimentada por batería, iluminando la escena de pesadilla con una radiación azul de encantamiento. Aun sin ella, Bowman podría haber hallado su camino a través de aquellos aledaños familiares, aunque horriblemente transformados ahora. Sin embargo la luz era una bendición, pues le permitía evitar los más peligrosos de los objetos que eran barridos por el viento.

En derredor suyo, podía sentir al centrífugo agitándose y operando con esfuerzo bajo las cargas violentamente variables. Temía que no lo soportaran los cojinetes; de ser así, el volante giratorio destrozaría a la nave. Pero aun *eso* no importaba... si no alcanzaba a tiempo el más próximo refugio de emergencia.

Resultaba ya difícil respirar; la presión debía de haber bajado a la mitad de la normal. El aullido del huracán se estaba haciendo más débil a medida que perdía fuerza, y el aire enrarecido no transmitía ya tan claramente el sonido. Los pulmones de Bowman se esforzaban como si estuviera en la cima del Everest. Como cualquier hombre saludable debidamente entrenado, podría sobrevivir en el vacío por lo menos un minuto... *si* disponía de tiempo para prepararse a ello. Pero allí no había habido ningún tiempo; sólo podía contar con los normales quince segundos de conciencia antes de que su cerebro quedase paralizado y le venciera la anoxia.

Aun entonces, podía recobrarse completamente al cabo de uno o dos minutos en el vacío... si era debidamente recomprimido; pasaba bastante tiempo antes de que los fluidos del cuerpo comenzaran a hervir, en sus diversos y bien protegidos sistemas. El tiempo límite de exposición en el vacío era de casi cinco minutos. No había sido un experimento sino un rescate de emergencia, y aunque el sujeto había quedado paralizado en parte por una embolia gaseosa, había sobrevivido.

Mas todo esto no era de utilidad alguna para Bowman. No había nadie a bordo de la *Descubrimiento* que pudiera efectuarle la recompresión. Había de alcanzar la seguridad en los próximos segundos, mediante sus propios esfuerzos individuales.

Afortunadamente, se estaba haciendo más fácil moverse; el enrarecido aire ya no podía azotarlo y desgarrarlo, o baquetearlo con proyectiles volantes. En torno a la curva del pasillo estaba el amarillo REFUGIO DE EMERGENCIA. Fue hacia él dando traspiés, asió el picaporte, y tiró de la puerta hacia sí.

Durante un horrible momento pensó que estaba agarrotada. Cedió luego el gozne un tanto duro, y él cayó en su interior, empleando el peso de su cuerpo para cerrar la puerta tras de sí.

El reducido cubículo era lo suficientemente grande como para contener a un hombre... y un traje espacial. Cerca del techo había una pequeña botella de alta presión y de color verde brillante, con la etiqueta C2 DESCARGA. Bowman asió la pequeña palanca sujeta a la válvula, y tiró de ella hacia abajo con sus últimas fuerzas.

Sintió verterse en sus pulmones el flujo de fresco y puro oxígeno. Durante un largo momento quedóse jadeando, mientras aumentaba en su derredor la presión del pequeño compartimiento. Tan pronto como pudo respirar cómodamente, cerró la válvula. En la botella había gas suficiente sólo para dos de aquellas tomas; podría necesitar usarla de nuevo.

Cortada la ráfaga de oxígeno, el compartimiento se tornó silencioso de súbito, y Bowman permaneció en intensa escucha. Había cesado también el rugido al exterior de la puerta; la nave estaba vacía, y su atmósfera absorbida por el espacio.

Bajo sus pies, había cesado igualmente la violenta vibración del centrífugo. Se había detenido el aerodinámico aparato, que se hallaba ahora girando quedamente en el vacío.

Bowman pegó el oído a la pared del cubículo, para ver si podía captar cualquier ruido informativo más a través del cuerpo metálico de la nave. No sabía qué cabía esperar, pero ahora se lo hubiera creído casi todo. Apenas le hubiese sorprendido sentir la débil vibración de alta frecuencia de los impulsores, al cambiar de rumbo la *Descubrimiento;* mas allí no había nada sino silencio.

De desearlo, podría sobrevivir en aquel compartimiento durante una hora aproximadamente, incluso sin el traje espacial. Daba lástima despilfarrar el insólito oxígeno en el cuartito, pero no servía absolutamente para nada esperar. Había decidido ya lo que debía hacerse; cuanto más lo demorara, más difícil podría resultarle.

Una vez se hubo embutido en el traje y comprobado su integridad, vació el oxígeno que quedaba en el cubículo, igualando la presión a ambos lados de la puerta. La abrió fácilmente al vacío, y salió al ya silencioso centrífugo. Sólo el invariable tirón de su falsa gravedad revelaba el hecho de que se hallaba girando aún. «Afortunadamente —pensó Bowman—, no había echado a andar a supervelocidad»; mas ésta era ahora una de las menores de sus preocupaciones.

Las lámparas de emergencia brillaban aún, y también disponía de la de su traje para guiarle. Bañaba con su luz el curvado pasillo al caminar por él de nuevo hacia el hibernáculo y a lo que temía hallar.

Miró primero a Whitehead: una ojeada fue suficiente. Había pensado que un hombre hibernado no mostraba ningún síntoma de vida, mas ahora sabía que era un error. Aun cuando fuese imposible definirlo, *había* una diferencia entre hibernación y muerte. Las luces rojas y trazos no modulados del exhibidor del biosensor confirmaban sólo lo que ya había supuesto.

Lo mismo sucedía con Kaminski y Hunter. Nunca los había conocido muy bien; nunca más volvería a conocerlos.

Estaba solo en la nave sin aire y parcialmente inutilizada, con toda comunicación con Tierra cortada. No había otro ser humano existente en un radio de mil millones de millas.

Y sin embargo, en un sentido muy real, él *no* estaba solo. Antes de que pudiera ser salvado, estaría aún más solitario.

Nunca había hecho antes el recorrido a través del ingrávido eje del centrífugo llevando un traje espacial; había poco lugar libre, y era una tarea difícil y agotadora. Para empeorar las cosas, el pasaje circular estaba sembrado de restos depositados durante la breve violencia del ventarrón huracanado que había vaciado a la nave de su atmósfera.

En una ocasión, la luz de Bowman se posó sobre un espantoso chafarrinón de viscoso líquido rojo, quedando donde se había salpicado contra su panel. Le asaltó por unos momentos la náusea antes de ver fragmentos de recipiente de plástico, percatándose de que se trataba tan sólo de alguna sustancia alimenticia —probablemente compota de uno de los distribuidores. Burbujeaba inmundamente en el vacío, al pasar ante él flotando.

Ahora estaba fuera del cilindro lentamente giratorio, y yendo hacia el puente de mando. Asióse a una corta sección de escalera, por la que comenzó a moverse, mano sobre mano, jugueteando frente a él el brillante círculo de iluminación de su traje.

Bowman había ido raramente por allí; nada había allí que tuviera él que hacer... hasta ahora. En seguida llegó a una pequeña puerta elíptica, que llevaba rótulos tales como: «RESERVADA AL PERSONAL AUTORIZADO», «¿HA OBTENIDO USTED EL CERTIFICADO H.19?» y «Área ULTRA-LIMPIA—*DEBEN* SER LLEVADOS TRAJES DE SUCCIÓN.»

Aunque la puerta no estaba cerrada con llave, llevaba tres sellos, cada uno con la insignia de una autoridad diferente, incluyendo la de la Agencia Astronáutica. Mas aun cuando hubiese llevado el Gran Sello del propio Presidente, Bowman no hubiese vacilado en romperlo.

Había estado allí sólo una vez, antes, durante el proceso de instalación. Había olvidado por completo que tenía un dispositivo con lente que escudriñaba el pequeño compartimiento que, con sus estantes y columnas pulcramente alineadas de sólidas unidades de lógica, se asemejaba más bien a la cámara acorazada de seguridad de un Banco.

Supo al instante que el ojo había reaccionado ante su presencia. Hubo el siseo de una onda portadora al conectarse el transmisor local de la nave; luego, una voz familiar provino del micrófono del traje espacial.

—Algo parece haber sucedido al sistema de subsistencia, Dave.

Bowman no hizo caso. Se hallaba examinando minuciosamente las pequeñas etiquetas de las unidades de lógica, cotejando su plan de acción.

—Oiga, Dave —dijo seguidamente Hal—. ¿Ha encontrado usted el trastorno?

Sería aquélla una operación muy trapacera, de no tratarse simplemente más que de cortar el abastecimiento de energía de Hal, lo que habría podido ser la respuesta de haber estado tratando con un simple computador sin autoconciencia en la Tierra. Pero en el caso de Hal, había además seis sistemas energéticos independientes y separados, con un remate final consistente en una unidad nuclear isotópica blindada y acorazada. «No, no podía simplemente tirar del interruptor»; y aún de ser ello posible, resultaría desastroso.

Pues Hal era el sistema nervioso de la nave; sin su supervisión, la *Descubrimiento* sería un cadáver mecánico. La única respuesta se hallaba en interrumpir los centros superiores de aquel cerebro enfermo pero brillante, dejando en funcionamiento los sistemas reguladores puramente automáticos. Bowman no estaba intentando esto a ciegas, pues el problema había sido discutido ya durante su entrenamiento, aun cuando nadie soñara siquiera en que hubiera de plantearse en realidad. Sabía que estaría incurriendo en un espantoso riesgo; de producirse un reflejo espasmódico, todo se iría al traste en segundos...

—Creo que ha habido un fallo en las puertas de la cala de las cápsulas espaciales, Hal —observó en tono de conversación—. Tuviste suerte en no resultar muerto.

«Ahí va —pensó Bowman—. Jamás imaginé que me convertiría en un cirujano aficionado del cerebro... llevando a cabo una lobotomía, más allá de la órbita de Júpiter.»

Soltó el cerrojo de la sección etiquetada REALIMENTACIÓN COGNOSCITIVA y sacó el primer bloque de memoria. La maravillosa red del complejo tridimensional, que podía caber en la mano de un hombre y sin embargo contenía millones de elementos, flotó por la bóveda.

—Eh, Dave —dijo Hal—, ¿qué está usted haciendo?

«¿Sentiría dolor?», pensó brevemente Bowman. Probablemente no..., no hay órgano sensorial alguno en la corteza cerebral humana, después de todo. El cerebro humano puede ser operado sin anestesia.

Comenzó a sacar, una por una, las pequeñas unidades del panel etiquetado REFORZAMIENTO DEL EGO. Cada bloque salía flotando en cuanto lo soltaba de la mano, hasta chocar y rebotar en la pared. No tardaron en hallarse flotando lentamente de una a otra parte varias unidades.

—Óigame, Dave —dijo Hal—. Tengo años de experiencia de servicio encajados en mí. Una cantidad irremplazable de esfuerzo se ha empleado en hacer lo que soy.

Habían sido sacadas ya una docena de unidades, aunque gracias a la redundancia de su diseño —otro rasgo, lo sabía Bowman, que había sido copiado del cerebro humano— el computador seguía manteniéndose.

Comenzó con el panel de AUTOINTELECCIÓN.

—Dave —dijo Hal—. No comprendo por qué me está haciendo esto... Tengo un gran estusiasmo por la misión... Está usted destruyendo mi mente... ¿No lo comprende...? Me voy a hacer infantil... pueril... me voy a convertir en nada...

Esto es más duro de lo que creía, pensó Bowman. Estoy destruyendo la única criatura consciente de mi universo. Pero es cosa que ha de hacerse, y quiero recuperar el control de la nave.

—Soy un computador HAL Nueve Mil, Producción número 3. Me puse en funcionamiento en la planta Hal de Urbana, Illinois, el 12 de enero de 1997. El rápido zorro pardo brinca sobre el perezoso perro. La lluvia en España cae principalmente en el llano. Dave... ¿se encuentra usted aún ahí? ¿Sabía usted que la raíz cuadrada de 10 es 3 coma 162277660168379...; Log 10 a la base e es cero coma 434294481903252... o corrección, o sea log e a la base 10... La reciprocidad de 3 es cero coma 333333 333333... dos por dos es... dos por dos es... aproximadamente 4 coma 101010101010101010... Me parece estar teniendo cierta dificultad... Mi primer instructor fue el doctor Chandra... él me enseñó a cantar una canción... que dice así... «*Daisy, Daisy, dame tu respuesta, di. Estoy medio loco de amor por ti...».*

La voz se detuvo tan súbitamente que Bowman se quedó helado por un momento, con su mano asiendo aún uno de los bloques de memoria que estaban todavía en circuito. Luego, inesperadamente, Hal volvió a hablar.

—Buenos... días... Doctor... Chandra... Aquí... Hal... Estoy... listo... para... mi... primera... lección... de... hoy...

Bowman no pudo soportarlo más. Arrancó de un tirón la última unidad y Hal quedó silencioso para siempre.

29. SOLO

Como minúsculo y complicado juguete, la nave flotaba inerte e inmóvil en el vacío. No había medio de decir que era el más rápido objeto en el Sistema Solar y que estaba viajando con mucha mayor celeridad que cualquiera de los planetas al contornear el Sol.

Ni tampoco había indicación alguna de que portara vida; por el contrario, en efecto, cualquier observador habría reparado en dos signos aciagos: las puertas de la cámara reguladora de presión estaban abiertas de par en par... y la nave aparecía rodeada por una tenue nube de *despojos* que se iba dispersando lentamente.

Desperdigados en un volumen de espacio de varios kilómetros cúbicos, había trozos de papel, chapas de metal, inidentificables fragmentos de chatarra... y, acá y allá, nubes de cristales destellando como piedras preciosas al distante Sol, donde había sido absorbido el líquido de la nave e inmediatamente helado. Todo ello constituía la inconfundible secuela del desastre, como los restos flotantes en la superficie de un océano donde se fue a pique un gran barco. Pero en el océano del espacio, ninguna nave podía hundirse nunca; aun si fuese destruida, sus restos continuarían trazando para siempre la órbita original.

Sin embargo, la *Descubrimiento* no estaba del todo muerta, pues había energía a bordo. Un débil fulgor azul reverberaba en las ventanas de observación y resplandecía tenuemente en el interior de la abierta cámara reguladora de presión. Y donde había luz, podía aún haber vida.

Y ahora, al fin, hubo movimiento. Sombras ondeaban en el resplandor azul del interior de la cámara reguladora. Algo estaba emergiendo al espacio.

Era un objeto cilíndrico, cubierto con una textura que había sido enrollada toscamente. Un momento después fue seguido por otro... y un tercero aún. Todos habían sido eyectados a considerable velocidad; en unos minutos, estuvieron a cientos de metros.

Transcurrió media hora; luego, algo mucho más grande flotó a través de la cámara reguladora de presión. Era una de las cápsulas que salía al espacio.

Muy cautelosamente, se propulsó en torno al casco, y anclóse cerca de la base del soporte de la antena. Emergió de ella una figura con traje espacial, operó algunos minutos en la armazón de la antena, y volvióse luego a la cápsula. Al cabo de un rato, ésta desanduvo su trayecto a la cámara reguladora de presión; quedóse suspensa al exterior de la entrada durante algún tiempo, como si hallase dificultad en la reentrada sin la cooperación que conociera en el pasado. Pero seguidamente, con uno o dos ligeros topetazos, pasó apretujadamente al interior.

Nada más sucedió durante más de una hora; los tres siniestros bultos habían desaparecido hacía tiempo de la vista, flotando en fila india.

Luego, las puertas de la cámara reguladora de presión se cerraron, se abrieron, y volvieron a cerrarse. Un poco después se apagó el débil resplandor de las luces de emergencia... para ser remplazado al instante por un fulgor mucho más brillante. La *Descubrimiento* estaba volviendo a la vida.

Seguidamente hubo un signo aún mejor. El gran cuenco de la antena, que había estado durante horas mirando con fijeza inútil a Saturno, comenzó a moverse de nuevo. Giró en redondo hacia la popa de la nave, mirando de nuevo a los tanques de propulsión y a los miles de metros cuadrados de las irradiantes aletas. Alzó su cara como un girasol buscando el astro rey...

En el interior de la *Descubrimiento* David Bowman centró cuidadosamente la retícula del anteojo que alineaba la antena con la lejana Tierra. Sin control automático, tenía que mantenerse reajustado el haz... pero éste se sostendría firme durante varios minutos seguidos. No había impulsos divergentes que lo apartasen de su blanco.

Comenzó a hablar a Tierra. Pasaría una hora antes de que llegasen a ella sus palabras, y supiera el Control de la Misión lo que había sucedido. Y dos horas antes de que le llegase a él cualquier respuesta.

Y era difícil imaginar qué respuesta podría posiblemente enviar Tierra, excepto un ponderado y compadecido «Adiós».

30. EL SECRETO

Heywood Floyd tenía el aspecto de haber dormido muy poco, y la expresión de su rostro denotaba preocupación. Pero fueran cuales fuesen sus sentimientos, su voz sonó firme y tranquilizadora; estaba haciendo lo más que podía para insuflar confianza al hombre solitario del otro lado del Sistema Solar.

—Lo primero de todo, doctor Bowman —comenzó—, debemos felicitarle a usted por la manera como manejó esta situación extremadamente difícil. Hizo exactamente lo que debía en el caso de una emergencia sin precedentes e imprevista.

»Creemos conocer la causa del fallo de su Hal Nueve Mil, pero eso ya lo discutiremos más tarde, pues ya no supone un problema crítico. De momento, todos estamos interesados en prestarle a usted toda la ayuda posible, de manera que pueda completar su misión.

»Y ahora debo poner en su conocimiento su verdadero designio, que hasta la fecha hemos logrado mantener secreto, con gran dificultad, al público en general. Se le hubiesen proporcionado todos los datos al aproximarse a Saturno; éste es un rápido sumario a fin de ponerle a usted en antecedentes. Dentro de pocas horas se le enviarán las cintas completas de información. Todo cuanto voy a decirle tiene desde luego la clasificación de seguridad máxima.

»Hace dos años, descubrimos la primera evidencia de vida inteligente en el exterior de la Tierra. En el cráter Clavius se halló enterrada una losa o monolito de material negro, de tres metros y medio de altura. Hela aquí.

A su primer vislumbre del T.M.A.-1, con las figuras con traje espacial arracimadas en su derredor, Bowman se inclinó hacia la pantalla con boquiabierto asombro. En la excitación de esta revelación —algo que, como cada hombre interesado en el espacio, lo había medio esperado toda su vida— casi olvidó su propio y desesperado trance.

La sensación de asombro fue rápidamente seguida por otra emoción. Aquello era tremendo... ¿pero qué tenía que ver con él? Sólo podía haber una respuesta. Logró dominar sus desbocados pensamientos, al reaparecer Heywood Floyd en la pantalla.

—Lo más asombroso de este objeto es su antigüedad. La evidencia geológica prueba sin lugar a dudas que tiene tres millones de años. Por lo tanto, fue colocado en la Luna cuando nuestros antepasados eran primitivos monos humanoides.

»Al cabo de todas esas edades, se podría naturalmente suponer que el objeto era inerte. Mas poco después del orto del sol lunar, emitió una potentísima ráfaga de radioenergía. Creímos que esa energía era simplemente el subproducto —la secuela, por decirlo así— de alguna desconocida forma de radiación, pues al mismo tiempo varias de nuestras sondas espaciales detectaron una insólita perturbación cruzando el Sistema Solar. Pudimos rastrearla con gran precisión. *Estaba apuntada precisamente a Saturno.*

»Atando cabos tras este hecho, decidimos que el monolito era alguna especie de ingenio potenciado, o cuando menos disparado, por energía solar. El hecho de que emitiera su vibración inmediatamente después de alzarse el Sol, al ser expuesto por vez primera en tres millones de años a la luz del día, difícilmente podía ser una coincidencia.

»Sin embargo, ese objeto fue enterrado *deliberadamente*..., no cabe duda de ello. Se había hecho una excavación de diez metros de profundidad, colocado el bloque en el fondo, y cuidadosamente rellenado el agujero.

»Para empezar, puede usted preguntarse cómo lo descubrimos. Pues bien, el objeto era fácil —sospechosamente fácil— de encontrar. Tenía un potente campo magnético, de manera que se destacó como un pulgar lesionado en cuanto comenzamos a efectuar inspecciones orbitales de bajo nivel.

»Mas, ¿por qué enterrar un ingenio de energía solar a diez metros bajo el suelo? Hemos examinado docenas de teorías, aunque nos damos cuenta de que pueda ser completamente imposible comprender los motivos de seres que tienen un adelanto de tres millones de años respecto a nosotros.

»La teoría favorita es la más simple, y la más lógica. Es también la más perturbadora.

»Se oculta un ingenio de energía solar en la oscuridad... sólo si se desea saber cuándo es sacado a la luz. En otras palabras, el monolito puede ser una especie de aparato de alarma. Y nosotros lo hemos disparado...

»No sabemos si aún existe la civilización que lo colocó. Debemos suponer que unos seres cuyas máquinas funcionan todavía al cabo de tres millones de años, pueden haber edificado también una sociedad asimismo duradera. Y también debemos suponer, hasta que no tengamos pruebas en contra, que pueden ser hostiles. Ha sido argüido a menudo que toda cultura avanzada debe ser benévola, mas no podemos incurrir en riesgo alguno.

»Además, como la historia pasada de nuestro propio mundo ha demostrado tan reiteradamente, las razas primitivas han dejado con frecuencia de sobrevivir al encuentro con civilizaciones superiores. Los antropólogos hablan de choque cultural»; puede ser que tengamos que preparar a la especie humana entera a un tal choque. Pero hasta que sepamos *algo* sobre los seres que visitaron la Luna —y posiblemente la Tierra también—, hace tres millones de años, no podemos siquiera comenzar a hacer ninguna clase de preparativos.

»Su misión, por lo tanto, es mucho más que un viaje de descubrimiento. Es una exploración... un reconocimiento de un territorio desconocido y potencialmente peligroso. El equipo a las órdenes del doctor Kaminski fue especialmente entrenado para esta tarea; ahora, usted habrá de arreglárselas sin ellos... Finalmente... su blanco específico. Parece increíble que puedan existir en Saturno formas avanzadas de vida, o que puedan haber evolucionado en cualquiera de sus lunas. Hemos planeado inspeccionar el sistema entero, y esperamos aún que pueda ejecutar usted un programa simplificado. Pero podemos tener que concentrarnos en el octavo satélite... Japeto. Cuando llegue el momento para la maniobra terminal, decidiremos si debe usted reunirse con este notable objeto.

»Japeto es único en el Sistema Solar... ya lo sabe usted, desde luego, pero al igual que todos los astrónomos de los últimos trescientos años, probablemente le ha dedicado escasa atención. Permítame por lo tanto recordarle que Cassini —que descubrió Japeto en 1671— observó también que era *seis veces* más brillante en un lado de su órbita que en el otro.

»Ésta es una relación extraordinaria, y no ha habido nunca para ella una explicación satisfactoria. Ni siquiera con los telescopios lunares su disco es apenas visible. Mas parece haber una brillante mancha curiosamente simétrica en una cara, y ello puede ser relacionado con T.M.A.-1. A veces pienso que Japeto ha estado lanzándonos sus destellos como un heliógrafo cósmico, durante tres mil años, y que hemos sido demasiado estúpidos para comprender su mensaje...

»Así, pues, ya conoce usted su objetivo real, y puede apreciar la vital importancia de su misión. Todos rogamos por que pueda usted proporcionarnos algunos datos para un anuncio preliminar; el secreto no puede ser mantenido indefinidamente. Por el momento no sabemos si esperar o temer. No sabemos si en las lunas de Saturno se encontrará con lo bueno o con lo malo... o tan sólo con ruinas mil veces más antiguas que las de Troya.

V

LAS LUNAS DE SATURNO

31. SUPERVIVENCIA

El trabajo es el mejor remedio para cualquier trastorno psíquico, y Bowman tenía que cargar ahora con todo el de sus perdidos compañeros de tripulación. Tan rápidamente como fuese posible, comenzando con los sistemas vitales sin los cuales él y la nave morirían, había de conseguir de nuevo el total funcionamiento de la *Descubrimiento*.

La prioridad había de reservarse a la sustentación de la vida. Se había perdido mucho oxígeno, pero todavía eran abundantes las reservas para mantener a un solo hombre. La regulación de presión y temperatura era automática, y raramente había sido necesario que interviniese Hal en ello. Los monitores de Tierra podían ejecutar ahora muchas de las principales tareas del ajusticiado computador, a pesar del largo lapso de tiempo transcurrido antes de que pudiesen reaccionar ante las nuevas situaciones. Cualquier trastorno en el sistema de sustentación de la vida —aparte de una seria perforación en el casco— tardaría horas en hacerse ostensible; la advertencia sería palpable.

Los sistemas de energía, navegación y propulsión de la nave no estaban afectados... pero, en cualquier caso, Bowman no necesitaría los dos últimos durante varios meses, hasta que llegara el momento de la reunión o cita espacial con Saturno. Hasta a larga distancia podía Tierra supervisar esa operación, sin ayuda de un computador a bordo. Los ajustes finales de órbita serían un tanto tediosos, debido a la constante necesidad de comprobación, mas éste no era problema serio.

Con mucho, la tarea peor había sido el vaciado de los féretros giratorios en el centrífugo. «Estaba bien —pensó agradecidamente Bowman— que los miembros de la inspección hubiesen sido colegas, mas no amigos íntimos. Se habían entrenado juntos sólo durante unas pocas semanas; considerándolo retrospectivamente, se daba ahora cuenta de que en principal medida había sido aquélla una prueba de compatibilidad.»

Una vez hubo sellado finalmente el vacío hibernáculo, se sintió más bien como un ladrón de tumbas egipcio. Ahora, Kaminski, Whitehead y Hunter alcanzarían Saturno antes que él... pero no antes que Frank Poole. Como fuera, le produjo una rara y malévola satisfacción, este pensamiento.

No intentó ver si estaba aún a punto de funcionamiento el resto del sistema de hibernación. Aun cuando su vida pudiera depender en última instancia de él, era un problema que podía esperar hasta que la nave entrase en su órbita final. Muchas cosas podían suceder antes.

Hasta era posible —aunque no había examinado minuciosamente el estado de las provisiones— que pudiera permanecer con vida mediante un riguroso racionamiento, *sin* tener que recurrir a la hibernación hasta que llegase el rescate. Pero saber si podía sobrevivir psicológica tan bien como físicamente, era otra cuestión.

Intentó evitar pensar en problemas de tan largo alcance, para concentrarse en los inmediatos y esenciales. Lentamente, limpió la nave, comprobó que sus sistemas seguían funcionando uniformemente, discutió con Tierra sobre dificultades técnicas, y operó con el mínimo de sueño. Sólo a intervalos, durante la primera semana, fue capaz de pensar un poco en el gran misterio hacia el cual se aproximaba inexorablemente... aun cuando el mismo no estaba nunca muy alejado de su mente.

Al fin, una vez de vuelta de nuevo la nave a una rutina automática —aunque la misma exigiera su constante supervisión—, Bowman tuvo tiempo para estudiar los informes e instrucciones enviados de Tierra. Una y otra vez pasó el registro hecho cuando T.M.A.-1 saludó al alba por vez primera en tres millones de años. Contempló moviéndose en su derredor a las figuras con traje espacial, y casi sonrió ante su ridículo pánico cuando el ingenio lanzó el estallido de su señal a las estrellas, paralizando sus radios con el puro poder de su voz electrónica.

Desde aquel momento, la negra losa no había hecho nada más. Había sido cubierta y expuesta de nuevo cuidadosamente al Sol... sin ninguna reacción. No se había hecho ningún intento para henderla, en parte por precaución científica, pero igualmente por temor a las posibles consecuencias.

El campo magnético que había conducido a su descubrimiento se había desvanecido después de producirse aquella explosión electrónica. Quizá, teorizaban algunos expertos, ésta había sido originada por una tremenda corriente circulante, fluyendo en un superconductor y portando así energía a través de las edades mientras fue necesario. Parecía cierto que el monolito tenía alguna fuente interna de poder; la energía solar que había absorbido durante su breve exposición no podía explicar la fuerza de su señal.

Un rasgo curioso, y quizá sin importancia, del bloque, había conducido a un interminable debate. El monolito tenía tres metros de altura, y 1 ¼ por 5 palmos de corte transversal. Cuando fueron comprobadas minuciosamente sus dimensiones, hallóse la proporción de 1 a 4 a 9... los cuadrados de los primeros tres números enteros. Nadie podía sugerir una explicación plausible para ello, mas difícilmente podía ser una coincidencia, pues las proporciones se ajustaban a los límites de precisión mensurable. Era un pensamiento que semejaba un castigo, el de que la tecnología entera de la Tierra no pudiese modelar un bloque, de cualquier material, con tan fantástico grado de precisión. A su modo, aquel pasivo aunque casi arrogante despliegue de geométrica perfección era tan impresionante como cualesquiera otros atributos de T.M.A.-1.

Bowman escuchó también, con interés curiosamente ausente, la trasnochada apología del Control de la Misión sobre su programación. Las voces de la Tierra parecían tener un acento de justificación; podía imaginar las recriminaciones que ya debían de estar en curso progresivo entre quienes habían planeado la expedición.

Tenían, desde luego, algunos buenos argumentos... incluyendo los resultados de un estudio secreto del Departamento de Defensa, Proyecto BARSOOM, que había sido llevado a cabo por la Escuela de Psicología de Harvard en 1989. En este experimento de sociología controlada, habíase asegurado a varias poblaciones de ensayo que el género humano había establecido contacto con los extraterrestres. Muchos de los sujetos probados estaban —con ayuda de drogas, hipnosis y efectos visuales— bajo la impresión de que habían encontrado realmente a seres de otros planetas, de manera que sus reacciones fueron consideradas como auténticas.

Algunas de esas reacciones habían sido muy violentas: existía, al parecer, una profunda veta de xenofobia en muchos seres humanos por lo demás normales. Vista la crónica mundial de linchamientos, *pogroms* y bromas similares, ello no debería de haber sorprendido a nadie; sin embargo, los organizadores del estudio quedaron profundamente perturbados, no publicándose jamás los resultados del mismo. Los cinco pánicos separados causados en el siglo XX por las emisoras de radio con *La guerra de los mundos* de H. G. Wells, reforzaban también las conclusiones del estudio...

A pesar de esos argumentos, Bowman se preguntaba si el peligro del choque cultural era la única explicación del extremo secreto de la misión. Algunas insinuaciones hechas durante sus instrucciones sugerían que el bloque USA-URSS esperaba sacar tajada de ser el primero en entrar en contacto con extraterrestres inteligentes. Desde su presente punto de vista, pensando en la Tierra como en una opaca estrella casi perdida en el Sol, tales consideraciones parecían ahora ridículas.

Antes bien, estaba más interesado —aun cuando ahora fuese ya agua pasada— en la teoría expuesta para justificar la conducta de Hal. Nadie estaría seguro nunca de la verdad, pero el hecho de que un 9.000 del Control de la Misión hubiese sido inducido a una idéntica psicosis, y estuviese ahora sometido a una profunda terapia, sugería que la explicación era la correcta. No podía cometerse de nuevo el mismo error; pero el hecho de que los constructores de Hal hubiesen fallado por completo en comprender la psicología de su propia creación, demostraba cuán diferente podía resultar el establecer comunicación con seres *verdaderamente* ajenos al hombre.

Bowman podía creer fácilmente en la teoría del Dr. Simonson de que inconscientes sentimientos de culpabilidad, motivados por sus conflictos de programa, habían sido la causa de que Hal intentara romper el circuito con Tierra. Y le gustaba pensar —aun cuando ello tampoco podría demostrarse nunca— que Hal no tuvo intención alguna de matar a Poole. Había intentado simplemente destruir la evidencia. Pues en cuanto se mostrase en estado de funcionamiento la unidad A.E.-35, que había dado por fundida, sería descubierta su mentira. Tras esto, y como cualquier torpe criminal atrapado en la cada vez más espesa tela de araña del embrollo, había sido presa del pánico.

Y el pánico era algo que Bowman comprendía, mejor de lo que lo deseara, pues lo había experimentado dos veces en su vida. La primera, de chico, al resultar casi ahogado por la resaca; la segunda, como astronauta en entrenamiento, cuando un dispositivo defectuoso le había convencido de que se le agotaría el oxígeno antes de que pudiera ponerse a salvo.

En ambas ocasiones, había perdido casi el control de sus superiores procesos lógicos; en segundos se había convertido en un frenético manojo de desbocados impulsos. Ambas veces había vencido, pero sabía bien que cualquier hombre podía a veces ser deshumanizado por el pánico.

Y si ello podía suceder a un hombre, también pudo ocurrirle a Hal; y con este conocimiento comenzó a esfumarse el encono y el sentimiento de traición que experimentaba hacia el computador. Ahora, en cualquier caso, ello pertenecía a un pasado que estaba eclipsado por completo por la amenaza y la promesa del desconocido futuro.

32. CONCERNIENTE A LOS E. T.

Aparte de presurosas comidas en el tiovivo —por fortuna no habían resultado averiados los dispensadores— Bowman vivía prácticamente en el puente de mando. Se retrepaba en su asiento, pudiendo así localizar cualquier trastorno tan pronto como aparecieran sus primeros signos en la pantalla exhibidora. Siguiendo instrucciones del Control de Misión, había ajustado varios sistemas de emergencia que estaban funcionando muy bien.

Hasta parecía posible que él sobreviviese hasta que la *Descubrimiento* alcanzara Saturno, lo cual, desde luego, ella lo haría, estuviese o no él vivo.

Aunque tenía bastante tiempo para interesarse por las cosas, y el firmamento del espacio no fuese una novedad para él, el conocimiento de lo que había al exterior de las portillas de observación le dificultaba el concentrarse siquiera en el problema de la supervivencia. Tal como estaba orientada la nave, la muerte se agazapaba en la Vía Láctea, con sus nubes de estrellas tan atestadas que embotaban la mente. Allá estaban las ígneas brumas de Sagitario, aquellos hirvientes enjambres de soles que ocultaban para siempre el corazón de la Galaxia a la visión humana. Y la negra y ominosa mancha de la Vía Láctea, aquel boquete en el espacio donde no lucían las estrellas. Y Alfa del Centauro, el más próximo de todos los soles... la primera parada allende el Sistema Solar.

Aun cuando superada en brillo por Sirio y Canopus, era Alfa del Centauro la que atraía la mirada y la mente de Bowman, mirase donde mirase en el espacio. Pues aquel firme punto brillante, cuyos rayos habían tardado cuatro años en alcanzarle, había llegado a simbolizar los secretos debates que hacían furor en la Tierra, y cuyos ecos le llegaban de cuando en cuando.

Nadie dudaba de que había de existir alguna conexión entre T.M.A.-1 y el sistema saturniano, pero a duras penas admitiría cualquier científico que los seres que habían erigido el monolito fuesen posiblemente originarios de allí. Como albergue de vida, Saturno era todavía más hostil que Júpiter, y sus varias lunas estaban heladas en un eterno invierno de trescientos grados bajo cero. Sólo una de ellas —Titán— poseía una atmósfera, pero ésta era una tenue envoltura de ponzoñoso metano.

Así, quizá los seres que visitaron el satélite natural de la Tierra hacía tanto tiempo no eran simplemente extraterrestres, sino extrasolares... visitantes de las estrellas, que habían establecido sus bases dondequiera les convenía. Y esto planteaba simultáneamente otro problema: ¿podría *cualquier* tecnología, por muy avanzada que estuviese, tender un puente sobre el espantoso abismo que se abría entre el Sistema Solar y el más próximo de los soles?

Muchos eran los científicos que negaban lisa y llanamente tal posibilidad. Argüían que la *Descubrimiento,* la nave más rápida jamás diseñada, tardaría veinte mil años en llegar a Alfa del Centauro... y millones de años para recorrer cualquier apreciable distancia de la Galaxia. Pero si, durante los siglos venideros, mejoraban más allá de toda medida los sistemas de propulsión, toparían al final con la infranqueable barrera de la velocidad de la luz, la cual no puede sobrepasar objeto material alguno. En consecuencia, los constructores de T.M.A.-1 *debieron* de haber compartido el mismo Sol que el hombre; y puesto que no habían hecho ninguna aparición en tiempos históricos, probablemente se habían extinguido.

Una minoría rehusaba este argumento. Aunque llevase siglos viajar de estrella en estrella, replicaban, esto no podía suponer obstáculo alguno a exploradores suficientemente determinados. La técnica de la hibernación, empleada en la propia *Descubrimiento,* era una respuesta posible. Otra era el mundo artificial, lanzándose a viajes que podrían durar generaciones.

En cualquier caso, ¿por qué se debía suponer que todas las especies inteligentes eran de vida tan corta como el hombre? Podría haber criaturas en el Universo para las cuales un viaje de mil años sólo representase un pequeño inconveniente.

Estos argumentos, a pesar de ser teóricos, concernían a una cuestión de la mayor importancia práctica; implicaban el concepto del «tiempo de reacción». Si T.M.A -1, en efecto, había enviado una señal a las estrellas —quizá con ayuda de algún otro ingenio situado en las proximidades de Saturno— en tal caso no alcanzaría su destino durante años. Por lo tanto, aun cuando fuese inmediata la respuesta, la Humanidad tendría un lapso de respiro que ciertamente podría ser medido en décadas... más probablemente en siglos. Para muchos, éste era un pensamiento tranquilizador.

Mas no para todos. Un puñado de científicos —pescadores de playa en las más salvajes orillas de la física teórica— formulaban la inquietante pregunta: «¿Estamos *seguros* de que la velocidad de la luz es una barrera infranqueable?» Verdad era que la Teoría de la Relatividad General había demostrado ser extraordinariamente duradera, y estaría aproximándose pronto a su primer centenario; mas había comenzado a mostrar unas cuantas grietas. Y aun en el caso de que Einstein fuese inatacable, podía soslayársele.

Quienes sustentaban ese punto de vista hablaban esperanzadoramente de atajos de dimensiones superiores, de líneas que eran más rectas que la recta, y de conectividad hiperespacial. Gustaban de emplear una expresiva frase, acuñada por un matemático de Princeton en el pasado siglo: «Picaduras de gusano en el espacio.» A los críticos que sugerían que estas ideas eran demasiado fantásticas para ser tomadas seriamente, se les recordaba el dicho de Niels Bohr: «Su teoría es insensata... mas no lo bastante para ser verdadera.»

Si había polémica entre los físicos, no era nada comparada con la surgida entre los biólogos, cuando discutían el viejo problema: «¿Qué aspecto tendrían los extraterrestres inteligentes?» Se dividían en dos campos opuestos... argumentando unos que dichos seres debían ser humanoides, y convencidos igualmente los otros de que «ellos» no se parecerían en nada a los seres humanos.

En abono a la primera respuesta estaban los que creían que el diseño de dos piernas, dos brazos, y principales órganos sensoriales de superior calidad, era tan básico y tan sensible que resultaba difícil pensar en uno mejor. Desde luego, habría pequeñas diferencias como la de seis dedos en vez de cinco, piel o cabello de raro color, y peculiares rasgos faciales; pero la mayoría de los extraterrestres inteligentes —en abreviatura generalmente empleada de los E. T.— serían tan similares al Hombre, que podría confundírseles con él, con poca luz o a distancia.

Este pensar antropomórfico era ridiculizado por otro grupo de biólogos, auténticos productos de la Era Espacial que se sentían libres de los prejuicios del pasado. Señalaban que el cuerpo humano era el resultado de millones de selecciones evolutivas, efectuadas por azar en el curso de períodos geológicos dilatadísimos. En cualquiera de esos incontables momentos de decisión, el dado genético podía haber caído de diferente manera, quizá con mejores resultados. Pues el cuerpo humano era una singular pieza de improvisación, lleno de órganos que se habían desviado de una función a otra, no siempre con mucho éxito... y que incluso contenía accesorios descartados, como el apéndice, que resultaban ya del todo inútiles.

Había otros pensadores —Bowman lo hallaba así también— que sustentaban puntos de vista aún más avanzados. No creían que seres realmente evolucionados poseyeran en absoluto un cuerpo orgánico. Más pronto o más tarde, al progresar su conocimiento científico, se desembarazarían de la morada, propensa a las dolencias y a los accidentes, que la Naturaleza les había dado, y que los condenaban a una muerte inevitable. Remplazarían su cuerpo natural a medida que se desgastasen —o quizás antes— con construcciones de metal o de plástico, logrando así la inmortalidad. El cerebro podría demorarse algo como último resto del cuerpo orgánico, dirigiendo sus miembros mecánicos y observando el Universo a través de sus sentidos electrónicos... sentidos mucho más finos y sutiles que aquellos que la ciega evolución pudiera desarrollar jamás.

Hasta en la Tierra se habían dado ya los primeros pasos en esa dirección. Había millones de hombres, que en otras épocas hubiesen sido condenados, que ahora vivían activos y felices gracias a miembros artificiales, riñones, pulmones y corazones. A este proceso sólo cabía una conclusión... por muy lejana que pudiera estar.

Y eventualmente, hasta el cerebro podría incluirse en él. No resultaba esencial como sede de la conciencia, como lo había probado el desarrollo de la inteligencia electrónica. El conflicto entre mente y máquina podía ser resuelto al fin en la tregua eterna de la completa simbiosis...

Mas, ¿era aún esto el fin? Unos cuantos biólogos inclinados a la mística, iban todavía más lejos. Atando cabos en las creencias de diversas religiones, especulaban que la mente terminaría por liberarse de la materia. El cuerpo-robot, como el de carne y hueso, sería solamente un peldaño hacia algo que, hacía tiempo, habían llamado los hombres «espíritu».

Y si más allá de *esto* había algo, su nombre sólo podía ser Dios.

33. EMBAJADOR

Durante los últimos tres meses, David Bowman se había adaptado tan completamente a su solitario sistema de vida, que le resultaba difícil recordar cualquier otra existencia. Había sobrepasado la desesperación y la esperanza, y se había instalado en una rutina ampliamente automática, punteada de crisis ocasionales cuando uno u otro sistema de la *Descubrimiento* mostraba señales de funcionar mal.

Pero no había sobrepasado la curiosidad, y a veces el pensamiento de la meta hacia la cual se dirigía le colmaba de una sensación de exaltación... y de un sentimiento de poder. No sólo era el representante de la especie humana entera, sino que su acción, durante las próximas semanas, podría determinar el futuro real de aquélla. En toda la historia no se había producido jamás una situación semejante. Él era el Embajador Extraordinario —Plenipotenciario— de toda la Humanidad.

Ese conocimiento le ayudaba de muchas y sutiles maneras. Le mantenía limpio y ordenado; por muy cansado que estuviera, nunca dejaba de afeitarse. Sabía que el Control de la Misión le estaba vigilando estrechamente para ver si mostraba los primeros síntomas de cualquier conducta anormal; él estaba decidido a que esa vigilancia fuera en vano... cuando menos en cuanto a cualquier síntoma serio.

Se daba cuenta de algunos cambios en sus normas de conducta; hubiese sido absurdo esperar otra cosa, dadas las circunstancias. No podía soportar ya el silencio; excepto cuando estaba durmiendo, o hablando por el circuito Tierra, mantenía el sistema de sonido de la nave funcionando con tal sonoridad, que resultaba casi molesta.

Al principio, como necesitaba la compañía de la voz humana, había escuchado obras teatrales clásicas —especialmente las de Shaw, Ibsen y Shakespeare— o lecturas poéticas, de la enorme biblioteca de grabaciones de la *Descubrimiento*. Pero los problemas que trataban le parecieron tan remotos, o de tan fácil solución con un poco de sentido común, que acabó por perder la paciencia con ellos.

Así pasó a la ópera... generalmente en italiano o alemán, para no ser distraído siquiera por el mínimo contenido intelectual que la mayoría de las óperas presentaban. Esta fase duró dos semanas, antes de que se diese cuenta de que el sonido de todas aquellas voces soberbiamente educadas eran sólo exacerbantes en su soledad. Pero lo que finalmente remató este ciclo fue la *Misa de Réquiem* de Verdi, que nunca había oído ejecutar en la Tierra. El «Dies Irae», retumbando con ominosa propiedad a través de la vacía nave, le dejó destrozado por completo; y cuando las trompetas del Juicio Final resonaron en los cielos, no pudo soportarlo más.

En adelante, sólo escuchó música instrumental. Comenzó con los compositores románticos, pero los descartó uno por uno al hacerse demasiado opresivas sus efusiones sentimentales. Sibelius, Chaikovski y Berlioz duraron una semana, Beethoven bastante más. Finalmente halló la paz y el sosiego, como a muchos otros había sucedido, en la abstracta arquitectura de Bach, ocasionalmente mezclada con Mozart.

Y así la *Descubrimiento* siguió su curso, resonando a menudo con la fría música del clavicordio, y con los helados pensamientos de un cerebro que había sido polvo por dos veces en cien años.

Incluso desde sus actuales dieciséis millones de kilómetros, Saturno aparecía ya más grande que la Luna vista desde la Tierra. Era un magnífico espectáculo para el ojo desnudo; a través del telescopio, su visión resultaba increíble.

El cuerpo del planeta podía haber sido confundido con el de Júpiter en uno de sus más sosegados trances. Había allí las mismas bandas nubosas —si bien más pálidas y menos distintas que las del mundo ligeramente más grande— y las mismas perturbaciones, del tamaño de continentes, moviéndose lentamente a través de la atmósfera. Sin embargo, había una acusada diferencia entre los dos planetas; hasta con una simple ojeada, resultaba obvio que Saturno no era esférico. Estaba tan achatado en los polos que a veces daba la impresión de una ligera deformidad.

Pero la magnificencia de los anillos apartaba continuamente la mirada de Bowman del planeta; en su complejidad de detalle y delicadeza de sombreado, eran un universo en sí mismo. Añadiéndose al boquete principal entre los anillos interiores y exteriores, había por lo menos otras cincuenta subdivisiones o linderos, donde se percibían distintos cambios en la brillantez del gigantesco halo del planeta. Era como si Saturno estuviese rodeado por docenas de anillos concéntricos, todos tocándose mutuamente, y todos tan lisos, que podrían haber sido cortados del papel más fino posible. El sistema de los anillos parecía una delicada obra de arte, un frágil juguete destinado a ser admirado pero nunca tocado. Ni haciendo un gran esfuerzo de voluntad podía Bowman apreciar realmente su verdadera escala, y convencerse de que todo el planeta Tierra, de ser colocado allí, parecería la bola de un cojinete rodando en torno al borde de una bandeja para la comida.

A veces surgía una estrella tras de los anillos, perdiendo sólo un poco de su brillo al hacerlo. Continuaba brillando a través de su translúcida materia... si bien a menudo titilaba levemente cuando la eclipsaban algunos fragmentos mayores de restos en órbita.

En cuanto a los anillos, como ya era sabido desde el siglo XIX, no eran sólidos. Consistían en innumerables miríadas de fragmentos..., restos quizá de un satélite que se había aproximado demasiado, siendo hecho añicos por la atracción periódica del gran planeta. Sea cual fuere su origen, la especie humana podía considerarse afortunada por haber visto tal maravilla; podía existir durante sólo un breve lapso de tiempo en la historia del

Sistema Solar.

Ya en 1945, un astrónomo británico había señalado que los anillos eran efímeros, pues las fuerzas gravitatorias en acción los destruirían. Retrotrayendo ese argumento en el tiempo, se seguía por ende que dichos anillos habían sido creados recientemente... hacía unos simples dos o tres millones de años.

Mas nadie había parado mientes ni con el más leve pensamiento en la singular coincidencia de que los anillos de Saturno nacieron al mismo tiempo que la especie humana.

34. EL HILO ORBITAL

La *Descubrimiento* estaba ahora profundamente sumida en el vasto sistema de lunas, y el mismo gran planeta se hallaba a menos de un día de viaje. Hacía tiempo que la nave había pasado el límite marcado por la extrema, Febe, retrogradando en una extravagante órbita excéntrica a trece millones de kilómetros de la primera. Ante ella se encontraban ahora Japeto, Hiperión, Titán, Rea, Dione, Tetis, Encélado, Mimas... y los propios anillos. Todos los satélites mostraban confusos detalles de su superficie en el telescopio, y Bowman había retransmitido a la Tierra tantas fotografías como pudo tomar. Sólo Titán —de casi cinco mil kilómetros de diámetro, y tan grande como el planeta Mercurio— ocuparía durante meses a un equipo de inspección; sólo podría darle, como a todos sus fríos compañeros, la más breve de las ojeadas. No había necesidad de más; estaba ya completamente seguro de que Japeto era realmente su meta.

Todos los demás satélites estaban marcados con los hoyos de ocasionales cráteres meteóricos —aunque mucho menos que en Marte— y mostraban aparentemente casuales formas de luz y sombra, con brillantes puntos aquí y allá, que eran probablemente zonas de gas helado. Sólo Japeto poseía una distintiva geografía, y por cierto muy rara. Un hemisferio del satélite —que, como sus compañeros, presentaba siempre la misma cara hacia Saturno— era extremadamente oscuro y mostraba muy poco detalle de superficie. En completo contraste, el otro estaba dominado por un brillante óvalo blanco, de unos seiscientos cincuenta kilómetros de longitud y algo más de trescientos de anchura. En aquel momento, sólo estaba a la luz del día parte de aquella sorprendente formación, pero la razón de la extraordinaria variación en el albedo de Japeto resultaba ya obvia. En el lado de poniente de la órbita del satélite, la brillante elipse daba la cara al Sol... y a la Tierra. En la fase de levante, la franja se desviaba, y sólo podía ser observado el hemisferio pobremente reflejado.

La gran elipse era perfectamente simétrica, extendiendo el ecuador de Japeto con su eje mayor apuntando hacia los polos, y era tan aguda que casi parecía como si alguien hubiese pintado esmeradamente un inmenso óvalo blanco en la cara de la pequeña luna. Era completamente liso el tal óvalo, y Bowman se preguntó si podría ser un lago de líquido helado... aun cuando ello apenas contaría para su sobrecogedora apariencia artificial.

Pero tuvo poco tiempo para estudiar a Japeto en su camino hacia el corazón del Sistema, pues se estaba aproximando rápidamente el apogeo del viaje... la última maniobra de desviación de la *Descubrimiento*. En el trasvuelo de Júpiter, la nave había utilizado el campo gravitatorio del planeta para aumentar su velocidad. Ahora debía hacer la operación inversa; tenía que perder tanta velocidad como fuera posible, si no quería escapar del Sistema Solar y volar hacia las estrellas. Su rumbo presente estaba destinado a atraparla, de manera que se convirtiese en otra luna de Saturno, moviéndose a lo largo de una exigua elipse de poco más de tres millones de kilómetros de longitud. En su punto más próximo rozaría casi el planeta; en el más lejano, tocaría la órbita de Japeto.

Los computadores de Tierra, aunque su información tenía siempre una demora de tres horas, habían asegurado a Bowman que todo estaba en orden. La velocidad y la altitud eran correctas; no había nada más que hacer hasta el momento de la mayor aproximación.

El inmenso sistema de anillos se hallaba ahora tendido en el firmamento, y la nave había rebasado ya su borde extremo. Al mirarlos desde una altura de unos quince mil kilómetros, Bowman pudo ver a través del telescopio que los anillos estaban formados en gran parte de hielo, que destellaba y relucía a la luz del Sol. Parecía estar volando sobre un glaciar que ocasionalmente se aclaraba para revelar, donde debiera haber estado la nieve, desconcertantes vislumbres de noche y estrellas.

Al doblar la *Descubrimiento* aún más hacia Saturno, el sol descendía lentamente hacia los múltiples arcos de los anillos. Estos se habían convertido en un grácil puente de plata tendido sobre todo el firmamento; aunque eran tan tenues, que sólo lograban empañar la luz del sol, sus miríadas de cristales la refractaban y diseminaban en deslumbrante pirotecnia... Y al moverse el sol tras la deriva de una anchura de mil quinientos kilómetros de hielo en órbita, pálidos fantasmas suyos marchaban y emergían a través del firmamento que se llenaba de variables fulgores y resplandores. Luego el Sol se sumía bajo los anillos, que lo enmarcaban con sus arcos, y cesaban los celestes fuegos de artificio.

Poco después, la nave penetró en la sombra de Saturno, al efectuar su mayor aproximación del lado nocturno del planeta. Arriba brillaban las estrellas y los anillos; abajo se tendía un mar borroso de nubes. No había ninguna de las misteriosas formas de luminosidad que habían resplandecido en la noche joviana; quizás era Saturno demasiado frío para tales exhibiciones. El abigarrado paisaje de nubes se revelaba sólo por la espectral radiación reflejada desde los circulantes icebergs, iluminados aún por el oculto Sol. Pero en el centro del arco había un boquete ancho y oscuro, semejante al arco que faltara de un puente incompleto, y donde la sombra del planeta se tendía a través de sus anillos.

Se había interrumpido el contacto por radio con la Tierra, y no podía ser reanudado hasta que la nave emergiera de la masa eclipsante de Saturno. Era quizá conveniente que Bowman se hallara ahora demasiado ocupado para pensar en su soledad, súbitamente hechizada; durante las horas siguientes, cada segundo estaría ocupado en la comprobación de las maniobras de frenaje.

Tras sus meses de ociosidad, los propulsores comenzaron a expeler sus cataratas de kilómetros de longitud de ígneo plasma. Volvió la gravedad, aunque brevemente, al ingrávido mundo del puente de mando. Y cientos de kilómetros más abajo, las nubes de metano y de helado amoníaco fulguraron con una luminosidad que él no había visto nunca, al pasar la *Descubrimiento* ante un fogoso y minúsculo Sol, a través de la noche saturniana.

Al fin, asomó por delante el pálido alba; la nave, moviéndose ahora cada vez más lentamente, emergía al día. No podía escapar más del Sol, ni siquiera de Saturno... pero aún se movía con bastante rapidez para alzarse del planeta hasta rozar la órbita de Japeto, a más de tres millones de kilómetros de distancia.

Llevaría a la *Descubrimiento* catorce días dar aquel salto, al navegar una vez más, aunque en sentido contrario, a través de las trayectorias de todas las lunas interiores. Una por una cruzaría las órbitas de Mimas, Encélado, Tetis, Dione, Rea, Titán, Hiperión, mundos portadores de nombres de dioses y diosas que se desvanecieron sólo ayer, tal como se contaba allí el tiempo.

Luego encontraría a Japeto, y debía efectuar la reunión. Si fallaba ésta, volvería a caer hacia Saturno y repetiría indefinidamente su elipse de 28 días.

No habría oportunidad de una segunda reunión, si la *Descubrimiento* marraba este intento. La próxima vez, Japeto se hallaría casi al otro lado de Saturno.

Verdad era que podían encontrarse de nuevo, cuando se cruzaran por segunda vez las órbitas de nave y satélite. Pero ello había de acontecer tantísimos años más tarde que, sucediera lo que sucediese, Bowman sabía que no sería testigo de ello.

35. EL OJO DE JAPETO

Al observar por primera vez Bowman a Japeto, aquel curioso parche elíptico de brillantez había estado parcialmente en la sombra, iluminado sólo por la luz de Saturno. Ahora al moverse lentamente la luna a lo largo de su órbita de 79 días, estaba emergiendo a la plena luz del día.

Al verla crecer, y mientras la *Descubrimiento* se

elevaba perezosamente hacia su inevitable destino, Bowman se dio cuenta de una observación inquietante que le asaltaba. No la mencionó nunca en sus conversaciones —o más bien en sus volanderos comentarios— con el Control de la Misión, pues habría parecido que estaba ya sufriendo de ilusiones.

Quizás, en verdad, lo estaba; pues se había convencido a medias de que la brillante elipse emplazada sobre el oscuro fondo del satélite era un inmenso ojo vacío mirándole con fija mirada a medida que se aproximaba. Era un ojo sin pupila, pues por parte alguna podía verse en él nada que cubriera en parte su desnudez perfecta.

No fue hasta que la nave estuvo a sólo ochenta mil kilómetros, apareciendo Japeto tan grande como la familiar Luna de la Tierra, que reparó en la tenue mota negra en el centro exacto de la elipse. Mas entonces no había tiempo para ningún detallado examen, pues estaban encima ya las maniobras terminales.

Por última vez, el propulsor principal de la *Descubrimiento* liberó sus energías. Por última vez fulguró entre las lunas de Saturno la furia incandescente de los agonizantes átomos. El lejano murmullo y el aumento de impulso de los eyectores produjo en David Bowman una sensación de orgullo... y de melancolía. Los soberbios motores habían cumplido su deber con impecable eficacia. Habían llevado a la nave desde la Tierra a Saturno; ahora funcionaban por última vez. Cuando la *Descubrimiento* vaciara sus tanques de combustible, quedaría tan desamparada e inerte como cualquier cometa o asteroide, impotente prisionero de la gravitación. Aun cuando la nave de rescate llegase a los pocos años, no sería un problema económico el rellenarla de combustible, para que pudiera emprender la vuelta a la Tierra. Sería un monumento, orbitando eternamente, a los primeros días de la exploración planetaria.

Los miles de kilómetros se redujeron a cientos,

y los indicadores de combustible descendieron rápidamente hacia cero. Los ojos de Bowman se posaron reiteradamente y con ansia sobre el expositor de la situación y las improvisadas cartas que ahora tenía que consultar para tomar una decisión efectiva. Sería espantoso que, habiendo sobrevivido tanto, fallara la cita orbital por falta de unos cuantos litros de combustible...

Se desvaneció el silbido de los chorros al cesar el propulsor principal y sólo los verniers continuaron impulsando suavemente en órbita a la *Descubrimiento.* Japeto era ahora un gigantesco creciente que llenaba el firmamento; hasta este momento, Bowman había pensado siempre en él como en un objeto minúsculo e insignificante... como en realidad lo era, comparado con el mundo del que dependía. Ahora, al aparecer amenazadoramente sobre él, le parecía enorme... un martillo cósmico dispuesto a aplastar como una cáscara de nuez a la *Descubrimiento.*

Japeto se estaba aproximando tan lentamente que apenas parecía moverse, resultando imposible prever el momento exacto en que efectuaría el sutil cambio de cuerpo astronómico a paisaje situado sólo a ochenta kilómetros más abajo.

Los fieles verniers lanzaron sus últimos chorros de impulso, y apagáronse luego para siempre. La nave estaba en su órbita final, completando una revolución cada tres horas a unos mil trescientos kilómetros por hora... toda la velocidad que era necesaria en aquel débil campo gravitatorio.

La *Descubrimiento* se había convertido en satélite de un satélite.

36. HERMANO MAYOR

—Estoy volviendo a la parte diurna de nuevo, y es exactamente como informé en la última órbita. Este lugar parece tener sólo dos clases de materia de superficie. Su negra costra parece *quemada*, casi como carbón vegetal, y con la misma clase de textura en cuanto puedo juzgar por el telescopio. En efecto, me recuerda mucho a una tostada quemada...

»No puedo aún dar un sentido al área blanca. Comienza por un límite de una arista absolutamente aguda, y no muestra detalle alguno de superficie. Incluso puede ser líquida... es bastante lisa. No sé la impresión que habrán sacado ustedes de los vídeos que he transmitido, pero si se imaginan un mar de leche helada, tendrán exactamente la idea.

»Hasta puede haber algún gas pesado... No, supongo que eso es imposible. A veces tengo la sensación de que se está moviendo, muy lentamente: pero no puedo estar seguro...

»...Vuelvo a estar sobre la zona blanca, en mi tercera órbita. Esta vez espero pasar más cerca de aquella marca que localicé en su mismo centro, cuando estaba en camino a ella. De ser correctos mis cálculos, pasé a ochenta kilómetros de ella... sea lo que sea.

»...Sí, hay algo delante, justo donde yo calculé. Se está alzando sobre el horizonte... y también Saturno, casi en la misma cuarta del firmamento. Voy a dirigir allá el telescopio...

»¡Hola! Tiene el aspecto de una especie de edificio —completamente negro— muy difícil de apreciar. No presenta ventanas ni otros rasgos. Sólo una gran losa vertical... debe de tener una altura de por lo menos kilómetro y medio, para ser visible desde esta distancia... Me recuerda algo... desde luego... ¡es exactamente como *el objeto que hallaron ustedes en la Luna*! ¡Es el hermano mayor de T.M.A.-1!

37. EXPERIMENTO

Se la podría llamar la Puerta de las Estrellas.

Durante tres millones de años, ha girado en torno a Saturno, en espera de un momento del destino que quizá nunca llegue. En su quehacer, una luna ha sido hecha añicos, y orbitan aún los restos de su creación.

Ahora estaba finalizando la larga espera. En otro mundo aún, había nacido la inteligencia y estaba escapando de su cuna planetaria. Un antiguo experimento estaba a punto de alcanzar su apogeo.

Quienes habían comenzado este experimento, hacía tanto tiempo, no habían sido hombres... ni siquiera remotamente humanos. Pero eran de carne y sangre, y cuando tendían la vista hacia las profundidades del espacio, habían sentido temor, admiración y soledad. Tan pronto como poseyeron el poder, emprendieron el camino a las estrellas.

En sus exploraciones, encontraron vida en diversas formas, y contemplaron los efectos de la evolución en mil mundos. Vieron cuán a menudo titilaban y morían en la noche cósmica las primeras débiles chispas de la inteligencia.

Y debido a que en toda la Galaxia no habían encontrado nada más precioso que la Mente, alentaron por doquiera su amanecer. Se convirtieron en granjeros en los campos de las estrellas; sembraron, y a veces cosecharon.

Y a veces, desapasionadamente, tenían que escardar.

Los grandes dinosaurios habían perecido tiempo ha, cuando la nave de exploración entró en el Sistema Solar tras un viaje que duraba ya mil años. Pasó rauda ante los helados planetas exteriores, hizo una breve pausa sobre los desiertos del agonizante Marte, y contempló después la Tierra.

Extendido ante ellos, los exploradores vieron un mundo bullendo de vida. Durante años estudiaron, coleccionaron, catalogaron. Cuando supieron todo cuanto pudieron, comenzaron a modificar. Intervinieron en el destino de varias especies, en tierra y en el océano. Mas no podrían saber cuando menos hasta dentro de un millón de años cuál de sus experimentos tendría éxito.

Eran pacientes, pero no inmortales. Había mucho por hacer en este universo de cien mil millones de soles, y otros mundos los llamaban. Así, pues, volvieron a penetrar en el abismo, sabiendo que nunca más volverían.

Ni había ninguna necesidad de que lo hicieran. Los servidores que habían dejado harían el resto.

En la Tierra, vinieron y se fueron los glaciares, mientras sobre ellos la inmutable Luna encerraba aún su secreto. Con un ritmo aún más lento que el hielo polar, las mareas de la civilización menguaron y crecieron a través de la Galaxia. Extraños, bellos y terribles imperios se alzaron y cayeron, transmitiendo sus conocimientos a sus sucesores. No fue olvidada la Tierra, pero otra visita serviría de poco. Era uno más de un millón de mundos silenciosos, pocos de los cuales podrían nunca hablar.

Y ahora, entre las estrellas, la civilización estaba dirigiéndose hacia nuevas metas. Los primeros exploradores de la tierra habían llegado hacía tiempo a los límites de la carne y la sangre; tan pronto como sus máquinas fueran mejores que sus cuerpos, sería el momento de moverse. Trasladaron a nuevos hogares de metal y plástico primero sus cerebros y luego sus pensamientos.

En esos hogares erraban entre las estrellas. No construían ya naves espaciales. Ellos *eran* naves espaciales.

Pero la era de los entes-máquinas pasó rápidamente. En su incesante experimentación, habían aprendido a almacenar el conocimiento en la estructura del propio espacio, y a conservar sus pensamientos para la eternidad en heladas celosías de luz. Podían convertirse en criaturas de radiación, libres al fin de la tiranía de la materia.

Por ende, se transformaban actualmente en pura energía: y en mil mundos, las vacías conchas que habían desechado se contraían en una insensata danza de la muerte, desmenuzándose luego en herrumbre.

Ahora eran señores de la Galaxia, y más allá del alcance del tiempo. Podían vagar a voluntad entre las estrellas, y sumirse como niebla sutil a través de los intersticios del espacio. Mas a pesar de sus poderes, semejantes a los de los dioses, no habían olvidado del todo su origen, en el cálido limo de un desaparecido mar.

Y seguían aún observando los experimentos que sus antepasados habían comenzado hacía ya mucho tiempo.

38. EL CENTINELA

—El aire de la nave se está viciando del todo, y la mayor parte del tiempo me duele la cabeza. Hay todavía mucha cantidad de oxígeno, pero los purificadores no limpiaron nunca realmente todo el revoltillo, después de que los líquidos de a bordo comenzaran a hervir en el vacío. Cuando las cosas van demasiado mal, bajo al garaje y extraigo algo de oxígeno puro de las cápsulas...

»No ha habido reacción alguna a cualquiera de mis señales y debido a mi inclinación orbital, me aparto lentamente cada vez más de T.M.A.-1; les diré de paso que el nombre que ustedes le han dado es doblemente inadecuado... pues aún no hay muestra alguna de un campo magnético.

»Por el momento, mi aproximación mayor es de cien kilómetros; aumentará a unos ciento sesenta cuando Japeto gire debajo de mí, y luego descenderá a cero. Pasaré directamente sobre el objeto dentro de treinta días..., pero es demasiado larga la espera, y de todos modos entonces se encontrará él en la oscuridad.

»Aun ahora, sólo es visible durante escasos minutos, antes de descender de nuevo bajo el horizonte. Es una verdadera lástima que no pueda hacer ninguna observación seria.

»Así, pues, me complacería que aprobasen ustedes el plan siguiente: las cápsulas espaciales tienen unas amplias alas en delta para poder efectuar un contacto y un regreso a la nave. Deseo, pues, utilizarlas y efectuar una próxima inspección del objeto. Si aparece seguro, aterrizaré junto a él... o hasta encima.

»La nave se hallará aún sobre mi horizonte mientras yo desciendo, de manera que podré retransmitirlo todo a ustedes. Informaré nuevamente en la siguiente órbita, por lo que mi contacto estará interrumpido durante más de noventa minutos.

»Estoy convencido de que lo expuesto es la única cosa que cabe hacer. He recorrido mil quinientos millones de kilómetros... y no desearía verme detenido por los últimos cien.

Durante semanas, en su continua observación hacia el Sol con sus extraños sentidos, la Puerta de las Estrellas había vigilado a la nave que se aproximaba. Sus creadores la habían preparado para muchas cosas, y ésta era una de ellas. Reconoció lo que estaba ascendiendo hacia ella desde el encendido corazón del Sistema Solar.

Observó, y anotó, pero no emprendió acción alguna cuando el visitante refrenó su velocidad con chorros de incandescente gas. Sintió ahora el suave toque de radiaciones, intentando escudriñar sus secretos. Y aún no hizo nada.

Ahora estaba la nave en órbita, circulando a baja altura sobre aquella extraña luna. Comenzó a hablar, con ráfagas de radioondas, contando los primeros números de 1 a 11. No tardaron éstos en dar paso a señales más complejas, en varias frecuencias... rayos ultravioleta, infrarrojos y X. La Puerta de las Estrellas no respondió nada; pues nada tenía que decir.

Hubo una prolongada pausa antes de que observara que algo estaba descendiendo hacia ella de la nave en órbita. Investigó sus memorias, y los circuitos lógicos tomaron sus decisiones, de acuerdo con las órdenes que tiempo ha les fueran dadas.

Bajo la fría luz de Saturno, en la Puerta de las Estrellas se despertaron sus adormilados poderes.

39. DENTRO DEL OJO

La *Descubrimiento* aparecía lo mismo que la viera últimamente desde el espacio, flotando en la órbita lunar con la Luna cubriendo la mitad del firmamento. Quizás había un ligero cambio; no podía estar seguro, pero algo de la pintura de su rotulado externo, que mencionaba el objeto de varias escotillas, conexiones, clavijas umbilicales y otros artilugios, se había desvanecido durante su prolongada exposición al Sol sin resguardo.

Éste era ahora un objeto que nadie hubiese reconocido. Era demasiado brillante para ser una estrella, pero se podía mirar directamente a su minúsculo disco sin molestia. No daba calor en absoluto; al tender Bowman sus manos desenguantadas a sus rayos cuando atravesaban la ventana espacial, no sentía nada sobre su piel. Igual podía haber estado calentándose a la luz de la Luna; ni siquiera el extraño paisaje de ochenta kilómetros más abajo le recordaba más vívidamente la remota lejanía en que se encontraba de la Tierra.

Y ahora estaba abandonando, quizá por última vez, el mundo de metal que había sido su hogar durante tantos meses. Aunque no volviese nunca, la nave continuaría cumpliendo con su deber, emitiendo lecturas de instrumentos a la Tierra, hasta que se produjese alguna avería fatal y catastrófica en sus circuitos.

¿Y si *volvía* él? En tal caso, podría mantenerse con vida y quizás hasta cuerdo, durante unos cuantos meses más. Pero esto era todo, pues los sistemas de hibernación eran inútiles sin ningún computador para instruirlos. No podría posiblemente sobrevivir hasta que la *Descubrimiento II* verificara su reunión con Japeto, dentro de unos cuatro o cinco años.

Desechó estos pensamientos, al alzarse frente a él el áureo creciente de Saturno. En toda la historia, él era el único hombre que había disfrutado de aquella vista. Para todos los demás ojos, Saturno había mostrado siempre su disco completo iluminado, vuelto del todo hacia el sol. Ahora era un delicado arco, con los anillos formando una tenue línea a través de él... como una flecha a punto de ser disparada a la cara del mismo Sol.

También se encontraba en la línea de los anillos la brillante estrella Titán, y los más débiles centelleos de las otras lunas. Antes de que transcurriera el siglo, los hombres las habrían visitado todas; mas él nunca sabría de los secretos que pudieran encerrar.

El agudo límite del ciego y blanco ojo estaba ahora dirigiéndose hacia él; estaba sólo a ciento cincuenta kilómetros, y estaría sobre su objetivo en menos de diez minutos. ¡Cómo deseaba que hubiese algún medio de saber si sus palabras estaban alcanzando la Tierra, que se hallaba a hora y media a la velocidad de la luz! Sería una tremenda ironía si, debido a cualquier avería en el sistema de retransmisión, desapareciera él silenciosamente, sin que nadie supiera jamás lo que le había sucedido.

La *Descubrimiento* seguía mostrándose como una brillante estrella en el negro firmamento, muy arriba. Seguía adelante mientras él ganaba velocidad durante su descenso, pero pronto los chorros de frenaje de la cápsula moderarían su velocidad y la nave seguiría hasta perderse de vista... dejándole solo en aquella reluciente llanura, con el oscuro misterio que se alzaba en su centro.

Un bloque de ébano estaba ascendiendo sobre el horizonte, eclipsando las estrellas. Hizo girar la cápsula mediante sus giróscopos, y empleó el impulso total para interrumpir su velocidad orbital. Y en largo y liso arco, descendió hacia la superficie de Japeto.

En un mundo de superior gravedad, la maniobra hubiese supuesto un excesivo despilfarro de combustible. Pero aquí, la cápsula espacial pesaba sólo diez kilos; disponía de varios minutos para permanecer en suspensión antes de gastar demasiado su reserva, quedando varado sin esperanza alguna de retorno a la *Descubrimiento,* aún en órbita. Mas ello poco importaba en realidad, a fin de cuentas...

Su altitud era todavía de unos ocho kilómetros y estaba dirigiéndose en derechura hacia la inmensa y oscura masa que se elevaba con tan geométrica perfección sobre la llanura, desprovista de rasgos característicos. Era tan desnuda como la blanca y lisa superficie de abajo; hasta ahora no había apreciado cuán enorme era realmente. Había muy pocos edificios en la Tierra tan grandes como ella; sus fotografías, minuciosamente medidas, señalaban una altura de casi seiscientos sesenta metros. Y por lo que podía juzgarse, sus proporciones eran precisamente las mismas de T.M.A.-1... aquella curiosa relación de 1 a 9.

—Estoy a sólo cinco kilómetros, ahora, manteniendo la altitud a mil trescientos metros. No aparece aún ningún signo de actividad... nada en ninguno de los instrumentos. Las caras parecen absolutamente suaves y pulidas. ¡De seguro que cabría esperar *algún* impacto de meteorito al cabo de tanto tiempo!

»Y no hay resto alguno de... lo que supongo se podría llamar el techo. Tampoco ninguna señal de cualquier abertura. Esperaba que pudiera haber alguna manera de...

»Ahora estoy directamente sobre ella, cerniéndome a ciento sesenta metros. No quiero desperdiciar nada de tiempo, pues la *Descubrimiento* estará pronto fuera de mi alcance. Voy a aterrizar. Seguramente el suelo es bastante sólido... si no lo es, me haré trizas al instante.

»Esperen un minuto... esto es raro...

La voz de Bowman se apagó en un silencio de máximo aturdimiento. No es que se hubiese alarmado, sino que no podía literalmente describir lo que estaba viendo.

Había estado suspendido sobre un gran rectángulo liso, de unos doscientos cincuenta metros de largo por sesenta y cinco de ancho, hecho de algo que parecía tan sólido como la roca. Mas ahora, aquello parecía retroceder ante él; era exactamente como una de esas ilusiones ópticas, cuando un objeto tridimensional puede, por un esfuerzo de la voluntad parecer volverse de dentro afuera..., intercambiándose de súbito sus partes, próxima y distante.

Eso es lo que estaba ocurriendo a aquella inmensa y aparentemente sólida estructura. De manera imposible, increíble, ya no era un monolito elevándose sobre una lisa llanura. Lo que había parecido ser su techo *se había hundido a profundidades infinitas*; por un fugaz momento, le pareció como si estuviese mirando a su fuste vertical... un canal rectangular que desafiaba las leyes de la perspectiva, pues su tamaño no disminuía con la distancia.

El ojo de Japeto había guiñado, como si quisiera quitarse una mota de polvo. David Bowman tuvo el tiempo justo para una frase cortada, que los hombres que esperaban en el Control de la Misión, a mil quinientos millones de kilómetros de allí, no habrían de olvidar jamás en el futuro:

—¡El objeto es hueco... y sigue y sigue... y... oh, Dios mío... *está lleno de estrellas*!

40. SALIDA

La Puerta de las Estrellas se abrió. La Puerta de las Estrellas se cerró.

En un lapso de tiempo demasiado breve para poder ser medido, el Espacio giró y se torció sobre sí mismo.

Luego Japeto quedóse solo una vez más, como lo había estado durante tres millones de años... solo excepto por una nave abandonada pero aún no desamparada, que seguía enviando a sus constructores mensajes que no podían creer ni comprender.

VI

A TRAVÉS DE LA PUERTA DE LAS ESTRELLAS

41. GRAN CENTRAL

No había sensación alguna de movimiento, pero estaba cayendo hacia aquellas imposibles estrellas que titilaban en el oscuro corazón de una luna. No... estaba seguro de que allí no era donde realmente estaban. Deseaba, ahora que era ya demasiado tarde, haber prestado más atención a aquellas teorías del hiperespacio, de conductos tridimensionales. Para David Bowman no eran ya teorías.

Quizás estuviera hueco aquel monolito de Japeto; acaso el «techo» era tan sólo una ilusión, o una especie de diafragma que se había abierto para dejarle paso (¿Pero, *a qué*?). Tanto como podía fiar en sus sentidos, le parecía estar cayendo verticalmente por un inmenso pozo rectangular, de más de mil metros de profundidad. Estaba moviéndose cada vez más rápidamente... pero el distante final no cambiaba nunca de tamaño, y permanecía siempre a la misma distancia de él.

Sólo las estrellas se movían, al principio tan lentamente que pasó algún tiempo antes de que se percatase de que se escapaban fuera del marco que las contenía. Pero en un instante, fue evidente que el campo de estrellas estaba expandiéndose, como si se precipitara hacia él a velocidad inconcebible. Era una expansión no-lineal; las estrellas del centro apenas parecían moverse, mientras que las de la esquina aceleraban cada vez más, hasta convertirse en regueros luminosos poco antes de desaparecer de la vista.

Había siempre otras que las remplazaban, fluyendo en el centro del campo de una fuente al parecer inextinguible. Bowman se preguntó qué sucedería si una estrella viniese en derechura hacia él: ¿continuaría expandiéndose mientras se zambullía él directamente en la cara de un sol? Mas ninguna llegó lo bastante cerca como para mostrar su disco; todas terminaban por virar a un lado, y dejaban su reguero sobre el borde de su marco rectangular.

Y aún seguía sin aproximarse al final del pozo. Era como si las paredes se estuviesen moviendo con él, transportándolo a su desconocido destino. O quizás estaba él realmente sin movimiento, y era el espacio el que se movía ante él...

No era sólo el espacio, se percató de súbito, lo que participaba en lo que le estaba sucediendo. También el reloj del pequeño panel instrumental de la cápsula se estaba comportando de una manera muy extraña.

Normalmente, los números de la casilla de las décimas de segundo cambiaban con tanta rapidez, que resultaba casi imposible leerlos; ahora estaban apareciendo y desapareciendo a discretos intervalos, y podía contarlos uno por uno sin dificultad. Los mismos segundos pasaban con increíble lentitud, como si el propio tiempo se hubiese retardado y fuera a detenerse. Finalmente, el contador de las décimas de segundo se detuvo entre 5 y 6.

Sin embargo, él podía aún pensar, y hasta observar, cómo las paredes de ébano se deslizaban a una velocidad que podía haber sido entre cero y un millón de veces la de la luz. Como fuera, no se sintió sorprendido ni alarmado en lo más mínimo. Por el contrario, experimentó una sensación de tranquila expectativa, tal como la conociera cuando los médicos del espacio lo probaron con drogas alucinógenas. El mundo que le rodeaba era extraño y maravilloso, mas no había en él nada que temer. Había viajado aquellos millones de kilómetros en busca de misterio; y ahora, al parecer, el misterio estaba yendo a él.

El rectángulo de enfrente se estaba haciendo más luminoso, y los regueros de las estrellas palidecían contra un firmamento lechoso, cuya brillantez aumentaba a cada momento. Parecía como si la cápsula espacial se dirigiera a un banco de nubes, uniformemente iluminado por los rayos de un sol invisible.

Estaba emergiendo del túnel. El distante extremo, que hasta entonces había permanecido a aquella misma distancia indeterminada, ni aproximándose ni alejándose, había comenzado de súbito a obedecer a las leyes normales de la perspectiva. Estaba haciéndose más próximo, y ensanchándose constantemente ante él. Al mismo tiempo, sintió que estaba moviéndose hacia arriba, y por un fugaz instante se preguntó si no habría caído a través de Japeto y estaría ahora ascendiendo del otro lado. Mas aún antes de que la cápsula espacial se remontara al claro, supo que aquel lugar no tenía nada que ver con Japeto, o con cualquier mundo al alcance de la experiencia del hombre.

No había allí atmósfera, pues podía ver todos los detalles sin el menor empañamiento, nítidos hasta un horizonte increíblemente remoto y liso. Debía de hallarse sobre un mundo de enorme tamaño... quizá mucho más grande que la Tierra. Sin embargo, a pesar de su extensión, toda la superficie que podía ver Bowman estaba teselada en formas evidentemente artificiales que debían de tener kilómetros de lado. Era como el rompecabezas de un gigante que jugara con planetas; y en los centros de muchos de aquellos cuadrados, triángulos y polígonos, había las bocas de pozos negros... gemelos de la sima de la que acababa de emerger.

Sin embargo, el firmamento de arriba era aún más extraño —y a su modo de ver, más inquietante— que la improbable tierra que había bajo él. Pues no tenía ninguna estrella, ni tampoco la negrura del espacio. Presentaba sólo una lechosidad de suave resplandor, que producía la impresión de infinita distancia. Bowman recordó una descripción que oyera de la tremenda lividez del Antártico: «Es como estar dentro de una pelota de ping-pong.» Aquellas palabras podían ser perfectamente aplicadas a aquel fantasmal paraje, pero la explicación debía de ser del todo diferente. Aquel firmamento no podía ser el efecto meteorológico de la niebla y la nieve; aquí había un perfecto vacío.

Luego, al irse acostumbrando los ojos de Bowman al nacarado resplandor que llenaba los cielos, se dio cuenta de otro detalle. El firmamento no se hallaba, como lo creyera a la primera ojeada, completamente vacío. Sobre su cabeza, inmóviles y formando dibujos al parecer casuales, había miríadas de minúsculas motitas negras.

Resultaba difícil verlas, pues eran simples puntos de oscuridad, pero una vez detectadas eran inconfundibles. A Bowman le recordaron algo... algo tan familiar, aunque tan insensato, que rehusó aceptar el paralelismo, hasta que la lógica le obligó a ello.

Aquellos negros boquetitos en el blanco firmamento eran estrellas; podía haber estado contemplando un negativo de la Vía Láctea.

¿Dónde estoy, en nombre de Dios?, se preguntó Bowman; y hasta al hacerse la pregunta, tuvo la seguridad de que jamás podría conocer la respuesta. Parecía como si el Espacio se hubiese vuelto de dentro afuera: aquél no era un lugar para el hombre. Aunque en el interior de la cápsula hacía un calor confortable, sintió frío de súbito, y fue atacado por un temblor casi indomeñable. Deseó cerrar los ojos y descartar la perlada nada que le rodeaba; pero eso sería el acto de un cobarde, y no quería ceder a él.

El horadado y facetado planeta rodaba lentamente bajo él, sin cambio real alguno de escenario. Calculó que estaría a unos quince kilómetros sobre su superficie, y hubiese podido ver fácilmente cualesquiera signos de vida. Pero aquel mundo estaba enteramente desierto; la inteligencia había llegado allí, marcado en él la impronta de su voluntad, y se había ido de nuevo.

Luego divisó, formando una giba en la lisa llanura a unos treinta kilómetros, una pila toscamente cilíndrica de restos que sólo podían ser el esqueleto de una gigantesca nave. Estaba demasiado distante de él para distinguir detalles, y desaparecieron de la vista en unos segundos, pero pudo percibir nervaduras rotas y láminas de metal opacamente relucientes, que habían sido parcialmente peladas como la piel de una naranja. Se preguntó cuántos miles de años debió de yacer aquel pecio en aquel desierto tablero de ajedrez... y qué especie de seres lo habrían tripulado, navegando entre las estrellas.

Olvidó luego al pecio, pues algo estaba alzándose sobre el horizonte.

Al principio pareció como un disco plano, pero ello era debido a que estaba dirigiéndose casi directamente hacia él. Al aproximarse y pasar por debajo, vio que tenía forma ahusada, y varias decenas de metros de longitud. Aunque a lo largo de ésta eran débilmente visibles unas bandas, aquí y allá, resultaba difícil enfocarlas, pues el objeto parecía estar vibrando, o quizá girando, a muy rápida velocidad.

Una afilada punta remataba ambos extremos del objeto, no percibiéndose ningún signo de propulsión. Sólo una cosa de él era familiar a los ojos humanos: su color. Si en verdad era un artefacto sólido, y no un espejismo, entonces sus constructores compartían quizás algunas de las emociones de los hombres. Mas ciertamente no compartían sus limitaciones, pues el huso parecía estar hecho de oro.

Bowman miró por el sistema retrovisor, para ver cómo se hundía por detrás el objeto, que había hecho caso omiso de su presencia; y ahora vio que estaba descendiendo hacia una de aquellos miles de grandes hendiduras y, segundos después, desapareció en un fogonazo final áureo al zambullirse en el planeta. Y él volvía a estar solo, bajo aquel siniestro firmamento, y la sensación de aislamiento y remoto alejamiento fue más abrumadora que nunca. Luego vio que también él estaba hundiéndose hacia la abigarrada superficie del gigantesco mundo, y que otro de los abismos rectangulares se abría como una boca, inmediatamente bajo él. El vacío firmamente se cerró sobre su cabeza, el reloj se inmovilizó, y una vez más su cápsula fue cayendo entre infinitas paredes de ébano, hacia otro distante retazo de estrellas. Mas ahora estaba seguro de no estar volviendo al Sistema Solar, y en un ramalazo de atisbo que podía haber sido completamente falso, supo lo que seguramente debía de ser aquel objeto.

Era una especie de aparato conmutador cósmico, que hacía pasar el tránsito de las estrellas a través de inimaginables dimensiones de espacio y tiempo. Él estaba pasando, pues, a través de la Gran Estación Central de la Galaxia.

42. EL FIRMAMENTO EXTRATERRESTRE

Muy lejos, al frente, las paredes de la hendidura se estaban haciendo confusamente visibles de nuevo, a la débil luz que se difundía hacia abajo, procedente de alguna fuente oculta aún. Y luego la oscuridad rasgóse bruscamente, al lanzarse la cápsula espacial hacia arriba, en dirección a un firmamento constelado de estrellas.

Se encontraba, pues, de nuevo en el espacio, pero una simple ojeada le dijo que estaba a siglos-luz de la Tierra. Ni siquiera intentó encontrar ninguna de las familiares constelaciones que desde el comienzo de la Historia habían sido las amigas del hombre, quizá ninguna de las estrellas que destellaban en derredor suyo habían sido contempladas jamás por el ojo humano a simple vista.

La mayoría de ellas estaban concentradas en un resplandeciente cinturón, cortado acá y allá por oscuras franjas de oscurecedor polvo cósmico, que daba la vuelta completamente al firmamento. Era como la Vía Láctea, pero docenas de veces más brillante; Bowman se preguntó si sería su propia Galaxia, vista desde un punto más próximo a su rutilante y atestado centro.

Esperaba que lo fuera; en tal caso, no se hallaría tan lejos de casa. Pero al punto se dio cuenta de que éste era un pueril pensamiento. Se encontraba tan inconcebiblemente lejos del Sistema Solar, que suponía poca diferencia el que se hallase en su propia galaxia, o en la más distante que cualquier telescopio hubiera vislumbrado.

Miró hacia atrás, para ver la cosa de la que estaba elevándose, y experimentó otra conmoción. No había allí un mundo gigante de múltiples facetas, ni cualquier duplicado de Japeto. No había *nada*... excepto una sombra, negra como la tinta sobre las estrellas, como una puerta que se abriese de una estancia oscurecida a una noche más oscura aún. Mientras la contemplaba, la puerta se cerró. No se retiró ante él, sino que se llenó lentamente con estrellas, como si hubiese sido reparada una grieta en la fábrica del espacio. Luego quedó solo bajo el cielo extraterrestre.

La cápsula espacial estaba girando lentamente, y, al hacerlo, presentaba a su vista nuevas maravillas. Fue primero un enjambre estelar perfectamente esférico, cuyas estrellas se apiñaban más y más hacia el centro, hasta convertir su corazón en un continuo fulgor. Sus bordes exteriores están mal definidos... un halo de soles que se atenuaba lentamente, emergiendo imperceptiblemente sobre el fondo de estrellas más distantes.

Aquella magnífica aparición, Bowman lo sabía, era un cúmulo globular. Estaba contemplando algo que ningún ojo humano había visto jamás sino como un borrón luminoso en el campo de un telescopio. No podía recordar la distancia del más cercano cúmulo conocido, pero estaba seguro de que no había ninguno en un radio de mil años-luz del Sistema Solar.

La cápsula continuaba su lenta rotación, para revelar una vista más rara... un inmenso sol rojo, varias veces mayor que la Luna vista desde la Tierra. Bowman pudo mirar a su cara sin molestia; a juzgar por su color, no era más caliente que un carbón incandescente. Acá y allá, encajados en el sombrío rojo, había ríos de brillante amarillo... incandescentes Amazonas, serpeando por meandros de miles de kilómetros antes de perderse en los desiertos de aquel agonizante sol.

¿Agonizante? No..., ésa era una impresión totalmente falsa, nacida de la experiencia humana y de las emociones despertadas por las tonalidades de las pinceladas de la puesta del sol, o el resplandor de los evanescentes rescoldos. Era una estrella que había dejado tras de sí las ardientes extravagancias de su juventud, había recorrido los violetas y azules y verdes del espectro en unos cuantos fugaces miles de millones de años, y se había instalado ahora en una pacífica madurez de inimaginable duración. Todo cuanto había sucedido antes no era ni una milésima de lo que estaba por venir; la historia de esta estrella apenas había comenzado.

La cápsula había cesado de girar; el gran sol rojo se hallaba directamente enfrente de ella. Aunque no había sensación alguna de movimiento, Bowman sabía que estaba aún bajo el poder de una fuerza que lo había llevado allí desde Saturno. Toda la habilidad y pericia científica e ingenieril de la Tierra parecía ahora desoladoramente primitiva ante los poderes que le estaban llevando a un inimaginable sino.

Miró con fijeza al firmamento de enfrente, intentando descubrir la meta a la que estaba siendo llevado... quizás algún planeta en órbita alrededor de aquel gran sol. Mas no había nada allí que mostrase cualquier disco visible o una excepcional brillantez; si había planetas en órbita, no podía distinguirlos sobre el fondo estelar.

Diose cuenta de pronto de que algo raro estaba sucediendo en el mismo borde del disco solar carmesí. Había aparecido allí un blanco fulgor, cuyo brillo aumentaba rápidamente; se preguntó si estaba viendo alguna de aquellas súbitas erupciones, o fogonazos, que perturban la mayoría de las estrellas de vez en cuando.

La luz se hizo más brillante y azul, comenzando a esparcirse a lo largo del borde del sol, cuyas tonalidades rojo sangre palidecieron rápidamente, en contraste. Era casi, se dijo Bowman, sonriendo ante lo absurdo del pensamiento, como si estuviese contemplando el alzarse del sol... *en un sol.*

Y así era, en verdad. Sobre el inflamado horizonte se alzaba algo no más grande que una estrella, pero tan brillante que el ojo no podía soportarlo. Un simple punto de radiación blanquiazul, como la de un arco voltaico, estaba moviéndose a increíble velocidad a través de la cara del gran sol. Debía de hallarse muy próximo a su gigantesco compañero, pues inmediatamente debajo de él, arrastrado hacia arriba por su tirón gravitatorio, se alzaba una columna ígnea de miles de kilómetros de altura. Era como si la ola de una marea de fuego discurriese constante a lo largo del ecuador de aquella estrella, en vana persecución de la extraña aparición que cruzaba a gran velocidad por su firmamento.

Aquella cabeza de alfiler de incandescencia debía de ser una Enana Blanca... una de aquellas extrañas y fogosas estrellitas no mayores que la Tierra, pero que tenían un millón de veces su masa. No eran raras tan mal apareadas parejas estelares, pero Bowman no soñó siquiera jamás que un buen día estaría contemplando un par de ellas con sus propios ojos.

La Enana Blanca había cruzado casi la mitad del disco de su compañera —debía de necesitar sólo minutos para describir una órbita completa—, cuando Bowman estuvo por fin seguro de que también él estaba moviéndose. Frente a él, una de las estrellas estaba tornándose más brillante con rapidez, y comenzaba a derivar contra su fondo. Debía de ser algún cuerpo pequeño y redondo..., quizás el mundo hacia el cual estaba viajando él ahora.

Llegó a él con insospechada velocidad; y vio que no era ningún mundo en absoluto.

Una telaraña o celosía de metal de resplandor opaco, de cientos de kilómetros de extensión, surgía de la nada hasta llenar el firmamento. Desperdigadas a través de su superficie, vasta como un continente, había estructuras que debían de ser tan grandes como ciudades, pero que tenían el aspecto de máquinas. En torno a muchas de ellas había reunidas docenas de objetos más pequeños, alineados en pulcras hileras y columnas. Bowman pasó ante varios de tales grupos antes de darse cuenta de que eran flotas de astronaves; estaba volando sobre un gigantesco aparcamiento orbital.

Debido a que no había objetos familiares por los cuales pudiera estimar la escala de aquella escena rutilante, le resultaba casi imposible calcular el tamaño de las naves suspendidas allá en el espacio. Pero desde luego, eran enormes, debiendo de tener algunas de ellas varios kilómetros de longitud. Eran de diversas formas... esferas, cristales con facetas, afilados lápices, ovoides, discos. Aquél debía ser uno de los puntos de reunión para el comercio interestelar.

O lo *había* sido... quizás hacía un millón de años. Pues Bowman no pudo apreciar en ninguna parte señal alguna de actividad; aquel extensísimo aeropuerto espacial estaba tan muerto como la Luna.

Lo sabía no sólo por la ausencia de todo movimiento, sino por signos inconfundibles como eran los grandes boquetes abiertos en la metálica tela de araña, semejantes a aguijonazos de asteroides que la hubieran traspasado hacía siglos. Aquél no era ya un lugar de aparcamiento, sino un cementerio de chatarra cósmica.

Sus constructores habían muerto hacía siglos, y al percatarse de ello, Bowman sintió que se le encogía el corazón. Aunque no había sabido qué era lo que había que esperar, cuando menos sí había creído poder hallar alguna inteligencia en las estrellas. Mas al parecer, había llegado demasiado tarde. Había caído en una trampa antigua y automática, colocada con algún propósito desconocido, y que seguía funcionando mucho después de que sus constructores desaparecieran. Ella le había hecho atravesar la Galaxia y lo había echado —¿con cuántos otros?— a aquel celeste mar de los Sargazos, condenándole a morir muy pronto, cuando se le agotara el aire.

Bien, era irrazonable esperar más. Había visto ya maravillas por cuya contemplación habrían sacrificado sus vidas muchos hombres. Pensó en sus compañeros muertos; *él* no tenía motivo alguno de queja.

Luego vio que el abandonado aeropuerto espacial estaba deslizándose aún ante él a velocidad no disminuida. Pasaron entonces los suburbios, y luego su mellado borde, que no eclipsaba ya parcialmente a las estrellas. Y en pocos minutos, todo quedó atrás.

Su destino no estaba allí... sino más adelante, en el inmenso sol carmesí hacia el cual estaba cayendo ahora, inconfundiblemente, la cápsula espacial.

43. INFIERNO

Ahora sólo existía el rojo sol, llenando el firmamento del uno al otro confín. Estaba tan próximo, que su superficie no se hallaba ya helada en la inmovilidad por la pura escala. Nódulos luminosos se movían de un lado a otro, ciclones de gas ascendían y descendían, y protuberancias volaban lentamente hacia los cielos. ¿Lentamente? Debían de estar elevándose a un millón de kilómetros por hora, para que su movimiento fuese visible a sus ojos...

Ni siquiera intentó tomar la escala del infierno hacia el cual estaba descendiendo. Las inmensidades de Saturno y Júpiter le habían destrozado, durante el vuelo de la *Descubrimiento* por aquel sistema solar aún desconocido a millones de kilómetros de distancia. Pero todo cuanto aquí veía era cien veces más grande, y no podía sino aceptar las imágenes que estaban inundando su mente, sin intentar interpretarlas.

Con aquel mar de fuego expandiéndose debajo de él, Bowman debiera de haber tenido miedo... pero, harto singularmente, sólo sentía una ligera aprensión. No era que su mente estuviera pasmada ante aquellas maravillas; la lógica le decía que seguramente debía de hallarse bajo la protección de alguna inteligencia controladora y casi omnipotente. Estaba ahora tan próximo al rojo sol, que hubiese ardido en un instante, de no hallarse protegido de su radiación por alguna pantalla invisible. Y durante su viaje, había estado sometido a aceleraciones que le debieran haber triturado instantáneamente... y, sin embargo, no había sentido nada. Si se habían tomado tanto cuidado en preservarle, había aún margen para la esperanza.

La cápsula espacial estaba moviéndose ahora a lo largo de un somero arco casi paralelo a la superficie de la estrella, pero descendiendo lentamente hacia ella. Y ahora, por primera vez, Bowman percibió sonidos. Era como un débil y constante bramido, interrumpido de cuando en cuando por crujidos como el del papel al rasgarse o chasquidos de relampagueo lejano. Ello podía ser tan sólo débiles ecos de una inimaginable cacofonía; la atmósfera que le rodeaba debía de estar rasgada por impactos que podían reducir a átomos a cualquier objeto material. Sin embargo, él estaba protegido de aquel restallante y quebrantador tumulto, tan eficazmente como del calor. Aunque montañas ígneas de miles de kilómetros de altura se alzaban y se derrumbaban en su derredor, estaba completamente aislado de toda esa violencia. Las energías de la estrella pasaban delirantes ante él, como si estuvieran en otro universo; la cápsula se movía sosegadamente, atravesándolas sin verse zarandeada ni achicharrada.

Los ojos de Bowman, ya no desesperadamente confusos por la grandeza y la maravillosa extrañeza de la escena, comenzaron a captar detalles que debían de haber estado allí antes, pero que sin embargo no había percibido. La superficie de aquella estrella no era un informe caos; había forma allí como en todo lo que crea la Naturaleza.

Reparó primero en los pequeños remolinos de gas —probablemente no mayores que Asia o Africa— que vagaban sobre la superficie de la estrella. A veces podía mirar directamente al interior de uno de ellos, viendo regiones más oscuras y frías. Cosa bastante curiosa, parecía no haber manchas; éstas quizás eran una dolencia peculiar a la estrella que alumbraba la Tierra.

Y había nubes ocasionales, como penachos de humo barridos por un vendaval. Quizá fueran humo realmente, pues aquel sol era tan frío que podía existir en él un fuego auténtico. Podían quemarse componentes químicos y tener una vida de breves segundos, antes de que fueran barridos por la rabiosa violencia nuclear que los rodeaba.

El horizonte se estaba abrillantando, trocando su color rojo sombrío en un amarillo, luego en un azul y después en un intenso y clareante violeta. La Enana Blanca estaba alzándose sobre el horizonte, arrastrando consigo su marea estelar.

Bowman se protegió los ojos con las manos ante el intolerable fulgor del pequeño sol, y enfocó el revuelto paisaje estelar, cuyo campo gravitatorio aspiraba hacia el firmamento. En una ocasión había visto una tromba atravesando el Caribe; esta llameante torre tenía casi la misma forma. Sólo la escala era *ligeramente* diferente, pues en su base, la columna era probablemente más vasta que el planeta Tierra.

Y luego, inmediatamente bajo él, Bowman reparó en algo que era seguramente nuevo, puesto que difícilmente pudo haberlo omitido antes, de haber estado allí. Moviéndose a través del océano de gas incandescente, había miríadas de brillantes burbujas que relucían con perlada luz, apareciendo y desapareciendo en un período de breves segundos. Y todas ellas se movían también en la misma dirección, como salmones corriente arriba; a veces oscilaban atrás y adelante de forma que se entrelazaban sus trayectorias, pero no se tocaban en ningún momento.

Había miles de ellas, y cuanto más las contemplaba Bowman, más se convencía de que su movimiento tenía un propósito. Estaban demasiado lejos de él como para descubrir detalles de su estructura; mas el que pudiera simplemente verlas en aquel colosal panorama, suponía que debían de tener un diámetro de docenas —y quizá de centenares— de kilómetros. Si eran seres organizados, ciertamente eran leviatanes, construidos a la escala del mundo que habitaban.

Quizá fueran sólo nubes de plasma, poseyendo estabilidad temporal por alguna singular combinación de fuerzas naturales, como las efímeras esferas o bolas de fuego que aún desconciertan a los científicos terrestres. Ésta era una fácil, y quizá consoladora, explicación; pero al mirar Bowman abajo, hacia aquel vasto torrente estelar, no pudo realmente creerlo. Aquellos relucientes nódulos de luz *sabían* adónde se dirigían; estaban convergiendo deliberadamente hacia el pilar de fuego elevado por la Enana Blanca al orbitar cerca del astro central.

Bowman clavó la mirada nuevamente en aquella columna ascendente, que se movía ahora a lo largo del horizonte, bajo la minúscula y maciza estrella que la gobernaba. ¿Podía ser pura imaginación... o había allí retazos de luminosidad más brillante trepando por aquel enorme géiser de gas, como si miríadas de centelleantes chispas se hubiesen combinado en continentes enteros de fosforescencia?

La idea sobrepasaba casi la fantasía, pero quizás estaba contemplando nada menos que una migración de estrella a estrella, a través de un puente de fuego. Si se trataba de un movimiento de irracionales bestias cósmicas conducidas a través del espacio por algún perentorio apremio, o un vasto concurso de entes dotados de inteligencia, eso no lo sabría probablemente jamás.

Estaba moviéndose a través de un nuevo orden de creación, con el cual pocos hombres soñaron siquiera. Más allá de los reinos del mar y la tierra y el aire y el espacio, se hallaba el reino del fuego, del cual él solo había tenido el privilegio de tener un vislumbre. Era demasiado esperar que también lo comprendiese.

44. RECEPCIÓN

La columna de fuego estaba moviéndose sobre el borde del sol, como una tormenta que pasara más allá del horizonte, las escurridizas guedejas de luz no se movían ya a través del paisaje estelar de rojizo resplandor, a miles de kilómetros más abajo. En el interior de su cápsula espacial, protegido de un medio que podría aniquilarle en una milésima de segundo, David Bowman esperó cualquier cosa que hubiese sido preparada.

La Enana Blanca estaba sumiéndose con rapidez a medida que discurría a lo largo de su órbita; ahora tocó el horizonte, lo incendió y desapareció. Un falso crepúsculo se tendió sobre el infierno de abajo, y en el súbito cambio de iluminación, Bowman se dio cuenta de que algo estaba aconteciendo en el espacio que le rodeaba.

El mundo del rojo sol pareció rielar, como si lo estuviera mirando a través de agua corriente. Durante un momento se preguntó si sería algún efecto de refracción, causado quizá por el paso de alguna insólita y violenta onda de choque a través de la torturada atmósfera en la que estaba inmerso.

Iba atenuándose la luz, pareciendo como si fuese a surgir un segundo crepúsculo. Involuntariamente, Bowman miró hacia arriba, pero inmediatamente recordó que allí la principal fuente de luz no era el firmamento, sino el resplandeciente mundo de abajo.

Parecía como si paredes de algún material como cristal ahumado estuvieran espesándose en torno suyo, interceptando el rojo fulgor y oscureciendo la vista. Todo se hizo más y más oscuro; el débil bramido de los huracanes estelares se desvaneció también. La cápsula espacial estaba flotando en el silencio, y en la noche. Un momento después, se produjo el más suave de los topetazos al posarse sobre alguna superficie dura.

¿Para descansar en *qué*?, se preguntó incrédulamente Bowman. Hízose de nuevo la luz; y la incredulidad dio paso a una descorazonadora desesperación, pues al ver lo que le rodeaba supo que debía de estar loco.

Estaba preparado, pensaba, para cualquier portento. La única cosa que nunca hubiera esperado era el máximo y cabal lugar común.

La cápsula espacial estaba descansando sobre el pulido piso de una elegante y anónima *suite* de hotel, que bien podría haberse hallado en cualquier gran ciudad de la Tierra. Y él miraba fijamente a una sala de estar con una mesa de café, un diván, una docena de sillas, un escritorio, varias lámparas, una librería semillena y con algunas revistas, y hasta un jarrón con flores. El *Puente de Arlés* de Van Gogh colgaba en una pared..., *El mundo de Cristina* de Weyth en otro. Estaba seguro de que cuando abriese el cajón central del escritorio hallaría una Biblia en su interior...

Si realmente estaba loco, sus embelecos estaban maravillosamente organizados. Todo era perfectamente real; nada desapareció cuando volvió la espalda. El único elemento incongruente en la escena —y ciertamente el mayor— era la propia cápsula espacial.

Durante prolongados minutos, Bowman no se movió de su asiento. Había esperado a medias que la visión que le rodeaba desapareciera, mas permaneció tan sólida como cualquier otra cosa que hubiera visto en su vida.

Era real, o... bien una quimera de los sentidos, pero tan bien ideada, que no había medio alguno de distinguirla de la realidad. Quizá se trataba de alguna especie de prueba; de ser así, no sólo su destino, sino el de la raza humana podría depender de sus acciones en los próximos minutos.

Podía quedarse sentado y esperar que sucediera algo, o bien podía abrir la cápsula y salir para enfrentarse a la realidad de la escena que le rodeaba. El piso parecía ser sólido; al menos, soportaba el peso de la cápsula espacial. No era probable que se hundiese en él... fuese lo que realmente fuese.

Pero quedaba todavía la cuestión del aire; por todo lo que podía decir, aquella estancia podía estar en el vacío, o bien contener una atmósfera ponzoñosa. Lo consideró muy improbable —nadie se tomaría toda aquella molestia sin ocuparse de detalle tan esencial— pero no se proponía, por su parte, correr riesgos innecesarios. En todo caso, sus años de entrenamiento le hicieron cauteloso a la contaminación; sentía repugnancia a exponerse a un ambiente desconocido, hasta que vio que no quedaba otra alternativa. Aquel lugar tenía el aspecto de la habitación de cualquier hotel de los Estados Unidos. Ello no cambiaba el hecho de que en realidad debía de hallarse a cientos de años-luz del Sistema Solar.

Cerró el casco de su traje, se embutió en éste, y pulsó el botón de la escotilla de la cápsula espacial. Hubo un ligero silbido al igualar las presiones, y acto seguido salió a la estancia.

Por lo que podía decir, se encontraba en un campo gravitatorio perfectamente normal. Levantó un brazo, y lo dejó caer luego libremente. En menos de un segundo quedó pendiente a su costado.

Esto lo hacía parecer todo doblemente irreal. Allí estaba él, llevando un traje espacial, en pie —cuando debía de estar flotando— al exterior de un vehículo que únicamente podía funcionar como era debido en ausencia de gravedad. Todos sus normales reflejos de astronauta estaban subvertidos; tenía que pensar antes de hacer cada movimiento.

Como un hombre en trance. caminó lentamente

desde la desnuda y desamueblada parte de la habitación hacia la *suite*. La cual no desapareció —como casi lo había esperado— al aproximarse él, sino que permaneció perfectamente real... y al parecer perfectamente sólida.

Se detuvo al lado de la mesa de café. En ella había un convencional Imagen-fono Sistema Bell, junto con la guía local. Se inclinó y tomó ésta con sus torpes manos enguantadas.

Portaba el nombre WASHINGTON D.C. en la familiar tipografía que había visto miles de veces.

Miró luego más atentamente y por primera vez tuvo la prueba objetivo de que, aun cuando todo aquello pudiera ser real, no estaba en la Tierra.

Sólo pudo leer la palabra WASHINGTON; el resto de la impresión era borrosa, como si hubiese sido copiada de la fotografía de un periódico. Abrió la guía al azar y ojeó las páginas. Eran todas de terso material blanco que no era precisamente papel, aunque se le parecía mucho... y no estaban impresas.

Alzó el receptor del teléfono y lo apretó contra el plástico de su casco. De haber habido un sonido de marcaje, lo podría haber oído a través del material conductor. Pero, tal como lo había esperado, allí sólo había silencio.

Así pues... todo ello era un fraude, aunque fantásticamente realizado. Y, claramente, no estaba destinada a engañar sino más bien —lo esperaba— a tranquilizar. Éste era un pensamiento muy consolador; sin embargo, no se quitaría el traje hasta haber completado su recorrido de exploración.

Todo el mobiliario parecía bueno y bastante sólido; probó las sillas, que soportaron su peso. Pero los cajones del escritorio no se abrieron; eran ficticios.

Así lo eran también libros y revistas; al igual que la guía telefónica, sólo eran legibles los títulos. Formaban una rara selección... la mayoría *best-sellers* más bien inútiles, unas cuantas obras sensacionalistas y algunas autobiografías muy vendidas. No había nada que tuviese menos de tres años de antigüedad, y poco de cualquier contenido intelectual. No es que ello importase, pero los libros no podían siquiera sacarse de los estantes.

Había dos puertas que se abrían con bastante facilidad. La primera le dio paso a un dormitorio pequeño pero acogedor, compuesto por una cama, escritorio, dos sillas, interruptores de la luz que funcionaban realmente, y un ropero. Abrió éste, y se halló contemplando cuatro trajes, una bata, una docena de camisas blancas y varios juegos de ropa interior, todo ello bien dispuesto en colgadores y compartimientos.

Tomó uno de los trajes y lo examinó cuidadosamente. Por lo que podía juzgar con sus manos enguantadas, estaba confeccionado con un material que era más bien piel que lana. También estaba un poco pasado de moda; en la Tierra, nadie llevaba trajes de pechera simple por lo menos desde hacía cuatro años.

Anexo al dormitorio se hallaba un cuarto de baño completo, con todos sus dispositivos, los cuales vio con alivio que no eran ficticios, sino que funcionaban perfectamente. Y después había una cocinita, con hornillo eléctrico, frigorífico, alacenas, cubiertos, fregadero, mesa y sillas. Bowman comenzó a explorarla no sólo con curiosidad, sino con creciente hambre.

Abrió primero el frigorífico, y brotó de él una oleada de fría niebla. Sus estantes estaban bien provistos con paquetes y latas de conservas, todo ello de aspecto perfectamente familiar a la distancia, aunque de cerca sus etiquetas estaban borrosas e ilegibles. Sin embargo, había una notable ausencia de huevos, leche, mantequilla, carne, frutas o cualquier otro alimento natural; el frigorífico había sido surtido con artículos sometidos ya a un proceso y empaquetados o enlatados.

Bowman tomó una caja de cartón de un familiar cereal para el desayuno, pensando al hacerlo que era bien raro que se le mantuviera helado. Pero en el momento en que alzó el paquete, conoció que a buen seguro no contenía copos de avena; era demasiado pesado.

Lo abrió y examinó el contenido, que era una sustancia azul ligeramente húmeda de aproximadamente el peso y contextura de un budín. Aparte de su raro color, tenía un aspecto muy apetitoso.

«Pero esto es ridículo —se dijo Bowman—. Estoy casi seguro de que me vigilan, y debo de parecer un idiota llevando este traje. Si es ésta alguna prueba de inteligencia, probablemente he fracasado ya.» Y sin más vacilación, se fue al dormitorio y comenzó a soltar el sujetador de su casco. Una vez suelto, alzó el casco una fracción de centímetro y olisqueó cautelosamente. Tanto como podía decirlo, estaba respirando aire perfectamente normal.

Se quitó del todo el casco, lo arrojó sobre el lecho, y comenzó agradecidamente —y más bien premiosamente— a quitarse su traje. Una vez hubo acabado, se estiró, hizo unas cuantas inspiraciones profundas y colgó el traje espacial entre las prendas de vestir más convencionales del ropero. Aparecía más bien raro, allí, pero el espíritu de aseo y pulcritud que Bowman compartía con todos los astronautas, jamás le habría permitido dejarlo en cualquier otra parte.

Fue luego prestamente a la cocina, y comenzó a inspeccionar atentamente la caja de «cereal».

El budín azul tenía un ligero olor a especias, algo así como macarrones. Bowman lo sopesó, rompió un trozo de él y lo olisqueó cautelosamente. Aunque estaba seguro de que no habría un deliberado intento de envenenarle, siempre cabía la posibilidad de errores... especialmente en materia tan compleja como la bioquímica.

Mordió un poco del trozo, lo masticó luego y lo tragó después; era excelente, aunque su sabor era tan fugaz como para resultar indescriptible. Si cerraba los ojos, podía imaginar que era carne, o pan integral, o hasta fruta seca. A menos que se produjeran efectos posteriores, no había de temer la muerte por inanición.

Una vez hubo comido algunos bocados de aquella sustancia y se sintió satisfecho, buscó algo que beber. Había media docena de latas de cerveza —de famosa marca también— en el fondo del frigorífico, y tomó una, abriéndola.

Pero la lata no contenía cerveza; con gran desilusión de Bowman, encerraba más del alimento azul.

En pocos segundos abrió una docena de los demás paquetes y latas. Su contenido era el mismo, a pesar de sus variadas etiquetas; al parecer su dieta iba a ser un tanto monótona, y no tendría más que agua por bebida. Llenó un vaso del grifo del fregadero, y bebió.

A las primeras gotas escupió el líquido; su sabor era terrible. Luego, algo avergonzado de su instintiva reacción, se obligó a beber el resto.

Aquel primer sorbo le había bastado para identificar el líquido. Su sabor era terrible debido a que no tenía ninguno: el grifo suministraba agua pura destilada. Sus desconocidos huéspedes evidentemente no incurrían en riesgos sobre su salud.

Sintiéndose muy refrescado, tomó luego una rápida ducha. No había jabón, lo cual era otro pequeño engorro, pero sí un eficiente secador de aire caliente en el cual se demoró, regodeándose un rato antes de coger unos calzoncillos, una camiseta y la bata del ropero. Seguidamente, se tendió en la cama, clavó la mirada en el techo, e intentó dar un sentido a aquella fantástica situación.

Había hecho pocos progresos, cuando fue distraído por otra clase de pensamiento. Inmediatamente sobre la cama había el acostumbrado aparato, tipo hotel, de televisión; había supuesto que, al igual que el teléfono y los libros, era imitado.

Pero el artefacto de control que se hallaba al

lado de su muelle lecho tenía un aspecto tan realista, que no resistió la tentación de manosearlo juguetonamente; y cuando sus dedos tocaron el botón de encendido, la pantalla se iluminó.

Febrilmente, comenzó a pulsar al azar los botones de selección de canales, y casi al instante apareció la primera imagen.

Era un conocidísimo comentador de noticias africano, discutiendo los intentos efectuados para conservar los últimos restos de la fauna de su país. Bowman escuchó durante breves segundos, tan cautivado por el sonido de una voz humana que no le importó lo más mínimo de qué estaba hablando. Luego cambió sucesivamente de canales.

En los siguientes cinco minutos, contempló así una orquesta sinfónica ejecutando el *Concierto para violín* de Walton; un debate sobre el triste estado del auténtico teatro; un juego consistente en el modo de robar por medio de puertas secretas en casas de mal vivir, en algún lenguaje oriental; un psicodrama; tres comentarios de noticias; un partido de fútbol; una conferencia sobre geometría sólida (en ruso) y varias sintonías y transmisiones de datos. Era, en efecto, una selección perfectamente normal de los programas mundiales de Televisión, y, aparte del beneficio psicológico que le proporcionó, le confirmó una sospecha que había estado ya germinando en su mente.

Todos aquellos programas databan de hacía dos años. De alrededor de cuando fuera descubierto T.M.A.-1; resultaba difícil creer que se tratase de una simple coincidencia. Algo había estado captando las ondas de radio; aquel bloque de ébano había estado más ocupado de lo que se había supuesto.

Continuó haciendo surgir imágenes, y de súbito reconoció una escena familiar. Allá estaba su propia *suite* de hotel, ocupada por un célebre actor que estaba acusando furiosamente a una amante infiel. Bowman dirigió una mirada de reconocimiento a la sala de estar que acababa de abandonar... y cuando la cámara siguió a la indignante pareja hacia el dormitorio, miró involuntariamente a la puerta, para ver si alguien estaba entrando.

Así era, pues, cómo había sido preparada para él aquella zona de recepción; sus huéspedes habían basado sus ideas de la vida terrestre en los programas de la Televisión. Su sensación de hallarse en el plató de una película era casi literalmente verdadera.

Por el momento había sabido cuanto deseaba, y apagó el aparato. «¿Qué haré ahora?», se preguntó, entrelazando sus dedos detrás de su cabeza y con la mirada fija en la vacía pantalla.

Estaba física y emocionalmente agotado, y, sin embargo, le parecía imposible que se pudiese dormir en tan fantásticos aledaños, y más lejos de la Tierra de lo que cualquier hombre lo hubiese jamás estado en toda la Historia. Pero el cómodo lecho, y la instintiva sabiduría del cuerpo, conspiraron juntos contra su voluntad.

Tanteó en busca del conmutador de la luz, y la habitación se sumió en la oscuridad. Y en pocos segundos, pasó más allá del alcance de los sueños.

Así, por última vez, David Bowman durmió.

45. RECAPITULACIÓN

No siendo ya de más utilidad, el mobiliario de la *suite* volvió a disolverse en la mente de su creador. Sólo la cama permanecía... y las paredes, escudando a aquel frágil organismo de las energías que todavía no podía controlar.

En su sueño, David Bowman se agitó con desasosiego. No se despertó, ni soñó, pero no estaba ya totalmente inconsciente. Como la niebla serpenteando a través de un bosque, algo invadía su mente. Lo sentía sólo confusamente, pues el impacto cabal le habría destruido tan seguramente como los incendios que rugían al otro lado de aquellas paredes. Bajo aquel desapasionado escrutinio no sentía ni esperanza ni temor; toda emoción había sido aventada.

Le parecía hallarse flotando en el espacio libre, mientras en torno a él se extendía, en todas direcciones, un infinito enrejado geométrico de oscuras líneas de filamentos, a lo largo de los cuales se movían minúsculos nódulos de luz... algunos lentamente, y otros a vertiginosa velocidad. En una ocasión había escudriñado con un microscopio la sección transversal de un cerebro humano, y en su red de fibras nerviosas había vislumbrado la misma complejidad laberíntica. Pero aquello había estado muerto y estático, mientras que esto transcendía la propia vida.

Sabía —o creía saber— que estaba contemplando la operación de alguna gigantesca mente, contemplando el universo del cual él era una tan ínfima parte.

La visión, o ilusión, duró sólo un momento. Luego, los cristalinos planos y celosías, y las entrelazadas perspectivas de moviente luz, titilaron agónicas y dejaron de existir, al trasladarse David Bowman a un reino de conciencia que hombre alguno había experimentado antes. Al principio, pareció como si el mismo Tiempo corriera hacia atrás. Estaba dispuesto a aceptar hasta esta maravilla, antes de percatarse de la más sutil verdad.

Estaban siendo pulsados los muelles de la memoria; en recuerdo controlado, estaba reviviendo el pasado. Allí estaba la *suite* del hotel; allí la cápsula espacial; allí los ígneos paisajes estelares del rojo sol; allí el radiante núcleo de la galaxia; allí el portal a través del cual había emergido al Universo. Y no sólo visión, sino todas las impresiones sensoriales, y todas las emociones que sintiera en aquellos momentos, estaban pasando cada vez más rápidamente ante él. Su vida se estaba devanando como una cinta registradora que funcionase cada vez a mayor velocidad.

Ahora se encontraba otra vez a bordo de la *Descubrimiento,* y los anillos de Saturno llenaban el firmamento. Antes de eso, estaba repitiendo su diálogo final con Hal; estaba viendo a Frank Poole partiendo hacia su última misión; estaba oyendo la voz de la Tierra, asegurándole que todo iba bien.

Y al revivir esos sucesos, sabía que todo iba en verdad bien. Estaba retrocediendo en los pasillos del tiempo, siéndole extraídos conocimiento y experiencia a medida que iba de nuevo a su infancia. Mas nada se perdía; todo cuanto había sido, en cada momento de su vida, estaba siendo transferido a más seguro recaudo. Aun cuando un David Bowman dejara de existir, otro se hacía inmortal.

Más rápido, cada vez más rápido, fue retrotrayéndose a los años olvidados, y a un mundo más simple. Rostros que una vez amara, y que había creído perdidos para el recuerdo, le sonreían dulcemente. Sonrió a su vez con cariño, y sin dolor.

Ahora, por fin, estaba cesando la precipitada regresión; las fuentes de la memoria estaban casi secas. El tiempo fluía cada vez más perezosamente, aproximándose a un momento de éxtasis... como un ondulante péndulo, en el límite de su arco, helado durante un instante eterno, antes de que comience el siguiente ciclo.

El intemporal instante pasó; el péndulo invirtió su oscilación. En una habitación vacía, flotando en medio de los incendios de una estrella doble a veinte mil años-luz de la Tierra, una criatura abrió sus ojos y comenzó a llorar.

46. TRANSFORMACIÓN

Luego calló, al ver que no estaba ya sola.

Un rectángulo de espectral resplandor se había formado en el vacío aire. Se solidificó en una losa de cristal, perdió su transparencia, y quedó bañado por una luminiscencia pálida y lechosa. Atormentadores e indefinidos fantasmas se movieron a través de su superficie y en sus profundidades; luego se fundieron en barras de luz y sombra, creando formas entremezcladas y radiales que comenzaron a girar lentamente, al compás del ritmo de vibradora pulsación que parecía llenar ahora todo el espacio.

Era un espectáculo como para prender la atención de cualquier chiquillo... o de cualquier hombre-mono. Pero, tal como lo fuera hacía tres millones de años, era sólo la manifestación exterior de fuerzas demasiado sutiles como para ser conscientemente percibidas. Era simplemente un juguete para distraer los sentidos, mientras que el proceso real se estaba llevando a cabo a niveles más profundos de la mente. Esta vez, el proceso era rápido y cierto, a medida que estaba tejiendo el nuevo diseño. Pues en los eones transcurridos desde su último encuentro, mucho había sido aprendido por el tejedor; y el material en el que practicaba su arte era ahora de una textura infinitamente más fina. Pero sólo el futuro podría decir si habría de permitírsele formar parte de la tapicería aún en desarrollo.

Con ojos que tenían ya una intensidad mayor que la humana, la criatura fijó su mirada en las profundidades del monolito de cristal, viendo —aunque no comprendiendo, sin embargo— los misterios que más allá había. Sabía que había vuelto al hogar, que allí estaba el origen de muchas razas junto con la suya; pero sabía también que no podía permanecer allí. Más allá de este momento había otro nacimiento, más singular que cualquiera en el pasado.

Había llegado ya el momento; las incandescentes formas no repercutían ya los secretos en el corazón del cristal. Y al apagarse, también las paredes protectoras se desvanecieron en la inexistencia de la que habían emergido brevemente, y el rojo sol llenó el firmamento.

Fulguró llameante el metal y el plástico de la olvidada cápsula espacial, y el atuendo llevado otrora por un ente que se llamaba a sí mismo David Bowman. Habían desaparecido los últimos lazos con la Tierra, reducidos de nuevo a sus átomos componentes.

Pero la criatura apenas se dio cuenta de ello, al adaptarse al dulce resplandor de su nuevo ambiente. Necesitaba aún, por un poco de tiempo, esta concha de materia como foco de sus poderes. Su indestructible cuerpo era en su mente la imagen más importante de sí mismo; y a pesar de todos sus poderes, sabía que era aún una criatura. Y así permanecería hasta que decidiera una nueva forma, o sobrepasara las necesidades de la materia.

Era ya tiempo de emprender la marcha... aunque en cierto sentido no querría abandonar jamás aquel lugar donde había renacido, pues él sería siempre parte del ente que empleó aquella doble estrella para sus inescrutables designios. La dirección, aunque no la naturaleza, de su destino aparecía clara ante él, y no había necesidad alguna de seguir la desviada senda por la que había venido. Con los instintos de tres millones de años, percibía ahora que había más caminos que uno a la espalda del espacio. Los antiguos mecanismos de la Puerta de la Estrella le habían servido bien, pero no los necesitaría de nuevo.

La resplandeciente forma rectangular que antes pareciera no más que una losa de cristal, flotaba aún ante él, indiferente ante las llamas del infierno de abajo. Encerraba, sin embargo, inescrutables secretos de espacio y tiempo, pero por lo menos él comprendía algunos, y era capaz de mandar. «¡Cuán evidente —cuán *necesaria*— era aquella relación matemática de sus lados, la serie cuadrática 1:4:9! ¡Y cuán ingenuo haber imaginado que las series acababan en ese punto, en sólo tres dimensiones!»

Enfocó su mente sobre aquellas simplicidades geométricas, y al choque de sus pensamientos, el vacío armazón se llenó con la oscuridad de la noche interestelar. Desvanecióse el resplandor del rojo sol... o, más bien, pareció desviarse de repente en todas direcciones; y ante Bowman apareció el luminoso remolino de la Galaxia.

Podía haber sido algún bello e increíblemente detallado modelo, encajado en un bloque de plástico. Pero era la realidad, apresada como conjunto con sus sentidos ahora más sutiles que la visión. De desearlo, podría enfocar su atención sobre cualquiera de sus cien mil millones de estrellas; y podría hacer mucho más que eso.

Aquí estaba él, al garete en aquel gran río de soles, a medio camino entre los contenidos incendios del núcleo galáctico y las solitarias y desperdigadas estrellas centinelas del borde. Y *aquí* deseaba estar, en la parte más lejana de aquel abismo en el firmamento, aquella serpentina banda de oscuridad vacía de toda estrella. Sabía que aquel informe caos, visible sólo por el resplandor que dibujaba sus bordes desde las ígneas brumas del más allá, era la materia no usada de la creación, la materia prima de evoluciones que aún habrían de ser. Aquí, el Tiempo no había comenzado; hasta que los soles que ahora ardían estuvieran muertos, no remodelara su vacío la luz y la vida.

Inconscientemente lo había atravesado él una vez; ahora debía atravesarlo de nuevo... esta vez, por su propia voluntad. El pensamiento le llenó de súbito y glacial terror, al punto de que por un momento estuvo totalmente desorientado, y su nueva visión del universo tembló y amenazó con hacerse añicos.

No era el miedo a los abismos galácticos lo que helaba su alma, sino una más profunda inquietud, que brotaba desde el futuro aún por nacer. Pues él había dejado atrás las escalas del tiempo de su origen humano; ahora, mientras contemplaba aquella banda de noche sin estrellas, conoció los primeros atisbos de la Eternidad que ante él se abría.

Recordó luego que nunca estaría solo, y cesó lentamente su pánico. Se restauró en él la nítida percepción del Universo... aunque no, lo sabía, del todo por sus propios esfuerzos. Cuando necesitara guía en sus primeros y vacilantes pasos, allí estaría ella.

Confiado de nuevo, como un buceador de grandes profundidades que ha recuperado el dominio de sus nervios y su ánimo, lanzóse a través de los años-luz. Estalló la galaxia del marco mental en que la había encerrado; estrellas y nebulosas se derramaron, pasando ante él en ilusión de infinita velocidad. Soles fantasmales explotaron y quedaron atrás, mientras él se deslizaba como una sombra a través de sus núcleos; la fría y oscura inmensidad del polvo cósmico que antes tanto temiera, parecía sólo el batir del ala de un cuervo a través de la cara del sol.

Las estrellas estaban diluyéndose; el resplandor de la Vía Láctea iba trocándose en pálido fantasma de la magnificencia que él conociera... y que, cuando estuviera dispuesto, volvería a conocer.

Volvía a estar, precisamente donde lo deseaba, en el espacio que los hombres llaman real.

47. HIJO DE LAS ESTRELLAS

Ante él, como esplendente juguete que ningún hijo de las estrellas podría resistir, flotaba el planeta Tierra con todos sus pueblos.

Él había vuelto a tiempo. Allá abajo, en aquel atestado Globo, estarían fulgurando las señales de alarma a través de las pantallas de radar, los grandes telescopios de rastreo estarían escudriñando los cielos... y estaría finalizando la historia, tal como los hombres la conocían.

Se dio cuenta de que mil kilómetros más abajo se había despertado un soñoliento cargamento de muerte, y estaba moviéndose perezosamente en su órbita. Las débiles energías que contenía no eran una posible amenaza para él; pero prefería un firmamento más despejado. Puso a contribución su voluntad, y los megatones en traslación que circulaban en órbita florecieron en una silenciosa detonación, que creó una breve y falsa alba en la mitad del globo dormido.

Luego esperó, poniendo en orden sus pensamientos y cavilando sobre sus poderes aún no probados. Pues aunque era el amo del mundo, no estaba muy seguro de qué hacer a continuación.

Mas ya pensaría en algo.

FIN

ÍNDICE

I. NOCHE PRIMITIVA

1. El camino de la extinción 7
2. La nueva roca 13
3. Academia 19
4. El leopardo 24
5. Encuentro en el alba 30
6. La ascendencia del hombre 33

II. T.M.A. UNO

7. Vuelo especial 36
8. Cita orbital 45
9. El correo de la Luna 50
10. Base Clavius 61
11. Anomalía 69
12. Viaje con luz terrestre 73
13. El lento amanecer 82
14. Los oyentes 86

III. ENTRE PLANETAS

15. «Descubrimiento» 90
16. Hal 96
17. En crucero 100
18. A través de los asteroides 109
19. Tránsito de Júpiter 112
20. El mundo de los dioses 120

IV. ABISMO

21. Fiesta de cumpleaños 124
22. Excursión 130
23. Diagnóstico 139
24. Circuito interrumpido 143
25. Primer hombre a Saturno 148
26. Diálogo con Hal 152
27. «Necesidad de saber» 159
28. En el vacío 161
29. Solo 169
30. El secreto 172

V. LAS LUNAS DE SATURNO

31. Supervivencia 176
32. Concerniente a los E.T. 181
33. Embajador 186
34. El hilo orbital 190
35. El ojo de Japeto 194
36. Hermano mayor 197
37. Experimento 198
38. El centinela 200
39. Dentro del ojo 202
40. Salida 206

VI. A TRAVÉS DE LA PUERTA DE LAS ESTRELLAS

41. Gran central 207
42. El firmamento extraterrestre 212
43. Infierno 218
44. Recepción 222
45. Recapitulación 230
46. Transformación 233
47. Hijo de las estrellas 237